U0659411

广雅

聚焦文化普及，传递人文新知

广　　大　　而　　精　　微

故事里的中国 2

楚汉传奇

公孙策 著

GUANGXI NORMAL UNIVERSITY PRESS
广西师范大学出版社
·桂林·

楚汉传奇
CHUHAN CHUANQI

图书在版编目（CIP）数据

楚汉传奇 / 公孙策著. --桂林 : 广西师范大学出版社，2023.3
（故事里的中国 ; 2）
ISBN 978-7-5598-5063-8

Ⅰ. ①楚… Ⅱ. ①公… Ⅲ. ①历史故事－作品集－中国－当代 Ⅳ. ①I247.81

中国版本图书馆 CIP 数据核字（2022）第 090110 号

广西师范大学出版社出版发行
（广西桂林市五里店路 9 号　邮政编码：541004
网址：http://www.bbtpress.com）
出版人：黄轩庄
全国新华书店经销
广西广大印务有限责任公司印刷
（桂林市临桂区秧塘工业园西城大道北侧广西师范大学出版社集团有限公司创意产业园内　邮政编码：541199）
开本：787 mm × 1 092 mm　1/32
印张：12.875　　字数：239 千
2023 年 3 月第 1 版　　2023 年 3 月第 1 次印刷
定价：68.00 元

总序

读历史，要进入历史情境

读历史有什么用？

20年前我加入台湾商周出版“中文经典100句”丛书的作者群，当时的目标很清楚：学生可以很快撷取经典中的名句，不必“浪费时间”读经典全文，对作文分数有益——那是“有用的历史”。

之后有一次，我对一位在台湾学习中文的澳洲年轻朋友说，他们学中文是着眼进入中国经商或就业，除了听说读写，能用中文作简报很重要，而如果能在简报中加入中国的历史，必定能够大大加分，对“拿到案子”肯定有帮助——那也是“有用的历史”。

然而，历史当然不是只有那些肤浅的层面。于是，如何提高读者对读历史的兴趣，乃成为我给自己的课题。商周出版何飞鹏社长对我说：“你的长处是读了一大堆讲不完的历史故事，应该通通写出来。”我豁然开朗，只要读者爱听故事、爱看故事，自然就进入历史了。于是我开始在一个文学网站上写中国的历史故事，从盘古开天讲起。那些虽然是神话，但已经进入中国人的记忆，成为历史的一部分。

我花了三年多时间，写了超过一千个故事，才写到春秋时代。这时，黄靖卉总编提议“可以结集出版纸本书”。我心想，要出版就要写大家喜欢看的，于是就以《吴越春秋》为主干，写了“公孙策说历史故事”系列的第一本《英雄劫》（台湾版书名）。《吴越春秋》跟《三国演义》相同，采用小说笔法写历史，故事可读性要比正史（例如《左传》《史记》）高得多。同时考量如果全部用白话文平铺直叙说故事，似乎太平板了，因此加入“原典精华”让读者能够领略经典的精彩部分。

这一开始就没停下来，连续写到现在已经9本。这12年中，我自己对这些历史故事也有了新的心得，正好借这次为简体字版发行写总序，提出来跟读者分享。

第一梯次上架3本：《吴越春秋》《楚汉传奇》《两汉兴衰》，后两本的时代舞台都是群雄逐鹿天下。所谓英雄，有时势造英雄，有英雄造时势，只会打顺风球的称不上真英雄，小有局面就顾盼自雄的根本是狗熊。有大格局、开阔心胸才能一统天下，但是真英雄未必一定要当皇帝。而这两场逐鹿大戏中，各有一次当世两位真英雄交手的历史场景：

第一个场景是《楚汉传奇》中，韩信东征平定齐地（大约今天山东省）之后，派使者向汉王刘邦请求："齐人狡诈多变，反反复复，南边又与楚国接壤。如果只以占领军名义，恐怕难以搞定，希望能封我一个'假王'，我才有镇压齐人的正当性。"

刘邦当时在荥阳城中养箭伤，看到韩信来书，大怒，开骂："老子困处此地，日夜期盼你来帮我，你小子却只想自己封王！"

话说一半，张良和陈平各踩了一下刘邦的脚跟，附耳进言："我们正处于不利情况，哪有力量阻止韩信称王？不如顺势立他为齐王，更厚待他，至少让他中立，守住齐地就好。否则的话，他可以自立为齐王，甚至可能跟项羽联合，那可后果严重啊！”

刘邦是个聪明人，一点就透，立即改口，仍以开骂口气说：“没出息，大丈夫平定诸侯之地，当然就是真王，还当什么‘假王’！”于是派张良为使节，带着印信，到临淄去封韩信为齐王。

真正的高手是张良，张良衡诸大局，研判项羽只有一招——策反韩信，此时千万不能让韩信有丝毫不安的感觉，而刘邦则顿时领悟，封韩信为齐王。

第二个场景是《两汉兴衰》中，马援衔隗嚣之命，先去成都“观察”公孙述，然后去洛阳“观察”刘秀。

刘秀完全不摆架子，在洛阳宣德殿南边的走廊下接见马援，却只在头上包了帻巾（儒士装束），坐在席上，笑着说“阁下遨游二帝之间，今日相见，令人惭愧”，意思是“你先去看公孙述，然后才来我这里，显然有先后轻重之别，令我惭愧”。

马援面对已经称帝的刘秀，说出了旷世名句：“**当今之世，非但君择臣，臣亦择君矣！**”（处在今日的国际局势之下，不只是君主选择臣子，臣子也选择君主啊！）然后他对刘秀说：“之前我去成都，公孙述戒备森严，如今我来陛下这里，陛下怎知我不是刺客呢?”刘秀说：“你不是刺客，最多不过是说客吧!”

刘秀肯定情报灵通，知道马援去成都时公孙述大摆排场，令马援十分不满。而马援是隗嚣的特使，隗嚣居于两个皇帝之间，要马援帮他判断“靠哪一边才对”，刘秀因此特别低姿态“演”给马援看。等见到马援，发现马援是超级人才，于是又刻意表现豁达大度，最终吸收了马援这个英雄加入团队。

如果我们读历史故事就当小说或连续剧那样看，这两个场景不过数行文字，一眼就过去了。可是如果我们稍微咀嚼一下，对后来刘邦大杀功臣，杀了韩信而没杀张良，就不会太意外。简单说，张良原本一直希望复兴韩国，因为项羽杀了韩王而选择辅佐刘邦，张良从来不想要逐鹿称王，而韩信却有可能成为刘家子孙的最大威胁。

马援呢？马援原本辅佐隗嚣，可是发现隗嚣气度格局不如刘秀而跳槽，刘秀明白马援不是威胁，后来还让儿子（汉明帝刘庄）娶了马援的女儿。

上述两个历史场景，相信对这个时代的每一种人都有启发：创业者、投资人、老板、干部……那么，要怎样才能在读历史时获得对现实的启发呢？

一个窍门：进入历史情境。

然后设身处地体会当事人的心境，刘邦当时在想什么？如何能够即刻转变念头？刘秀的念头又是怎么转的？马援想的又是什么？重点在于，他们如何在当下做出决策，又如何改变了大局？甚至逆思考：公孙述是如何搞砸了自己成大功立大业的机会的？

本系列丛书尝试在读者看历史故事的过程中，为大家提供进入历史情境的方便途径，这是我讲历史故事的最大的愿望。

公孙策　2022年夏

目录

楚汉争霸

序

刘项对决史无其匹

动笔之前，原本想写历史上十大对决，可是另外九个的格局、层次都差刘邦、项羽对决太远了（例如孙膑对庞涓、诸葛亮对司马懿、岳飞对金兀术等，故事都很精彩）。

如果不以成败论英雄，刘邦跟项羽其实没得比：项羽如同一只猛狮，战无不胜，睥睨群雄，看他在巨鹿之战击溃秦军之后的一幕：“于是已破秦军，项羽召见诸侯将，入辕门，无不膝行而前，莫敢仰视。”项羽召见诸侯将领，这些将领一进入项羽辕门，一个个自动矮了一截——膝行而前，没人敢抬头正眼看项羽。

相对于猛狮，刘邦却是只“懒驴”，一再使出懒驴打滚勉强求活，看他在彭城之战溃败奔逃的一幕：楚军穷追不舍，情况紧急时，刘邦为了减轻马车载重，将儿子、女儿都推下车子。危急中仍然忠心追随的夏侯婴见状，下马将两个孩子抱回车上，如此一连三次，刘邦为之欲杀夏侯婴。夏侯婴对刘邦说：“虽然事态危急，又岂可以抛弃儿女！”

可是，虽然项羽一度宰制天下，却旋即失去，而刘邦则建立了一个国祚绵延两百多年的王朝。或许应该换一个说法，如果项羽不是那样的盖世无双，也无法让后世总是要将刘项并论。问题来了，这一场史无其匹的大对决，为什么会是懒驴胜而猛狮败?

《史记》的记载（刘邦自述为何他能打赢项羽）：夫运筹策帷帐之中，决胜于千里之外，吾不如子房。镇国家，抚百姓，给馈饟，不绝粮道，吾不如萧何。连百万之军，战必胜，攻必取，吾不如韩信。此三者，皆人杰也，吾能用之，此吾所以取天下也。项羽有一范增而不能用，此其所以为我擒也。——简单地说，刘邦能用人才而项羽不能，人才决定了成败。

然而，人才固然是逐鹿天下的成败决定因素，历史的必然性其实更是幕后的一大推力。简单说，战国时代必定结束，因为天下人心厌倦战争，并期待“天下市场单一化”。秦始皇一统天下的同时，也统一了天下的文字、货币、度量衡，乃至统一马车轴距（车同轨）、兴建全国交通网，那些都是天下人心之所向。而项羽打进关中宰制天下，却大封诸侯，让天下“回到战国”，那肯定是项羽后来不能得到人心的一个负面因素；而刘邦则因为张良“借箸代筹”那一场劝说而得以避免犯下错误（这个故事书中有述，不赘）。也就是说，懒驴打赢猛狮其实有着顺应时代趋势的助力，或说项羽让天下“回到战国”，终不敌天下人企求统一之心。

而刘邦在后来的史书中一再受尊称“高帝”，就是因为他建立的王朝是中华民族的骄傲。很重要的一个因素是“萧规曹随”，那是刘邦临终前的英明嘱咐，也多亏曹参没有硬要做一番推陈出新以显示自己比前任能干（可惜古今大多数继任者都有这个毛病）。但最主要还是萧何，他原本只是沛县的主吏，大概比照今天县政府的副县长、主任秘书吧，可是他拥护刘邦起义之后，随着刘邦从沛公到汉王到皇帝，他也随之进步，能够承担一军、一国、半天下、全天下的“副领袖”责任，他确实是那一场逐鹿大戏中最杰出的人才之一，更对建立汉帝国做出了最高贡献。

跟萧何一样精彩的人物可多了，张良肯定是最受后世推崇的一位。《史记·留侯世家》对他的描述：余以为其人计魁梧奇伟，至见其图，状貌如妇人好女。司马迁以为张良既然能够“夫运筹策帷帐之中，决胜于千里之外”，想必是一位身材魁梧的俊男，孰料画像上却像是个“娘娘腔”。可是这位“娘娘腔”在逐鹿大戏中却智计无穷，而且总能超前部署；年轻时能够接受黄石公近似羞辱的考验，帝国建立后又主动“辟谷”以自保，传奇性十足。

与萧何、张良齐名的韩信同样精彩。谁能想到当年淮阴城里那个忍受胯下之辱的怯懦少年，后来居然叱咤风云，暗度陈仓取关中、木罂渡河灭魏、置之死地而后生灭赵，最后将楚霸王项羽围困在垓下，四面楚歌唱垮了楚军战志，逼得项羽自刎乌江。历史上名将无论怎么排名，他都在前三。

除了汉朝开国三杰，说客辩士有郦食其和蒯彻。前者号称“以三寸舌胜百万师”，为刘邦立下大功。后者知名度稍低，传奇性却丝毫无逊：先是帮助赵王武臣“传檄千里，不战而下三十余城”，后来建议韩信突袭齐国，又游说韩信跟楚、汉鼎足而三。刘邦杀韩信后要追究蒯彻当年建议，生死关头，蒯彻还能说出：“我当年只认识韩信，不认识陛下。何况当年想要逐鹿的人那么多，难道可以通通杀光吗?”让自己免了杀身之祸。

本书的特色是加入了地图，着眼于看一大堆事件、战役、地名却不知道事件是怎么进行，总觉得不够真实。而我写这一系列历史故事，最希望能够弥补“语文课不讲历史，历史课不讲地理”的缺陷。

以唐代的诗仙李白一首五言诗《经下邳圯桥怀张子房》为例：

子房未虎啸，破产不为家。
沧海得壮士，椎秦博浪沙。
报韩虽不成，天地皆振动。
潜匿游下邳，岂曰非智勇。
我来圯桥上，怀古钦英风。
惟见碧流水，曾无黄石公。

叹息此人去，萧条徐泗空。

假设你在《唐诗三百首》看到这首诗。谁是张子房？谁是沧海君？谁是黄石公？下邳、徐州、博浪沙又在哪里？张良为什么要倾家荡产收买杀手刺杀秦始皇？圯桥上又发生过怎样的事？一堆问题都得去注释里找答案，却只能看到极简单的说明。看过本书，不但历史典故、地理位置都了然，李白写那首诗的心境也感受到了。

故事精彩、人物传奇、地图带入舞台，读者欣赏这一场逐鹿大戏可以更加“入戏”了。

公孙策　2022年夏

楔子

公元前二百六十年，阳翟（韩国首都，今河南省禹州市）来的大商人吕不韦，进了赵国的首都邯郸（今河北省邯郸市）。

这里曾经是六国合纵抗秦的中心，可是随着纵约瓦解，秦军东侵日甚一日，邯郸失去了繁华，却增添了危机。

对商人而言，动荡不安反而意味着处处机会。就在这个弥漫危机气息的城市，吕不韦挖掘到了稀世奇珍——秦国送来赵国的人质公子楚（一作子楚）。

子楚是秦昭王的孙子，原名是嬴异人（秦王室姓嬴）。秦昭王是战国后期最雄才大略的君王，秦国削平六国的大小战争，有一半以上是他在位时发动的。子楚是他一大堆庶孙当中的一个，被送去赵国当人质，以示友好。但是这个人质是“预算”要被牺牲的，因为秦昭王绝不可能为了他而不攻赵。

赵国当然也知道这个人质没有实质意义，却还不能不接受——不接受人质，莫非主动要求开战？

于是乎，子楚的日子便注定了不好过：秦国不重视他，所以物质上不优裕；赵国不放心他，所以行动上也不方便。

可是吕不韦在他身上看到了机会，不惜工本地帮子楚去秦都咸阳（今陕西省西安市与咸阳市之间）活动，为子楚谋得华阳夫人嫡子的身份。

华阳夫人是秦太子安国君的爱妻。重点在于安国君无子，一旦秦昭王驾崩，太子继位，就得在一堆昭王的孙子当中，立一位太子。事实上，子楚被接受的机会不大，因为他之所以被送出去当人质，就是由于他在宫中、朝中都没有奥援，换句话说，有靠山的公子很多，而子楚的竞争力薄弱。

风险很高，但吕不韦仍然倾力一搏，因为他看到了超级巨大的利润——他投资的不是一个落难王孙，而是一个超级强国。

秦国自商鞅变法，已经实施了一百年的新政：授田给小家庭，人民为自己的田耕作，而不再是为领主耕田；平民打仗立功可以封爵，由庶民成为贵族。这两项制度使得秦国民富兵强。再加上统一度量衡、统一货币、法律公平，充分运用了人性，使得秦国的制度成为他国人民向往的一种制度。而关中地区水利发达，物产丰饶，商鞅立下的严刑峻法，使得国内“道不拾遗，山无盗贼，家给人足”（《史记·商君列传》），在兵连祸结的战国时代，这简直就是天堂。因此，尽管诸侯怕死了强秦，但是在天下庶民心目中，秦国却是“四海归心”。

简单地说，秦国一统六合，已是必然的结果。所以，投资一个秦国的国君，等于赚到“全天下”。

吕不韦在咸阳的游说工作大获成功，华阳夫人正式收子楚为嫡子。

隔年，秦将白起在长平击溃赵军，坑杀赵国降卒四十万人，这是结束战国时代的关键一役，从此秦军所向披靡。

又隔年，子楚的爱姬在邯郸生了个儿子，取名嬴政。这位爱姬原本是吕不韦家中的舞伎，送给子楚时已怀有身孕，所以总有人怀疑嬴政是吕不韦的骨肉。

嬴政三岁那一年，秦军又包围邯郸。赵王要杀子楚，吕不韦花了六百斤黄金收买赵国守卫，将子楚偷偷送回咸阳。

嬴政八岁那一年，秦昭王驾崩，安国君即位成为秦孝文王，华阳夫人成为王后，而子楚被立为太子。赵国又因吕不韦的游说，将子楚的妻儿送回秦国。

秦孝文王即位后很快就死了，子楚继位为庄襄王，嬴政立为太子，吕不韦被任命为丞相，封文信侯。庄襄王也只当了三年秦王就去世，嬴政即位为秦王，那一年他才十三岁。

吕不韦被秦王政尊为相国，称仲父，顿时成为当时秦国最有权势的人，他的投资大获成功，美梦成真，虽然最后未得善终。

吕不韦的下场且不表，他扶持的秦王政成为最后的收成者：不但收成了吕不韦苦心孤诣的投资，而且收成了秦国自商鞅变法以来的富强成果，最终削平六国，一统六合，建立了中国历史上第一个中央集权的帝国。

战国时代结束了，理论上应该是一个承平时代的开始。但事实不然，一个更全面性的战乱局面随之而展开，一个个英雄豪杰乘势而起。本书故事就从这里开始。

秦失其鹿

于是百姓悲痛相思，欲为乱者十家而六。

——《史记》

㊀ 秦始皇

秦王政统一天下之后，自认为功业超过了三皇五帝，因此将称号改为皇帝。自己是“始皇帝”，以后的皇帝则为二世、三世……一直排下去，直到千年万世。

然而，秦始皇并非肤浅地只想到国祚绵延，他想的是真正的万世太平，所以他规划了一个伟大的帝国蓝图。从他在琅邪台勒石立碑的碑文，可以看到这个“理想国”的大概：

> ……皇帝之功，勤劳本事。上农[①]除末[②]，黔首[③]是富。普天之下，抟心揖志[④]。器械一量，同书文字。……应时动事，是维皇帝。匡饬异俗，陵水经地[⑤]。忧恤黔首，朝夕不懈。除疑定法，咸知所

---

①上：同“尚”。上农：鼓励农业生产。

②末：指商业。除末：抑制商人。

③黔：黑色。黔首：贵族与士人戴冠，百姓露出黑色头发，称黔首。

④抟：同“专”。揖：同“集”。抟心揖志：万众一心。

⑤陵水经地：跋涉山水，巡行各地。

辟[1]。……节事以时，诸产繁殖。黔首安宁，不用兵革。六亲相保，终无寇贼。欢欣奉教，尽知法式。

——《史记·秦始皇本纪》

简单说，秦始皇本人勤于政事，是历史上数一数二的。他每天批阅公文要用秤来称重量，不达到一定重量，就不休息。他一切施政都是出于好意，包括书同文、车同轨、统一度量衡都是为了全天下人的方便。他在另一个碑文上称颂自己最得意的政绩是：隳（音“挥”，毁除）坏城郭，决通川防，移去险阻。也就是免除战国时的关卡抽税，垄断水利，并克服地形限制、兴辟交通——这样一个中央集权帝国，去除了大部分诸侯割据的不便，为工商业起飞排除了阻碍，那正是当时中国社会迫切需要的。

为了确保将来“不用兵革”，秦始皇废除了封国，也就是他的儿子、秦国王室贵族都不再有封地食邑。又将全国分为三十六个郡，郡政府设守（行政长官）、尉（军事长官）、监（监察官），郡以下设县，由县令、县尉管理众人之事，也就是人民不再受贵族奴役，贵族与官吏都领政府的俸禄，郡县官吏直属中央。如此设计是为了避免诸侯战争，当然不是为了百姓的人权。

另外，他将天下兵器通通收集到首都咸阳，销熔后，铸

①辟：同“避”。

成十二座“金人”（此处“金”泛指金属），每个金人重三十四万斤、高五丈、脚长六尺。将天下豪富十二万户迁至咸阳，还将各地的豪杰之士通通迁移到咸阳，就近看管。

做了这么多措施之后，天下应该太平了吧！如果还有人有非分之想，那就是“贼寇”，就该以严刑峻法治之。

为了镇压“非分之想”，秦始皇巡行天下，重点在南方的故楚国、东方的故齐国，刻意盛大排场，让人民看看始皇帝的威风。

孰料，巡行天下非但对天下太平毫无助益，反而开启了天下大乱的祸端。

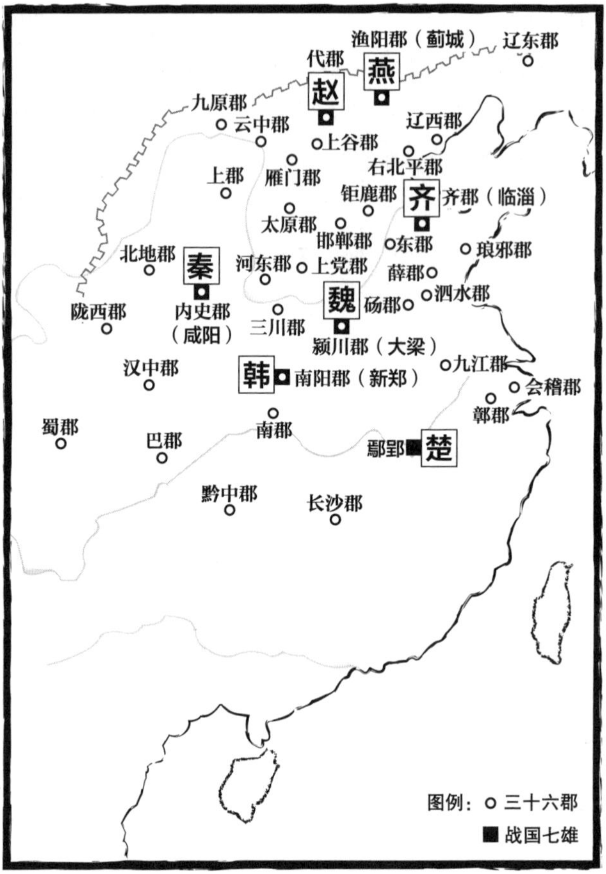

▲ 秦帝国三十六郡与战国七雄对照图

㈡ 海上仙山

秦始皇向东巡行，除了宣示皇帝威风之外，还期待能见到传说中的海上仙山。

早在战国时期，齐国、燕国就传说东方海上有三座神山，齐威王、齐宣王与燕昭王都曾派人入海寻找这三座神山。三座神山，分别是蓬莱、方丈与瀛洲，位于渤海之中，顺风时船只可达。

据说曾经有人到过那三座神山，诸仙人与不死之药都在岛上，那里的禽兽全都是白色的，岛上以黄金、白银装饰宫阙。还没到的时候，三座神山望之如云（在天上）；到了面前，三座神山却都在水中；常常船一靠近就被风吹走，因此罕有人上得去。

如此传说，令战国雄主都私心向往，到了秦始皇时，方士几乎个个都会讲“三座神山”的事，秦始皇也都给了他们要求的船只与童男女，结果却都是“因为风向不利，看见而登不上去”。

最会说仙山故事的一名方士名叫徐福，他出海回来向秦始皇报告："我遇见海中大神，他问我：'你是西方皇帝的使节吗？'我说'是'，他问'你要求什么？'，我说要求延年益寿药。那海中大神说：'你们秦王的礼物太轻了，只能给你看看，不能让你取回。'于是让我上到蓬莱山，看见巨大灵芝形成的宫阙，有一位使者全身泛漾铜色光泽，外形如一条龙，我向他下拜后问：'什么礼物才能换得仙药？'海神说要童男童女以及各种工艺品。"

秦始皇听了这番"神之话"，龙心大悦，下令搜求民间童男童女三千人，外加五谷种子、百工制品让徐福送出海。

徐福的船只到达一个有平原、有大湖的地方，就留在那里，自立为王。传说那就是日出之地——日本。

被抢走孩子的老百姓因为思念骨肉，悲痛不已，十家当中有六家起而反抗暴政。

三千个家庭的六成就是一千八百户，一千八百户人家当然造不了大秦帝国的反，大秦帝国事实上是亡于秦始皇自己的疑神疑鬼。

【原典精华】

（秦始皇）使徐福入海求神异物，还为伪辞曰：『臣见海中大神，言曰：「汝西皇[1]之使邪？」臣答曰：「然。」「汝何求？」曰：「愿请延年益寿药。」神曰：「汝秦王之礼薄，得观而不得取。」即从臣东南至蓬莱山，见芝成宫阙，有使者铜色而龙形，光上照天。于是臣再拜问曰：「宜何资以献？」海神曰：「以令名[2]男子若振女与百工[3]之事，即得之矣。」』

秦皇帝大说，遣振男女[4]三千人，资之五谷种种百工而行。徐福得[5]平原广泽，止王不来。于是百姓悲痛相思，欲为乱者十家而六[6]。

——《史记·淮南衡山列传》

①西皇：东方海神看秦始皇是“西方的皇帝”。

②令名：好名声，指家世清白。

③百工：各种专业工匠。

④振：通“侲”，童子。振男女：童男女。

⑤得：到达。

⑥十家而六：十个家庭中有六个（造反）。

㊂ 荧惑守心

秦始皇的功业确实前无古人，可能就是因为如此，他几近疯狂地追求个人长寿与帝国绵祚，凡对他个人权势与帝国构成威胁的，则几近疯狂地必除之而后快。

他巡行东海岸、派徐福出海之后，转向南方，渡过淮水、长江，到了衡山。在湘江遇到暴风雨，差点翻船。船上人说是“湘君显灵”。

始皇问随行的博士：“湘君是什么神？”

博士：“传说是尧的女儿，舜的妻子，葬在江边山上。”

秦始皇因为湘君胆敢与他作对而发怒，派了三千名刑徒（做苦工的囚徒）将湘山上的树木砍光，再放一把火，烧得湘山一片通红。

方士卢生从东海回来，带回一本《录图书》，类似谶纬预言之书，其中记载“亡秦者胡也”。为此，秦始皇派将军蒙恬带兵三十万人，北伐胡人（匈奴）。

蒙恬将匈奴赶到北方大漠，黄河以南（当时黄河流经甘肃、陕西、山西北方）乃并入大秦帝国版图。蒙恬更将战国时秦、赵、燕等国长城连接起来，筑成中国第一条“万里长城”——西起临洮，东至辽东。

数年后，发生了一个罕见天象：荧惑守心。荧惑就是火星，所谓“荧惑守心”是指火星靠近“心宿二”（二十八宿中东方七宿的主星），而且往来徘徊。火星与心宿二都是红色，都主“火”。两颗红星在苍穹相依相逐，古人认为是天下将陷入战火之兆。

同一年，有一颗陨石坠落在东郡（今河南、山东交界地带），有人在上头刻字“始皇死而地分”。秦始皇派司法官员去查这件事，没有人承认自己在石头上刻字，于是下令将陨石坠落地点附近的老百姓全部杀掉，并且销毁陨石。

那一年秋天，有使者在华阴道上遇到一个人，将一块璧交给使者，说：“帮我交给滈池君。”又说：“祖龙今年死。”

“滈池君”指的是周武王，因为武王建都镐京（即咸阳），暗示秦始皇的暴政将跟商纣王一样下场。“祖”是始，“龙”是天子，“祖龙”指的当然就是秦始皇。

使者将璧带回咸阳，并报告此事，秦始皇沉吟许久，然后说：“那是山神，山神只知道未来一年的事情。”意思是“山神说了超过他法力的事情，所以是不准的”。

秦始皇再让管皇宫库房的官员检视那块璧，赫然是上次巡行天下时，在湘江遇到风雨，抛下江中祭神的那一块。

陨石上的刻字，让人强烈感受到：期待秦始皇死掉的老百姓远不止一千八百户。同一时间，已经有人在精密筹划行刺秦始皇的行动。

【原典精华】

乃西南渡淮水，之衡山、南郡。浮江至湘山祠，逢大风，几不能渡。

上问博士曰：『湘君何神？』

对曰：『闻之：尧女，舜之妻，葬此。』

始皇大怒，使刑徒三千人皆伐湘山树，赭[1]其山。

——《资治通鉴·秦纪二》

①赭：赤色。形容以火烧山，一片通红。

【原典精华】

三十六年，荧惑守心。有坠星下东郡，至地为石，黔首或刻其石曰『始皇帝死而地分』。始皇闻之，遣御史逐问，莫服，尽取石旁居人诛之，因燔销其石。

……

秋，使者从关东夜过华阴平舒道，有人持璧[1]遮使者曰：『为吾遗滈池君。』因言曰：『今年祖龙死。』使者问其故，因忽不见，置其璧去。

使者奉璧具以闻。始皇默然良久，曰：『山鬼[2]固不过知一岁事也。』

……

使御府视璧，乃二十八年行渡江所沉璧也。

——《史记·秦始皇本纪》

①璧：美玉。

②山鬼：山神，古人神鬼同义。

㊃ 博浪椎

在秦始皇权力巅峰时期，胆大包天设计刺杀秦始皇，想来这个人应该是个身材魁梧的英雄好汉吧？

但不是。司马迁如此描述他：

> 余以为其人计[①]魁梧奇伟，至见其图，状貌如妇人好女[②]。
>
> ——《史记·留侯世家》

这个人就是张良。

张良的祖父、父亲都是故韩国的宰相，服事过五位国君。秦国灭韩时，张良家里供使唤的僮仆就有三百名。

韩国灭亡，张良散尽家财，在东海地方结识了一位异人沧海君，沧海君帮张良找到一位大力士，又为大力士定制了一把一百二十斤重的大铁椎（即铁锤）。张良打听到秦始皇出

---

①计：猜想。

②好女：美女。

巡的路线，带着那位大力士，在博浪沙埋伏。可惜“误中副车”，没有行刺成功。

秦始皇赫然震怒，下令全国大搜索，限期缉拿刺客。张良如何躲过秦帝国的天罗地网不得而知，但由此已可看出他机智过人。

这一椎，椎起了秦始皇的危机意识。他在遍求海上仙人及长生仙药之余，下令加速修建骊山陵墓。

秦始皇初即位时，就开始营造他的陵墓，派工人穿凿骊山。等到他吞并天下，即下令将天下刑徒都送来咸阳，共约七十余万人，一部分去修筑长城，大部分就在咸阳建筑阿房宫或在骊山挖墓穴。

始皇陵向地下挖掘，一共打穿三层地下泉水层，然后铸铜塞住泉眼，确保墓穴干燥。(其实这不是最好的方法，另开水路疏导才能确保墓穴不渗水。)

墓室内设置宫殿和百官办公场所，摆设各种奇珍异宝。命工匠制作机关弩箭，有人企图进入就会发射弩箭。又以水银模拟百川江河大海，用机械力让水银流动。墓室上方做出天文星辰，地面做成九州地形。以人鱼的脂肪制成蜡烛，这种蜡烛被认为可以保持烛火长久不灭。(“人鱼”，有人认为是儒艮，有人认为是鲵鱼。)

长城、阿房宫、骊山陵三项巨大工程，被认为是秦帝国引起民怨的最大罪证，而当秦始皇开始惧怕死亡时，他的死期也就不远了。

【原典精华】

始皇初即位，穿治郦山，及并天下，天下徒[1]送诣七十余万人，穿三泉[2]，下铜而致椁，宫观百官奇器珍怪徙臧[3]满之。令匠作机弩矢，有所穿近者辄射之。以水银为百川江河大海，机相灌输，上具天文，下具地理。以人鱼膏为烛，度不灭者久之。

——《史记·秦始皇本纪》

①徒：刑徒，受刑人。

②穿三泉：凿穿三层地下水层。

③臧：同“藏”。

㊄ 秘不发丧

秦始皇最后一次出巡，随行包括皇子嬴胡亥和左丞相李斯。回程走到平原津（山东、河北交界的黄河渡口），秦始皇生病了，而且病得很重。

由于秦始皇一向非常忌讳谈论“死”这件事情，所以群臣没有人敢讨论这件事，当然更不敢向他请示皇位继承问题。

秦始皇本人心里明白，这次大概不行了，于是写了一封玺书给远戍北方的长子扶苏：“到咸阳参加我的丧礼，并负责下葬事宜。”扶苏之前由于劝谏“坑儒”，被老爹贬去北方，跟蒙恬一同防御匈奴，这封玺书等于指定扶苏为皇位继承人。

所谓玺书，就是盖上皇帝玉玺的书信。秦始皇这封玺书已经封了口，但尚未用印，摆在“中车府”（等同皇帝出巡时的行动秘书室）等待用印，而中车府的主管是宦官赵高。

渡过黄河，走到沙丘宫（故赵王行宫，在今河北省），始皇驾崩了。丞相李斯认为，皇帝在首都之外死亡，一怕诸公子争位，二怕天下闻讯生变，于是跟赵高商量，暂时封锁皇帝死讯，日夜兼程赶回咸阳。

这件事情只有胡亥、李斯、赵高与少数亲近的宦官知道，每天膳食照常供应，百官奏章照常批阅。始皇的尸体发臭，怕人闻出来，于是下令每辆车都要载一石鲍鱼——大家一起臭。

途中，赵高问李斯："阁下自认为功劳比蒙氏兄弟如何?"李斯说："不及他们。"赵高说："一旦扶苏即位，蒙恬一定会当上丞相，阁下就准备下台鞠躬吧！眼前摆着一位皇子胡亥，我们何不拥立他?"于是李斯与赵高合谋，进行"政变"。

李斯与赵高私自销毁秦始皇给扶苏的信，由李斯伪造了一份始皇遗诏，立胡亥为太子。另外发一份诏书给扶苏与蒙恬，说："扶苏和蒙恬带领数十万军队戍守边疆，十余年没有尺寸之功，反而屡次上书诽谤我（以往的劝谏变成诽谤）。扶苏为人子而不孝，赐剑以自裁。蒙恬辅佐扶苏，不匡正他的言行，为人臣不忠，赐死。军队交给王离。"

使者送达诏书，扶苏流着泪要自杀。蒙恬提醒扶苏："安知其非诈？应该再做一次请示，如果是真，再自裁不迟。"

可是李斯派来的使者一再催促两人自杀，扶苏个性软弱，就自杀了。蒙恬不肯死，使者就将他逮捕，就地监禁。

蒙恬和哥哥蒙毅都受到秦始皇的最高信任，蒙恬统兵在外，蒙毅在皇帝身边参谋。有一次，赵高犯案，蒙毅受命查案，拟了死罪，可是秦始皇认为赵高办事敏捷，免他一死，从此赵高与蒙氏兄弟结仇。

嬴胡亥继位为秦二世，原本念及蒙氏兄弟功在国家，想要赦免蒙恬，可是赵高进谗："蒙毅曾经不止一次建议要册立'贤太子'。"这便是将蒙氏兄弟打成了"扶苏派"，秦二世于是下令诛杀蒙氏兄弟。

秦始皇被葬入骊山陵，嬴胡亥下令："先帝后宫女子，没生儿子的，一律殉葬。"有人说"工匠都知道墓内机关"，因此在葬礼完毕之后，胡亥下令将陵墓的主通道封闭，外门也封闭，所有工匠与施工人员通通封闭在里头，一个都没有出来。然后在墓外种树，使陵墓外观与山林景象融合。

最后这一段记载，现在看起来是"抹黑"，因为秦始皇陵墓内并未发现活人殉葬的证据。但无论如何，嬴胡亥当上了皇帝，而帝国交到他手上，却应了那句"亡秦者胡"的谶言：不是"胡人"，而是"胡亥"！

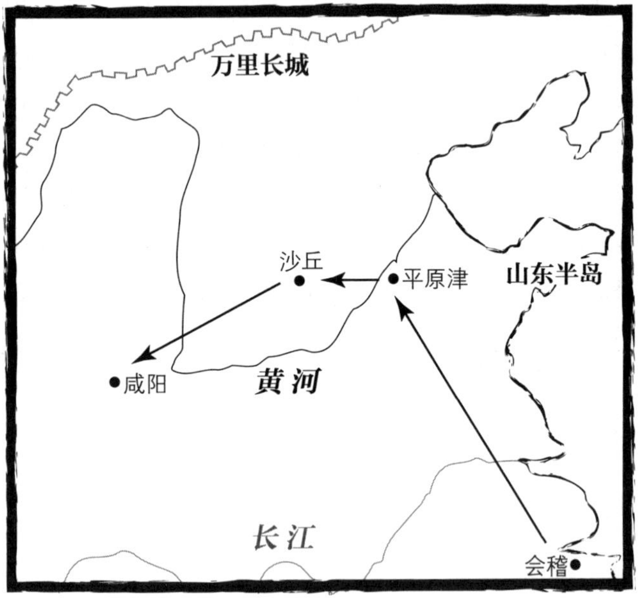

▲ 秦始皇病逝赶回咸阳的路线

【原典精华】

上病益甚，乃为玺书赐公子扶苏曰：『与丧会咸阳而葬。』书已封，在中车府令赵高行符玺事所，未授使者。七月丙寅，始皇崩于沙丘平台。丞相斯为上崩在外，恐诸公子及天下有变，乃秘之，不发丧。棺载辒凉车中[1]，故幸宦者参乘，所至上食。百官奏事如故，宦者辄从辒凉车中可其奏事。独子胡亥、赵高及所幸宦者五六人知上死。……会暑，上辒车臭，乃诏从官令车载一石鲍鱼，以乱[2]其臭[3]。

——《史记·秦始皇本纪》

①辒凉车：即辒辌车，古代的卧车，亦用作丧车。

②乱：混淆。

③臭：气味。

㊅ 鸿鹄之志

秦二世登基后，由于这个皇帝位子得来不正，所以加强白色恐怖统治，从首都咸阳新征调来五万卫士；又要学他老爹的样，巡行天下，同时加速进行阿房宫工程，大过其皇帝之瘾。咸阳那么多军队、刑徒都要吃饭，粮食全得由天下郡县供应。为了防备北方民族（匈奴），秦政府更大量征调人民服兵役，戍守重要军事据点。民间劳动力愈益减少，差役、兵役愈益增加，苛捐杂税只增不减，老百姓苦于纳粮与各种差役……革命的环境成熟，秦帝国的天下犹如一堆干柴，只等谁来点火。

秦始皇以为，收尽天下兵器就可以消除作乱的工具，但是他低估了民怨的爆发力，一旦忍耐超过限度，竹竿、锄头一样可以造反。而他更没有想到的是，咸阳聚集的七十万"骊山徒"，以及各郡县轮流征调的戍卒，给了这些老百姓行万里路（胜过读万卷书，不是吗？）的机会。那一梯次接着一梯次的骊山徒，等于大规模的"大串连"，让庶民开了眼界，增长了见闻，回家乡有很多听来的故事可以吹牛。就是这样的社会背景，让一个高压封闭的社会，充满了“火种”——胸有大志却无后顾之忧的无产阶级。

率先起而抗暴的就是一位戍卒，他的名字叫作陈胜。

陈胜年轻时当人家的耕田佣工，休息时，一群耕佣在垄上聊天，陈胜对伙伴说：“我将来若是富贵了，绝对不会忘记你们。”

同伴们笑他：“你只是一个耕佣，还妄想要富贵？”

同伴们的讪笑不是没有道理。在此之前，庶民阶级与贵族阶级之间的鸿沟大到无法跨越，经过战国时代的大洗牌，仍然只有寒士可以“布衣致卿相”，或是像吕不韦那样以巨商致卿相。像陈胜这种没读过书、又没本钱营商的下层无产阶级，想要“翻身”，真是比登天还难。

可是陈胜不是一位普通的下层无产阶级，他对同伴说：“你们这些小雀、小鸟，怎么能了解鸿鹄的志向呢？”

燕雀无法了解鸿鹄的志向，这个比喻出自《庄子》的寓言，陈胜应该不可能读过《庄子》，推测这是司马迁的文学笔法。司马迁让这句名言由陈胜之口说出，描绘出一个不平凡的佣农，由于他胸有大志，才可能干出后来那一番大事。

【原典精华】

陈涉少时尝与人佣耕，辍耕之垄上，怅恨久之，曰：『苟富贵，无相忘。』佣者笑而应曰：『若为佣耕，何富贵也？』陈涉太息[1]曰：『嗟乎，燕雀安知鸿鹄之志哉！』

——《史记·陈涉世家》

①太息：长叹。

㊆ 篝火狐鸣

陈胜与友伴吴广一同被编入远戍渔阳（今北京市、河北省、天津市三省市交界处）的队伍，同行九百人。一路行军到大泽乡（今安徽省宿州市境内），天降大雨，道路不通，计算日程，几可确定不能准时抵达报到。

陈胜与吴广担任屯长（相当于领队），两人私下算计："秦帝国法令严酷，延误戍期必然是死刑。到了今天这个地步，去报到必死，逃亡也死，造反也不过一死。横竖都是死，不如为夺取天下而死。"

这种思考，一般安分守己的老百姓是不会有的，只有像陈胜这种心怀"鸿鹄之志"的"老百姓"才会有。

陈胜更不是一般土匪，并非只想占山为王。他说："天下苦于秦始皇苛政已久，我听说秦二世并非嫡长，不该他当皇帝，该继位的是公子扶苏。扶苏在人民心目中有贤良之名，只因为多次进谏，才被派去边疆督军。如今他并没有犯罪，却被二世杀死，人民对此质疑。此外，咱们都是楚人，项燕是故楚国的大将，非常爱护士卒，楚人都敬爱他。楚国亡时，有人说他战死了，但也有人说他逃亡未死。我们起义，应该以公子扶苏与项燕为号召，天下人必定会响应。”

吴广同意陈胜的说法，于是请卜者占卜，卜者了解他们的心意，说：“你们心想的事一定会成功，而且是大成功。然而，你们是不是考虑一下，借助鬼神的力量？”

陈胜、吴广闻言大喜，晓得“借鬼神的力量”可以更坚定众人信心。于是想出一计：在布帛上以红色颜料书写“陈胜王”，然后放进渔人网中的一条鱼腹中，戍卒买鱼烹食，发现鱼腹中有“红字天书”，争相传观，人人惊异。营地附近有座树神庙，吴广又在夜里派人去庙外摇晃灯笼，发出狐狸叫声，声音仿佛“大楚兴，陈胜王”。戍卒夜半闻声见火光，为之惊恐。天亮醒来，传言纷纷，人人对陈胜侧目而视。

经过这番装神弄鬼，陈胜遂有了“天意”加持，该是采取行动的时候了。

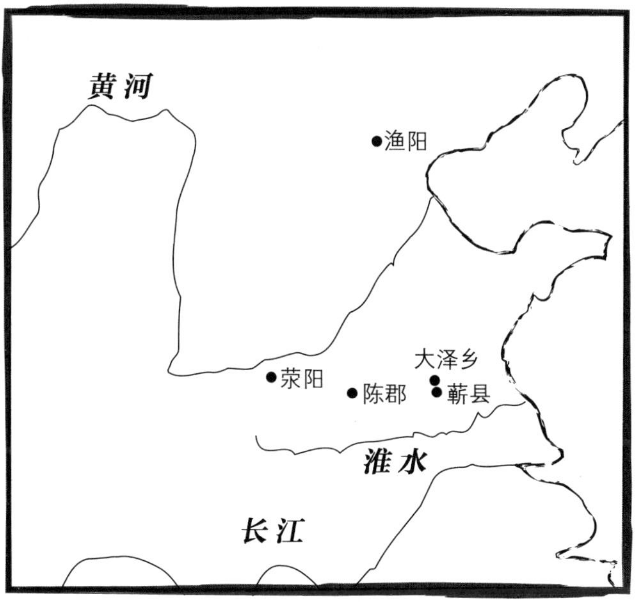

▲ 陈胜吴广起义

【原典精华】

乃行卜。卜者知其指意，曰：『足下事皆成，有功。然足下卜之鬼乎！』陈胜、吴广喜，念鬼，曰：『此教我先威众耳。』乃丹书帛曰『陈胜王』，置人所罾[1]鱼腹中。卒买鱼烹食，得鱼腹中书，固以怪之矣。又间令吴广之次[2]所旁丛祠[3]中，夜篝火[4]，狐鸣呼曰『大楚兴，陈胜王』，卒皆夜惊恐。旦日，卒中往往语，皆指目陈胜。

——《史记·陈涉世家》

①罾：音“zēng”，一种方形渔网。

②次：驻扎。次所：宿营地。

③丛祠：楚人祭祀树神的庙。

④篝：音“沟”，竹笼。篝火：摇晃灯笼，飘忽似鬼火。

⑧ 将相本无种

吴广平素人缘很好，同行戍卒很多人称呼他“吴叔”，也很愿意听他的话行事。吴广决心造反，对于同伴响应颇有信心，但还必须除去带领戍卒的军官。他趁那位带队军官喝醉时，以言语激怒他，军官拔剑要砍吴广，可是酒醉抓不稳剑，吴广夺剑杀了那军官。陈胜也起身加入，杀了两位副带队官。

干了大事之后，陈胜、吴广召集全体同伴，说：“咱们遇到大雨，延误报到日期，论罪当斩。即使不斩，戍守北方边疆，十个当中也要死去六七个。男子汉大丈夫，不死则已，要死也该死得轰轰烈烈，是吧！谁说王侯将相是凭血统决定的呢？”

一番话说得众人血脉偾张，于是打起公子扶苏和项燕的旗号，人人袒露右肩，号称“大楚军”，设祭坛，以三个秦国军官人头为祭品。陈胜自立为将军，吴广为都尉。义军攻下大泽乡，兵临蕲县（今安徽省宿州市境内），蕲县不战而降，然后分兵攻打邻县，几乎是摧枯拉朽，所向披靡。义军一路开到陈郡（今河南省周口市一带），阵容已经扩大到战车六七百乘，骑兵一千多人，步卒数万人。陈郡的太守、县令都已闻风逃走，郡丞战死，于是大楚军据有了一座大城。

陈胜召来当地的三老、豪杰，一同商量大计，众人都推陈胜为王。于是陈胜自立为王，国号“张楚”——张大楚国的意思。

不同于那些奉承强者的所谓豪杰，陈郡刚好有两位北方来的英雄豪杰，却反对陈胜称王。这两个“不识时务”的家伙是谁呢?

【原典精华】

召令徒属[1]曰：『公等遇雨，皆已失期，失期当斩。藉弟[2]令毋斩，而戍死者固十六七。且壮士不死即已，死即举大名[3]耳，王侯将相宁[4]有种乎！』

——《史记·陈涉世家》

①徒属：部属，指同行戍卒。

②藉弟：假使。

③举：成就。举大名：成就一番大事。

④宁：哪里。

㊈ 张耳·陈馀

这两人一个名叫张耳，一个名叫陈馀。

张耳年轻时，曾经是故魏国信陵君魏无忌（战国四大公子之一）的门客。后来犯罪逃亡，到了外黄县（今河南省杞县南边）。外黄有位富人的女儿长得很漂亮，却嫁了一个庸庸碌碌的丈夫，因此逃离夫家。她的父亲知道张耳是个有才干的角色，就对女儿说："你如果想要一个有前途的丈夫，就跟了张耳吧！"女儿同意，就请人出面办妥了离婚手续，改嫁张耳。张耳当时逃亡在外，岳父家给他很多经济上的支持，他用来大做公关，居然当上了魏国的外黄县令，名声也愈发远播。

陈馀也是魏国人，专攻儒学。他常前往苦陉县，当地一位姓公乘的富户认为陈馀非凡俗之辈，将女儿嫁给了他。

张耳、陈馀两人交往，陈馀年纪小很多，所以对待张耳如同父亲，两人好到可以共生死，互相承诺为"刎颈之交"。

秦灭魏数年之后，听闻张耳、陈馀是魏国"余孽"中的杰出分子，就悬赏捉拿二人：张耳一千金，陈馀五百金。

张耳、陈馀两人乃改名换姓，一同逃到陈郡，在城内担任里门守卫员，混口饭吃。有一次，里长经过里门，不知什么原因，拿鞭子抽了陈馀。陈馀想要跳起来反抗，张耳踩他脚后跟，暗示他忍耐。等里长走了，张耳将陈馀带到城外桑树下，四下无人，疾言厉色地教训他："我之前是怎么教你的？你现在受这么一点小小的屈辱，就甘愿为与小吏斗气而死吗？"陈馀心服口服——大丈夫能屈能伸，忍一时委屈，是为了等待时机。

秦政府搜捕两人的悬赏仍在，行动也未停止。张耳和陈馀想出了一计：利用里门守卫身份，不再躲藏，反而挨家挨户去"搜查通缉犯"，于是没有人怀疑他俩。

陈胜进入陈县（陈郡郡治），张耳、陈馀去见他，陈胜和他的左右参谋也早已听说他俩的名声，相见大喜。

陈县的父老建议陈胜自立为楚王，才好指挥诸将。陈胜征询张耳、陈馀的意见，两人认为："将军起义，是为天下苍生除害。如今才稍有局面就称王，会让天下人认为你有私心。建议不要称王，快速引兵西进，扶助六国后人起义，增加秦朝的敌人，增加自己的盟友。等打进咸阳，乃可以号令诸侯，建立帝业。如果今天称王，恐怕人心离散！"

陈胜最终没有采纳他俩的建议，仍自立为王。可是采纳了他俩"西进咸阳"的战略建议：封吴广为"假王"（吴广的起义功劳不比陈胜小），督率诸将西进；吴广主攻荥阳（今河南省荥阳市），周市攻掠故魏国领地，葛婴攻掠故楚国领地。

张耳、陈馀看破陈胜不是取天下的材料，不想留在陈郡坐等败亡，想出一个脱身之计。

【原典精华】

秦灭魏数岁，已闻此两人魏之名士也，购求[1]有得张耳千金，陈馀五百金。张耳、陈馀乃变名姓，俱之陈，为里监门以自食。两人相对。里吏尝有过笞[2]陈馀，陈馀欲起，张耳蹑[3]之，使受笞。吏去，张耳乃引陈馀之桑下而数[4]之曰：『始吾与公言何如？今见小辱而欲死一吏乎？』陈馀然之。

——《史记·张耳陈馀列传》

①购求：悬赏捉拿。

②过：过分。笞：鞭打。过笞：无故或借故鞭打。

③蹑：踩。蹑之：踩脚，暗示忍耐。

④数：数落。

⊕ 武信君

陈馀向陈胜建议：“大王发动故楚、魏（大约是今江苏、安徽、湖北、河南）之兵向西，目标是进攻关中，没有多余力气去收拾故赵国（今河北）。我曾经去过赵地，认识那边的豪杰之士，也了解那边的地形，希望能带领一支奇兵，向北方攻掠赵地。”

陈馀这一招是脱离陈胜，自己开创局面的妙计。可是陈胜没有尽如他的意：陈胜派出自己信任的武臣为将军、邵骚为护军（监军），张耳、陈馀只能任左右校尉（第三、四把手），拨给他们三千士卒，向北攻掠赵地。

武臣的军队从白马津渡过黄河，游说当地豪杰说：“秦朝的乱政虐刑为害天下数十年，老百姓已经无法忍受。陈王振臂高呼，揭竿起义，故楚王国风起云涌，各地方人民杀了郡守、县令以响应，吴广、周文更领军进攻关中。处在这个关键时刻，如果不能开创一番封侯的功业，就称不得人中豪杰。各位请好好思考一下。”

赵地豪杰都同意他的说法，于是募集兵力数万人，尊武臣为武信君，一下子攻下十城，但是其他城池仍攻不下来。

抵抗武信君大军的城池之一是范阳（今河北省定兴县境内）。范阳有一位辩士名叫蒯彻，他对范阳县令说：“听说长官快要死了，特来吊祭。不过也要祝贺长官，因为我蒯彻而得活命。”

县令问他：“你在胡说些什么？”

蒯彻说：“秦帝国法令重苛，长官担任范阳县令已经十年，这十年中，你因为执行秦国法令而杀人家的父亲、儿子，砍断人家的脚（刖刑），在人家脸上刺字（黥刑），不可胜数。老百姓从前不敢为亲人报仇，只因为害怕秦国法令。如今天下大乱，秦法已失去威信，迟早有人要来找你报仇，所以我来吊丧。如今武信君大军已经逼近，而长官仍坚守范阳，范阳的年轻人恐怕争着要砍下你的头颅，去向武信君邀功吧！请长官赶快派我去见武信君，转祸为福，现在是最后的机会了。”

于是范阳令派蒯彻去见武信君，蒯彻说：“阁下如果非得打仗、攻城才得到胜利，我认为并非上策。阁下何不派我带着封侯印信，拜范阳令为侯，范阳令则献出城池。然后让范阳令乘坐华贵的车子，驰骋在燕、赵的原野上，燕、赵地方的县令在城上看见，都说：‘那不是范阳令吗？他先献城池，所以先得富贵啊！’守城者心生羡慕，群起效法，燕、赵的城池就可以不战而降了。这就是所谓的‘传檄而千里定’啊！”

武信君采纳了他的献策，派出马车二百辆、骑兵二百名，命蒯彻带着侯爵印信，去封范阳令为侯。赵地各城听说后，三十几座城池不战而下。

陈胜以九百戍卒揭竿起义，居然摧枯拉朽，节节胜利。秦帝国难道麻痹了吗？秦二世对东方乱事如何看待？

【原典精华】

范阳人蒯通[1]说范阳令曰：『窃闻公之将死，故吊。虽然，贺公得通而生。』

范阳令曰：『何以吊之？』

对曰：『秦法重，足下为范阳令十年矣，杀人之父，孤人之子，断人之足，黥人之首，不可胜数。然而慈父孝子莫敢倳刃[2]公之腹中者，畏秦法耳。……今诸侯畔秦矣，武信君兵且至，而君坚守范阳，少年皆争杀君，下[3]武信君。君急遣臣见武信君，可转祸为福，在今矣。』

范阳令乃使蒯通见武信君……蒯通曰：『……君何不赍[4]臣侯印，拜[5]范阳令，范阳令则以城下君，……令范阳令乘朱轮华毂[6]，使驱驰燕、赵郊……燕、赵城可毋战而降也。此臣之所谓传檄[7]而千里定者也。』

武信君从其计，因使蒯通赐范阳令侯印。赵地闻之，不战以城下者三十余城。

——《史记·张耳陈馀列传》

①蒯：音“kuǎi”。司马迁为避汉武帝刘彻名讳，称“蒯彻”为“蒯通”。

②剚：以物插地。剚刃：将兵刃插入人体。

③下：投降、投诚。

④赍：音“jī”，给、授予。

⑤拜：以礼遇形式封、派。

⑥毂：音“gǔ”，车轮轴。朱轮华毂：华丽的车子。

⑦檄：政治文告。

⊖⊖ 伴君如伴虎

秦二世派往东方的谒者（官名，负责监视与情报搜集任务）回到咸阳，将起义军声势据实报告。嬴胡亥听不进任何不顺耳的消息，将谒者通通关进监牢。

然后召集博士们征询："楚地的戍卒攻打县城，各位认为如何？"

有三十几位博士、学者表示："人民怎么可以造反？那是杀无赦的死罪，建议陛下立即发兵痛击之。"

这是典型的效忠表态言论，可是胡亥听了当场变脸。

现场只有一位博士叔孙通看出了皇帝的心思，上前启奏："他们说得都不对。如今天下已经一统，战国时的城郭都夷平了，兵器也全都销毁了，天下不应该再有战争。英明的皇帝在上领导，官吏依法行政，人人谨守岗位，四方繁荣发展，哪还有人敢造反！东方那些败类只不过是鼠窃狗盗而已，哪里值得在朝廷上讨论？各郡守、尉负责缉拿即可，不必为此挂心。"

胡亥听了，这才转怒为喜。然后要这些人一一表态。有人说是“造反”，有人说是“盗贼”。秦二世命令御史，将那些认为“东方群盗”是造反的，一律下狱，说是盗贼的则没事。特别赏赐了叔孙通二十匹绸缎、一套衣袍，并加官晋爵。

叔孙通出宫回到住处，几位同事责问他：“先生今天发言，怎么如此谄媚?”

叔孙通说：“诸位不晓得，我也几乎不得脱虎口啊！”之后找了一个机会，逃出咸阳，投奔东方。

秦二世捂住耳朵就以为坏消息不存在，但是起义军却已逼近函谷关，他避免不了要面对现实。

【原典精华】

陈胜起山东，使者以闻，二世召博士诸儒生问曰：『楚戍卒攻蕲入陈，于公如何？』

博士诸生三十余人前曰：『人臣无将[1]，将即反，罪死无赦。愿陛下急发兵击之。』二世怒，作色。

叔孙通前曰：『诸生言皆非也。夫天下合为一家，毁郡县城，铄[2]其兵，示天下不复用。且明主在其上，法令具于下，使人人奉职，四方辐辏[3]，安敢有反者！此特群盗鼠窃狗盗耳，何足置之齿牙间。郡守尉今捕论，何足忧。』

二世喜曰：『善。』尽问诸生，诸生或言反，或言盗。于是二世令御史案诸生言反者下吏，非所宜言。诸言盗者皆罢之。乃赐叔孙通帛二十匹，衣一袭，拜为博士。

叔孙通已出宫，反舍，诸生曰：『先生何言之谀也？』通曰：『公不知也，我几不脱于虎口！』乃亡去。

——《史记·刘敬叔孙通列传》

①将：统兵。

②铄：销熔。

③辐辏：形容四方向皇帝效忠，像车辐向车毂集中。

㊀㊁ 赵王自立

张楚王陈胜派出的西征军总司令周文不但未曾遭遇抵抗，甚至一路招兵买马，发展成为“战车千乘，步卒十万”的大军，直抵函谷关。再往前推进到戏城（距离咸阳仅五十千米），敌军已经逼近都门，战情终于捂不住了，秦二世这才慌忙召开御前会议，口中连问：“怎么办？怎么办？”

大夫们个个噤口不言，有想法的也不敢乱发言，因为不晓得嬴胡亥心里想的是什么，生怕又讲错话被杀头。

只有少府（掌管山林生产）章邯提出危机处理方案：“盗贼已经到了门口，而且人数众多。这时才来征调附近驻军，时间上来不及。眼前可用的群众是骊山那些做苦工的刑徒，请陛下宣布赦免，发给他们武器，让他们上阵迎敌。”秦二世采纳了这个方案，派章邯集结骊山徒迎战楚军。

周文的军队一路没打过什么硬仗，更谈不上训练，基本上是乌合之众。章邯率领的骊山徒也是乌合之众，可是秦军的军官是有带兵打仗经验的，骊山徒在做苦工时也有组织与指挥系统。所以，接战不久，楚军就溃败了，大军后撤，速度跟来时一样快。

这个消息传到邯郸，陈馀立刻向武信君武臣建议：自立为赵王。武臣此时已经控有故赵国的土地，雄心壮志“一眠大一寸”，听到陈馀的建议，大悦，毫不考虑就自立为赵王，并封陈馀为大将军、张耳为右丞相、邵骚为左丞相。

消息传到张楚王陈胜耳中，大怒，立刻就要发兵攻打赵国，并诛杀武臣全家。但是被大臣劝阻：“秦国未灭，不宜在此时树立新的敌人，不如顺水推舟，派使节前往祝贺，并要他向西进攻关中。”陈胜采纳了这个建议，将武臣全家请到王宫居住（其实就是软禁），并封张耳的儿子张敖为“成都君”，派使节去邯郸致贺，并催促武臣向西进兵。

张耳、陈馀对武臣说：“陈王绝非真心祝贺，我们建议不要西进，而是向北扩张，夺取燕（今河北北部、内蒙古与辽宁的一部份）、代（今河北与山西北部、长城以南），增强实力，坐观秦、楚相战。”武臣同意，派出三路军队：韩广攻掠故燕国，李良攻掠常山（今河北省石家庄市），张黡攻掠上党（今山西省长治市）。

陈胜派出的西征大军（周文）失利，北征大军（武臣）自立为王。但是，南方义军仍然不断有新血加入。我要讲的故事里最重要的两位——刘邦与项羽，几乎都在第一时间响应陈胜。

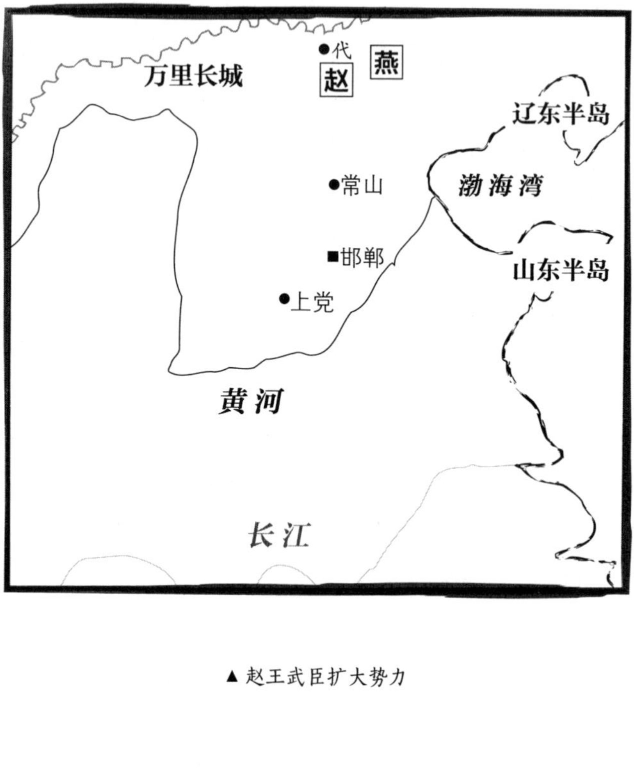

▲ 赵王武臣扩大势力

㊀㊂ 赤帝子杀白帝子

先说刘邦。

刘邦是沛县（今江苏省沛县）丰邑人，父亲刘执嘉，母亲没有在历史书上留下名字，人称刘媪（媪：老太太）。一天，刘媪在大泽旁的土堤上睡午觉，梦见与天神交配。当时雷电交加、天色晦暗，刘执嘉赶紧去湖畔接老婆，却看见一条蛟龙缠在刘媪身上。不久之后，刘媪发觉已怀有身孕，后来生下一个儿子，取名刘邦，因为在兄弟中排行老三，沛县人都称他刘季。

刘邦的外形突出：鼻梁很高，有着龙的额头（有人知道龙的额头长什么样吗?），胡须茂密美观，左大腿有二十七颗黑痣。他性情好交朋友，对朋友很大方，不计较财物。口气很大，游手好闲不参与家中生产工作。长大之后，担任泗水亭长（亭，里与乡之间的行政单位），与乡政府的吏（基层公务员）都能打成一片。好酒贪色。刘邦经常向两家餐馆赊账，一家老板姓武，一家姓王。姓武的店老板和姓王的老板娘都曾看到：刘季喝醉了趴在桌上，有一条龙出现在他背上，于是对他另眼相待——积欠酒钱往往就算了。

刘邦担任亭长的工作之一，是押送骊山徒去咸阳，每次送到之后他就在咸阳闲逛，有一回看到秦始皇的车队仪仗，忍不住叹息说："啊，大丈夫就该这样子呀！"

刘邦最后一次执行押送骊山徒去咸阳的任务，走到半路，很多人都逃跑了（显示人民敢于违抗苛政）。

刘邦暗忖，等抵达咸阳，大概全跑光了，他这个亭长跟所有刑徒都是死罪。于是走到丰邑西边的大泽便停下来，让大伙喝酒休息，又对这批罪犯与役工说："各位都走吧，我也要就此消失了。"趁夜将全体徒众纵放，其中有十几位选择追随刘邦逃亡。

刘邦与追随者带着酒意走在沼泽区，派一人走在前面担任尖兵。走着走着，尖兵回报："前面有一条大蛇挡在路上，咱们回头吧！"

刘邦仗着酒意，说："我们都是男子汉大丈夫，怕什么？"走上前去，拔出剑来将那条大蛇斩为两段。小径通了，众人继续前行。

后面的队伍走到大蛇被斩地点，看见一位老妪在黑夜中哭泣，问她怎么了，老妪说："我的儿子被人杀了。"

"你的儿子为何被杀？被谁杀了？"

"我的儿子是白帝之子，化身为大蛇，盘踞在路当中。却被赤帝之子斩了，所以我在此哭泣。"

后队数人以为她胡言乱语，那老妪却突然不见了。

等到后队追上主队，刘邦酒也醒了。有人将方才路上所见所闻告诉刘邦，刘邦内心窃喜（不是惊异、不是害怕，而是窃喜），自认为身负“天命”，而追随者因此对他愈来愈敬畏。

刘邦回到沛县，当然不能再干亭长了，就躲到附近大泽山区。别人都找不到他，他的老婆吕雉却每次都找得到，刘邦问她怎么如此灵光，吕雉说：“你停留的地点上方经常有云气，所以我每次都找得到。”刘邦又是心中暗自窃喜。而沛县年轻人听说后，纷纷前来投奔刘邦。

吕雉就是后来的吕后，她怎么嫁给刘邦的，又有一段故事。

【原典精华】

其先刘媪尝息大泽之陂[1]，梦与神遇。是时雷电晦冥[2]，太公[3]往视，则见蛟龙于其上。已而有身[4]，遂产高祖。

……

高祖常繇[5]咸阳，纵观，观秦皇帝，喟然太息[6]曰：『嗟乎，大丈夫当如此也！』

——《史记·高祖本纪》

①陂：水边。

②冥：即“暝”，古时字少借用。晦冥：天昏地暗。

③太公：刘邦成为汉高祖之后，老爹刘执嘉被尊称为“太公”。

④有身：怀孕。今日一些方言仍用此词，保留了三千年前的河洛用语。

⑤繇：同“徭”，出公差。

⑥喟然：感慨的样子。太息：长叹。

【原典精华】

高祖以亭长为县送徒郦山，徒多道亡。自度比至皆亡之，到丰西泽中，止饮，夜乃解纵所送徒，曰：『公等皆去，吾亦从此逝[1]矣！』徒中壮士愿从者十余人。

高祖被酒[2]，夜径泽中[3]，令一人行前。行前者还报曰：『前有大蛇当径，愿还。』高祖醉，曰：『壮士行，何畏！』乃前，拔剑击斩蛇。蛇遂分为两，径开。行数里，醉，因卧。后人来至蛇所，有一老妪夜哭。人问何哭，妪曰：『人杀吾子，故哭之。』人曰：『妪子何为见杀？』妪曰：『吾子，白帝子也，化为蛇，当道，今为赤帝子斩之，故哭。』人乃以妪为不诚，欲告之，妪因忽不见。后人至，高祖觉。后人告高祖，高祖乃心独喜，自负。诸从者日益畏之。

——《史记·高祖本纪》

①逝：消失。

②被：施加。被酒：指喝醉。

③径泽中：在沼泽中的小径上行走。

㊀㊃ 贵不可言

那时有一位有钱人，人称吕公，因躲避仇家来到沛县依附县令。沛县的豪杰、县吏听说县令有贵客来，都前往致意，吕公则摆酒款待。

沛县的主吏萧何帮吕公主持酒宴，向来贺宾客宣布：“致赠礼金不满一千钱的，坐在堂下。”

刘邦是个小小亭长，可是平常习惯了说大话，于是写了一张礼帖：礼金一万。但事实上没带一文钱。

吕公被这张礼帖惊动了，起身到门前迎接这位贵客。吕公平时好为人相面，一见刘邦面相不凡，非但不介意刘邦“空手到”，更特别礼遇，亲自引他入座。

萧何是知道刘邦底细的，怕县令的贵客被一张空头礼帖蒙了，对吕公说：“刘季这个人，大话说很多，可是很少兑现。”但吕公完全不介意。反而刘邦因为主人礼遇，态度愈发大剌剌，直接坐到上座，毫不谦让。吕公在席间则一再以目示意，要刘邦吃完酒席留下来。

客人酒足饭饱一一散去，吕公对刘邦说：“我从年轻时就喜欢给人相面，一生相过的人多了，但是没有一个像你如此相貌。刘季你可要把握自己的前程啊！”语气一顿，再说：“老夫有一个女儿，嫁给你，为你执箕帚好吗？”

刘邦告辞出门，吕夫人向老公兴师问罪：“你平日老是说，咱们的女儿命很好，将来会嫁给贵人。沛县县令来提亲，你都不肯，怎么就这样草率许配给这个刘季呢！”

吕公说：“女人家懂什么！”坚持将女儿嫁给刘邦。

吕公的女儿名叫吕雉，为刘邦生了一男一女。有一天，吕雉带着儿女在田中除草，有一位老人经过田边，向吕雉讨点水喝。吕雉给了水，又给他食物。老人看看吕雉的面貌，说：“夫人的面相是天下之贵人。”意思是她将来会统御天下。在当时社会，一名女子是不可能统御天下的，何况是一名农妇。

吕雉听了，就请老人为两个小孩看相，老人看了儿子，说：“夫人之所以能大贵，就是因为这男孩。”再相女儿，说女孩也是贵相。

老人走后，刘邦溜班到田里来看老婆孩子，吕雉对他说，方才有一位老人帮她和儿子、女儿看面相，说都是大贵之命。刘邦问“人呢”，吕后说“才走不远”。

刘邦追上老人，询问方才的事情，老人说：“方才那位夫人与孩子都和先生您一样，阁下的面相更贵不可言。”

所谓“贵不可言”，意思是说“讲出来是要杀头的”，也就是“皇帝命”！

【原典精华】

吕后与两子居田中耨[1]，有一老父过请饮，吕后因餔[2]之。老父相吕后曰：『夫人天下贵人。』令相两子，见孝惠[3]，曰：『夫人所以贵者，乃此男也。』相鲁元，亦皆贵。

老父已去，高祖适从旁舍来，吕后具言客有过，相我子母皆大贵。高祖问，曰：『未远。』乃追及，问老父。老父曰：『乡[4]者夫人婴儿皆似君，君相贵不可言。』

——《史记·高祖本纪》

①耨：音“nòu”，除草用的农具。

②餔：通“哺”，以食饲人。

③孝惠：吕后的儿子刘盈，后来成为汉孝惠帝。

④乡：同“向”，之前、方才。

一五 沛公

刘邦后来能当上皇帝，必然经过了一番坚苦卓绝的奋斗，可是他的“创业第一桶金”，却是天上掉下来的。

陈胜、吴广揭竿而起，攻下陈县后称王。南方郡县纷纷响应。有些是县令易帜拥护陈王，有些则是乡人杀了郡守、县令，然后响应起义。

沛县就在陈县附近，沛县县令见大势所趋，也想起兵响应陈胜。沛县的主吏萧何、狱掾曹参对县令说：“阁下身为秦朝官员，如今想要背叛，只怕沛县子弟不肯听命（因为县令一直是秦暴政的代理人）。如果阁下召唤那些躲在山泽地区的亡命之徒，可以聚集数百武力，以之胁迫沛县子弟，他们就不敢反对了。”

县令乍听觉得有理，于是叫屠狗的樊哙去召唤刘邦，当时刘邦在大泽中已经聚集了近百徒众。

樊哙找到刘邦，表示自己也愿追随，一群亡命之徒遂直往沛县县城而来。这时，沛县县令却又后悔了，担心生变，于是闭紧城门，不让群众进城，甚至起意要杀了萧何、曹参。

萧何、曹参这下已经没有退路，两人从城墙上纵下城外，投奔刘邦。刘邦乃在帛上写了一封信射入城中（想必是萧何手笔），信上说：“天下人受秦国暴政之苦已经太久了，外头的世界已经群雄并起。父老们今天如果支持县令（为秦帝国）守城，迟早会被屠灭。如果沛县人民大众一同诛杀县令，选择沛县子弟中可以担任领袖的人，大家拥护他，以响应起义军，则家室可以保全。如果不这样，父子都将被屠杀，千万不要做这种蠢事！”沛县父老见信，率领子弟一同攻杀县令。沛县公务车御者夏侯婴是刘邦好友，带头开城门迎接刘邦。沛城父老要推举刘邦担任沛县县令，刘邦推辞（想必是做作，当初他接受吕公的礼遇可不见谦让）。萧何、曹参都是文吏，没有雄心魄力，于是大力推举刘邦。父老都说：“刘季一向以来都有异兆随身，应该会成为贵人。”刘邦依然谦让，而众人则愈发拥护。

终于，在众人拥戴之下，刘邦成为沛公（故楚国称县令为“公”），祭祠黄帝、蚩尤，萧何、曹参、樊哙等帮他招募了沛县子弟两三千人，开始攻掠左近城县。

刘邦就此踏上他的“天子之路”。

【原典精华】

刘季乃书帛射城上，谓沛父老曰：『天下苦秦久矣。今父老虽为沛令守，诸侯并起，今屠沛。沛今共诛令，择子弟可立者立之，以应诸侯，则家室完。不然，父子俱屠，无为也。』

——《史记·高祖本纪》

㈠㈥ 项家军

揭竿抗秦的各路义军之中，另一位重要人物是项羽。

项羽，本名项籍，字羽。出道时年方二十四岁，追随叔叔项梁起义。项梁的父亲就是陈胜起义时以为旗帜的故楚国名将项燕，项家世代都是楚将。

项羽小时候进学读书，读不好，又去学剑，也不成气候。项梁对这个侄儿很恼怒，项羽说："读书写字只能记名姓而已，剑术只能对付一人，要学就学万人敌。"

于是项梁教项羽兵法。项羽很喜欢兵法，可是大略知道意思之后，又不肯学个透彻。

项梁坐过牢、也杀过人，为了逃避仇家，流亡到吴中（今江苏苏州一带），吴中的士人都进出他的门下。

秦始皇南巡，到会稽山，渡过浙江时，项梁和项羽都去看热闹。

项羽说："这家伙（我）可以取而代之。"

项梁连忙掩住他的嘴，说："别乱讲话，这可是诛全族的罪名！"

从此，项梁对这个侄儿另眼看待。

项羽身高八尺，力气很大，能扛起一座铜鼎，吴中子弟都怕他三分。

陈胜、吴广揭竿起义，各地纷纷响应。会稽郡守殷通也想自立为王，就找项梁来商量，说：“江西（长江以西，指今安徽、苏北，苏南与浙江为江东）全反了，这是老天要灭亡秦朝。我认为，先发制人，后发制于人，我有意发兵起义，命你和桓楚二人为将军。”

当时桓楚因为犯罪避于太湖中，项梁说：“桓楚躲起来了，没有人知道他在哪里，只有项羽知道。”

殷通命他召项羽前来。项梁出去，指示项羽带着剑在外等候。项梁再回到办公室，坐下，对郡守说：“请长官召唤项羽，命令他去找桓楚。”

殷通点头，项梁乃出门叫项羽进来。殷通交代话语未毕，项梁以目光示意，对项羽说：“可以（动手）了！”项羽立即拔剑斩下郡守的脑袋。

项梁拎着郡守的脑袋，佩着郡守的印绶走出办公室。一时间，郡政府内惊慌大乱。项羽持剑击杀数十人，府中人员为之慑服，不敢抬头。

于是项梁召集地方豪族、士人，告诉他们要发动“大事”，招募勇士，募到八千人。项梁部署吴中豪杰分任校尉、司马，自己担任会稽郡守，项羽担任副将。

这八千“子弟兵”就是项家军逐鹿天下的本钱。

【原典精华】

秦始皇帝游会稽，渡浙江，梁与籍俱观。籍曰：『彼可取而代也。』梁掩其口，曰：『毋妄言，族矣！』梁以此奇籍。籍长八尺余，力能扛鼎，才气过人，虽吴中子弟皆已惮籍矣。

——《史记·项羽本纪》

【原典精华】

会稽守通谓梁曰：『江西皆反，此亦天亡秦之时也。吾闻先即制人，后则为人所制。吾欲发兵，使公及桓楚将。』是时桓楚亡在泽中。梁曰：『桓楚亡，人莫知其处，独籍知之耳。』梁乃出，诫籍持剑居外待。梁复入，与守坐，曰：『请召籍，使受命召桓楚。』守曰：『诺。』梁召籍入。须臾[1]，梁眴[2]籍曰：『可行矣！』于是籍遂拔剑斩守头。项梁持守头，佩其印绶。门下大惊，扰乱，籍所击杀数十百人。一府中皆慑伏，莫敢起。

——《史记·项羽本纪》

①须臾：一会儿。

②眴：音“shùn”，眨眼示意。

㈠㈦ 齐王、魏王、燕王

除了张楚王陈胜、赵王武臣，还有三位称王，并且都是打着故战国七雄的旗号。

故齐国的王族田儋（音“dān”）与弟弟田荣、堂弟田横都是豪杰，在故齐国地方（今山东省）很得人望。陈胜派周市攻掠齐地，大军到达狄城，狄城县令闭城坚守。田儋将自家奴仆捆绑押送到县衙公堂，声称要见县令，请求批准处决奴仆。县令升堂问案，田儋当场击斩县令，然后号召狄城年轻人，说：“天下都起兵抗秦，我们齐国是一个拥有光荣历史的国家，当然要建立自己的旗号。我田儋是故齐国王族，理应为王。”遂自立为齐王，出兵攻打周市。

周市遭到抵抗，撤军，田儋率军向东收复故齐国土地。

而周市则率军转进，攻掠故魏国土地（今河南省黄河以北地区），派使者向张楚王陈胜请求立故魏国公子魏咎为魏王。魏国当地豪杰推举周市当魏王，周市不同意，说：“天下纷乱，才看得出坚守原则的人。天下人都背叛秦国，一定要立魏王后代才是义理。”众人坚决推举周市，周市坚决不肯，一再派使节去陈县迎接魏咎，陈胜终于同意魏咎前往大梁（故魏国首都）。

周市宣布魏咎为魏王，自己担任宰相。

之前，赵王武臣接受陈馀建议，派出大将韩广攻掠故燕国土地。

韩广大军开到燕国，燕国之前抗秦血仇未报（荆轲奉燕太子丹之命刺杀秦王，后来秦灭燕，大肆屠杀），当地豪杰之士早就想要抗秦了，众人商量决定推举韩广为燕王。

韩广说："我的母亲还在邯郸，我如果称王，赵王一定会杀我母亲。不可！"

燕地豪杰说："赵王当前的处境，西方有秦国威胁，南方有张楚（陈胜）记恨，哪还有力量威胁我们？况且，以张楚之强，都不敢伤害赵王及其将相的家属，赵王又哪敢伤害将军您的家属呢？"

于是韩广自立为燕王，几个月后，赵王武臣派人将燕王的母亲与家属通通送还燕王。

于是，楚、赵、齐、魏、燕都出现了，似乎又回到战国时代（韩国也在隔年出现）。然而，秦帝国之前系因为秦二世没把"东方群盗"放在眼里，方致军事失利。后来章邯组织骊山徒击退周文之后，秦二世征集关中各郡县军队，任命章邯为统帅向东讨伐。

起义军现在必须面对战力强大的秦国正规军了。

【原典精华】

田儋详[1]为缚其奴，从少年之廷[2]，欲谒[3]杀奴。见狄令，因击杀令，而召豪吏子弟曰：『诸侯皆反秦自立，齐，古之建国，儋，田氏，当王。』遂自立为齐王，发兵以击周市。

——《史记·田儋列传》

①详：同“佯”，假装。

②廷：公堂。

③谒：求见。

【原典精华】

魏地已定，诸侯皆欲立周市为魏王。市曰：『天下昏乱，忠臣乃见。今天下共畔[1]秦，其义必立魏王后乃可。』

——《资治通鉴·秦纪二》

①畔：同“叛”。

【原典精华】

韩广将兵北徇[1]燕，燕地豪桀[2]欲共立广为燕王。

广曰：『广母在赵，不可！』

燕人曰：『赵方西忧秦，南忧楚，其力不能禁[3]我。且以楚之强，不敢害赵王将相之家，赵独安敢[4]害将军家乎？』

韩广乃自立为燕王。居数月，赵奉燕王母家属归之。

——《资治通鉴·秦纪二》

①徇：通“巡”，以武力宣示主权。

②桀：同“杰”。

③禁：制。

④安敢：怎敢。

㈠㈧ 陈胜败亡

回头说周文的远征军被章邯的骊山徒杂牌军击败，退出函谷关，在曹阳（今河南省灵宝市）建筑营垒，整顿军队，计划再次进攻。

两个月后，章邯大军攻来，已经不再是杂牌军，而是曾经无敌于天下的秦国正规军。周文一战而败，撤退到渑池（今河南省渑池县），十余日后，章邯再度进攻，楚军再败，周文自刎，张楚远征军瓦解。

章邯的下一目标是荥阳（今河南省荥阳市）。荥阳守将是秦帝国丞相李斯的儿子李由，被吴广率领的楚军包围，却坚守不失。等到周文大军溃败消息传来，楚军将领田臧、李归等发动兵变，杀了吴广，留李归继续包围荥阳，田臧率主力迎战章邯。结果，两军在敖仓（荥阳西北黄河边）激战，楚军溃败，田臧阵亡。章邯乘胜攻击李归，李归战死，荥阳解围。

秦二世为章邯增兵，加派二员将领司马欣、董翳协助剿匪，大军直逼陈郡而来。

先前张楚大军无往不利时，陈胜颇有轻敌之色。孔子八世孙孔鲋，在张楚王国的朝廷任官博士，他对陈王说："我读过的兵法上说：不可依恃敌人不来攻我，必须充分备战，让敌不可攻。如今大王轻敌以为不会被攻击，而疏于备战，万一战败而无力重振，后悔也来不及了。"

陈胜说："寡人的军事，就不劳先生费心了。"

如今，给孔鲋说中了，楚军一败涂地。陈胜亲自到前线压阵，仍然大败。陈胜前往汝阴（今安徽省阜阳市）寻求援兵，被御者（驾车人，地位相当侍卫长）庄贾刺杀，庄贾向秦军投诚。

张楚王国就此灰飞烟灭，但陈胜的失败却早已注定。

陈胜称王之后，有一位昔日同为耕佣的伙伴来到他宫前，敲宫门说："我要见陈胜。"守门官吏要将那个乡巴佬绑起来，乡巴佬急忙数说他和陈胜的交往故事，举证历历，守门吏才放了他，但仍不为他通报。

一直等到陈胜要起驾出宫，那乡巴佬冲到路上，拦住陈王，喊他名字。陈胜听见了，召见他，载他一同回宫。

进了王宫，看见殿堂宏伟、帷帐精美，惊叹不已，说："多么壮观啊！你这个王宫可真大、真深呀！"

可是这位乡巴佬故友在宫中进出随便，而且还口没遮拦，逢人就述说陈王从前的糗事。于是有人向陈王进言："你这个客人愚昧无知，口没遮拦，大大有损你的威严。"于是陈胜就把这老友给杀了。

陈胜当初对耕佣伙伴说："燕雀焉知鸿鹄之志?"燕雀的确无法想象鸿鹄的志向远大，可是陈胜却志大才疏，徒有鸿鹄之志，却无鸿鹄之器。结果"鸿鹄"杀了"燕雀"，其他故人都跑了。连一个老友都没有能力好好处置，他的王国可想而知矣！

陈胜败亡，下一个是北方的赵王武臣。

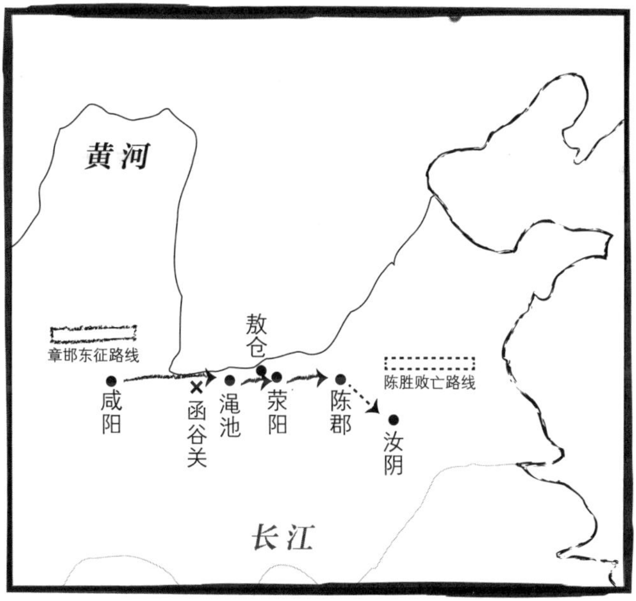

▲ 章邯东征

【原典精华】

陈王[1]既遣周章[2]，以秦政之乱，有轻秦之意，不复设备。博士孔鲋谏曰：『臣闻兵法：不恃敌之不我攻，恃吾不可攻[3]。今王恃敌而不自恃，若跌[4]而不振，悔之无及也。』陈王曰：『寡人之军，先生无累[5]焉。』

——《资治通鉴·秦纪二》

①陈王：即陈胜。陈胜国号虽为“张楚”，但是他进入陈县之后，就关门当他的皇帝，所以史家不称他为“楚王”，但称“陈王”。

②周章：即周文。

③《孙子兵法》：毋恃敌之不来，恃吾有以待之。

④跌：“战败”的委婉说法。

⑤累：劳烦。

【原典精华】

其故人尝与佣耕者闻之，之陈，扣宫门曰：『吾欲见涉。』宫门令欲缚之。自辩数，乃置[1]，不肯为通。

陈王出，遮道而呼涉。陈王闻之，乃召见，载与俱归。入宫，见殿屋帷帐，客曰：『夥颐[2]！涉之为王沉沉[3]者！』

客出入愈益发舒[4]，言陈王故情。或说陈王曰：『客愚无知，颛[5]妄言，轻威。』陈王斩之，诸陈王故人皆自引去。

——《史记·陈涉世家》

①置：留下。

②颐：叹词，如“矣”之用法。

③沉：深。沉沉：如“庭院深深”用法。

④发舒：无拘束。此处作“说话没遮拦”解。

⑤颛：音“zhuān”，愚昧。

⑲ 武臣败亡

韩广自立为燕王，赵王武臣带着张耳、陈馀，向北进军到燕国边界，想要给燕国一些压力。可是武臣太不小心，居然在营地附近闲游，被燕军抓去。燕军将领要求“分赵地一半”，才肯放回赵王。张耳、陈馀接连派出十数位使者，都被燕国杀了。

张耳、陈馀正束手无策，却有一个炊事兵建立奇功。

那炊事兵对同伴说：“我要去游说燕军将领，让他放回赵王。”

他的伙伴笑他：“算了吧！他们都已经杀掉十几个使者了，你能有什么高招？”

炊事兵一个人走到燕军壁垒前面，求见燕将，燕将接见他。

他问燕将：“知道我为何而来吗？”

燕将说：“你还不是为了赵王而来。”

炊事兵：“你知道张耳、陈馀是何等人物？”

燕将：“是了不起的人。”

“你知道他们想要什么吗？”

“他们希望我放他们的王回去。”

炊事兵失笑，说：“阁下实在是不了解这两人。要晓得，张耳、陈馀出生入死攻下赵地数十城，他们想的都是自己坐北方尊位称王，岂是以做到卿相为满足的角色？只不过目前大势尚不明朗，权且以武臣为王，稳定赵军人心而已。如今阁下囚禁赵王，那两人嘴上说要求放赵王回去，心底想最好燕军杀了赵王，他俩瓜分赵国土地，各自称王。想想看，一个赵王就够燕国伤脑筋了，何况两个赵王左右夹击？”

燕将听后觉得有道理，就放回赵王武臣，由炊事兵驾车接回赵国。

赵王武臣侥幸得脱，却不料命丧于他派出的另一位将领李良之手。

李良攻下常山，派人回报，武臣命他续攻太原，却在井陉（太行山的险要通道）被秦军阻住，无法前进。乃回军邯郸，请求增兵再攻。

有一天，赵王的姐姐出外饮酒，随从一百多骑兵，李良在路上望见，以为是赵王，伏在路旁请谒。赵王的姐姐喝醉了，不能答礼，她的随从唤李良起身。李良觉得很没面子，怒火攻心，派人追杀赵王的姐姐，并发兵袭击邯郸。邯郸没有防备，武臣与邵骚都被杀死。

张耳、陈馀朋友多，脱出危城，收拾各路军队，立故赵国的后裔赵歇为赵王。李良进兵，被陈馀击败，李良投奔秦将章邯。

陈胜、武臣倏起倏灭，可是刘邦却因张楚王国瓦解而茁壮，更重要的是他结交了张良。

【原典精华】

有厮养卒[1]谢其舍中曰：「吾为公说燕，与赵王载归。」舍中皆笑曰：「使者往十余辈，辄死，若何以能得王？」乃走燕壁。燕将见之，问燕将曰：「知臣何欲？」燕将曰：「若欲得赵王耳。」曰：「君知张耳、陈馀何如人也？」燕将曰：「贤人也。」曰：「知其志何欲？」曰：「欲得其王耳。」赵养卒乃笑曰：「君未知此两人所欲也。夫武臣、张耳、陈馀杖马箠[2]下赵数十城，此亦各欲南面而王，岂欲为卿相终已邪？夫臣与主岂可同日而道哉，顾其势初定，未敢参分[3]而王，且以少长先立武臣为王，以持[4]赵心。今赵地已服，此两人亦欲分赵而王，时未可耳。今君乃囚赵王。此两人名为求赵王，实欲燕杀之，此两人分赵自立。夫以一赵尚易燕[5]，况以两贤王左提右挈，而责杀王之罪，灭燕易矣。』燕将以为然，乃归赵王，养卒为御而归。

——《史记·张耳陈馀列传》

①厮：砍柴。养：烹煮。厮养卒：炊事兵。

②杖：执。箠：音“chuí”，鞭子。杖马箠：意指驱策。

③参：三。参分：三人瓜分。

④持：稳住。

⑤易燕：视燕国为易取。

㊁㊉ 黄石公

之前那位谋划椎杀秦始皇的张良，在逃亡期间，却有一番奇遇。

有一天，张良信步走过下邳（今江苏省徐州市内）一座桥。有一位衣衫褴褛的老翁走过他身边，故意将一只鞋子弄到桥下，然后回头对张良说："喂，小伙子，下去帮我老人家将鞋子拿上来。"张良乍听，一愣，想要扁他。转念又想："他那么老了，算了，不跟他计较。"张良忍住气，走到桥下帮老人把鞋子捡了上来，正要交给他，老人家又开口了："帮我穿上。"张良啼笑皆非，干脆好人做到底，长跪地上，为老人家穿鞋。老人也毫不客气，伸出脚，让他服务。穿好鞋，老人也没说声谢，就笑着走了！

"居然有这种人。"张良看着老人的背影，愣在当场。

老人走出约莫一里，又走回来，说："小伙子可堪造就，五天后天亮时，在这里跟我见面。"

张良行了个礼，说："好的。"

五天后，天一亮，张良就去桥上赴约。只见那老翁已经等在那里，怒叱张良：“跟老人家约会为什么迟到?”说完掉头就走，口中说道：“五天后，早点来。”

五天后，鸡才叫（天未亮）张良就起身前往，那老翁又先等在那儿了，怒叱：“为什么又迟到？回去，五天后更早一点来。”

五天后，张良不到半夜就去桥上候着。没过多久，老翁也到了，看见张良已经先到，面露喜色，说：“这才像话嘛!”

老翁从怀中取出一卷竹简书，说：“读通这卷书，就可以当帝王之师了。十年后，你一定会有大成就；十三年后，你到济北来找我，谷城山下有一黄石，那就是我了。”

老人说完就走，没多交代其他事情。天亮了，张良打开竹简来看，居然是《太公兵法》。

那位老人就是传说中的黄石公，张良后来襄助汉高祖刘邦建立大汉帝国后，路过谷城山，依照老人嘱咐，找到一块黄石，带回供养。张良死后，家人将黄石与他一同下葬。

沛公刘邦带着沛县子弟兵前往陈县，路上遇到张良，张良带领一百多名年轻人，也要去陈县。张良决定加入刘邦阵营，刘邦任命张良为骑兵将领。

张良屡次向刘邦讲述《太公兵法》，刘邦都能领略；但与其他将领讨论时，其他将领却都不能理解。张良赞叹：“沛公莫非是天纵英明?”

但刘邦、张良等一行人尚未到陈县，就听说陈王已经兵败身亡，刘邦乃转向薛城（今山东省滕州市），投奔项梁。

【原典精华】

良尝闲从容步游下邳圯[1]上，有一老父，衣褐[2]，至良所，直[3]堕其履圯下，顾谓良曰：『孺子，下取履！』良鄂然[4]，欲殴之。为其老，强忍，下取履。

父曰：『履我！』

良业为取履，因长跪履之。父以足受，笑而去。良殊大惊，随目之。父去里所[5]，复还，曰：『孺子可教矣。后五日平明，与我会此。』

良因怪之，跪曰：『诺。』

五日平明，良往。父已先在，怒曰：『与老人期，后，何也？』去，曰：『后五日早会。』

五日鸡鸣，良往。父又先在，复怒曰：『后，何也？』去，曰：『后五日复早来。』

五日，良夜未半往。有顷，父亦来，喜曰：『当如是。』出一编书[6]，曰：『读此则为王者师矣。后十年兴。十三年，孺子见我济北，穀城山下黄石即我矣。』

遂去，无他言，不复见。旦日视其书，乃《太公兵法》[7]也。良因异之，常习诵读之。

——《史记·留侯世家》

---

①圯：音“yí”，桥。

②褐：音“hè”，粗布衣服。

③直：故意。

④鄂然：愕然。

⑤里所：一里路左右。汉代一里不足500米。

⑥编书：竹简或木简用绳子串起来的书。

⑦太公兵法：姜太公吕尚的兵法。世传《六韬》是太公兵法，《三略》是黄石公兵法。

【原典精华】

良数以《太公兵法》说沛公，沛公善之，常用其策。良为他人言，皆不省。良曰：『沛公殆天授[1]。』

——《史记·留侯世家》

①天授：上天赐予的天赋。

㉑ 英布·陈婴

项梁从会稽起义，很快就扫平了江东（长江以南），并且得到一员勇将英布。

英布年轻时，有人替他看相，说："你命中注定要受刑（成为罪犯），之后却能够封王。"那时候秦始皇已经削平六国，建立中央集权政府，各地方只设郡县，没有封国，又怎么会有"王"？英布听了相者之言，不当它一回事。

等到壮年，果然受人连累（坐法）要受黥刑，也就是在脸上刺字。他欣然接受，笑着说："相者说我命中注定要受刑，看来是应验了。他又说我以后会封王，莫非也要应验吗？"

听到他这番话的人，都拿他当笑料。

英布受了黥刑，从此人称黥布。还被送到骊山去做工，也就是成了骊山徒。当时骊山工地最多时有刑徒七十万人，黥布刻意与骊山徒当中的豪杰人物交往，后来带领了一伙人逃亡，在江泽之间（长江与洪泽湖之间）当强盗。

陈胜起兵的消息传来，英布去见番君（番邑行政首长）吴芮，游说他响应。吴芮的父亲过去是故楚国的大司马，立即同意英布，号召番邑青年起义，聚集了数千部众。吴芮更看好英布前程无量，将自己的女儿嫁给英布。

陈胜被章邯消灭之后，英布的军队还打了好几场胜仗。直到项梁渡江，他带着部众投靠项梁。

项梁渡江北上，是因为陈胜的旧部召平“矫诏”任命项梁为“上柱国”，这在故楚国是武将最高职位，要项梁出兵西上，迎战秦军。

项梁渡过长江，听说东阳（今安徽省天长市）的年轻人击杀县令，集结二万余人，要求令史（县令幕僚长）陈婴当王。陈婴的母亲对他说:“突然降临的大头衔，是不祥的。不如追随一位领袖，事成则封侯，万一事败，逃匿也比较不显眼。”

刚好，项梁派出使节到东阳，邀请陈婴联军西伐。陈婴于是召集诸将，说:“项氏世代担任楚国大将，我们投靠名门，才能成大事。”于是将指挥权交给项梁。

陈胜死后，楚地义军一时群龙无首，项梁因为父亲项燕的光环，吸引义军纷纷投效，填补了陈胜败亡之后的空间，渡江后迅速扩充到六七万人，刘邦和张良也加入他的阵营。

【原典精华】

有客相（黥布）之曰：『当刑而王。』及壮，坐法黥。布欣然笑曰：『人相我当刑而王，几是乎？』人有闻者，共俳笑之。

——《史记·黥布列传》

【原典精华】

婴母谓婴曰：『自我为汝家妇，未尝闻汝先世之有贵者。今暴[1]得大名[2]，不祥；不如有所属。事成，犹得封侯；事败，易以亡，非世所指名也。』婴乃不敢为王，谓其军吏曰：『项氏世世将家，有名于楚；今欲举大事，将非其人不可。我倚名族，亡秦必矣！』其众从之，乃以兵属梁。

——《资治通鉴·秦纪三》

①暴：突然。

②大名：大头衔。

㉒ 楚虽三户，亡秦必楚

项梁打败了自称楚王的景驹，在薛城召集义军诸将集会，商量共推义军领袖。范增是一位声望很高的智谋之士，当时已经七十岁，生平好奇计，他对项梁说："陈胜败亡是注定了的。当初秦灭六国，楚国最不甘，楚怀王被骗去秦国，遭扣押不放回来，楚人到今天还替他婉惜。所以，楚国有一位预言家南公说'楚虽三户，亡秦必楚'。如今陈胜首先起义，却不拥立楚王后代，而自立为王，当然支持不久。而阁下自江东起兵，楚地各义军纷纷加入你的阵营，就是因为你们家世世代代担任楚国大将，他们都期待阁下能为楚复国呀！"

项梁这才明白，为什么一路都有义军加入。于是他派人明察暗访，在民间找到了楚怀王的孙子芈心（故楚王室姓芈），虽然他只是个受雇于人的牧羊人，项梁仍拥立他为王，并且袭用"楚怀王"的名号。项梁自称武信君，任命陈婴为上柱国，辅佐怀王。

张良游说项梁："故韩国王室诸公子当中，横阳君韩成最为贤能，建议立他为韩王，增加楚国的盟友。"项梁拨给他一千多人的军队，支持韩成自立为韩王，任命张良为宰相，攻掠故韩国土地。但是，秦军章邯来势汹汹，韩成与张良不敢硬碰硬，只能打打游击而已。

事实上，章邯当时已经打败魏国，魏王魏咎自焚而死。章邯又击败前来援救魏国的齐、楚联军，齐王田儋战死。田荣立田儋的儿子田市为齐王，收拾残兵败将，在章邯军转移之后，迅速光复齐国国土。

项梁立魏咎的弟弟魏豹为魏王，拨数千军队给他，让他攻掠故魏国土地。项梁亲率刘邦、项羽攻击章邯，楚军先胜，章邯固守濮阳（今河北省濮阳市），双方陷入胶着。

【原典精华】

居鄛人范增，年七十，素居家，好奇计，往说项梁曰：『陈胜败固当。夫秦灭六国，楚最无罪。自怀王入秦不反，楚人怜之至今，故楚南公曰「楚虽三户，亡秦必楚」也。今陈胜首事[1]，不立楚后而自立，其势不长。今君起江东，楚蜂午[2]之将皆争附君者，以君世世楚将，为能复立楚之后也。』于是项梁然其言，乃求楚怀王孙心民间，为人牧羊，立以为楚怀王，从民所望也。

——《史记·项羽本纪》

①首事：率先起事。

②蜂午：犹言“蜂起”，如蜜蜂般大量出现。

㉓ 赵高诬杀李斯

章邯率领的秦军，在东方前线与项梁僵持。可是秦帝国首都咸阳却发生了剧变。

秦二世延续他老爹的好大喜功与严刑峻法，可是却没有秦始皇那股勤于政事的精神毅力，每天淫逸玩乐，不上朝也不接见大臣。大臣要晋见皇帝，得先透过赵高，于是大小事情都由赵高把持。

左丞相李斯当初与赵高一同策划、导演政变，而且是百官首领，乃成为赵高独揽大权的唯一阻碍。赵高决定要除去这个眼中钉，于是设计了一个阴谋。

赵高去见李斯，说："关东群盗作乱，可是皇上仍然大兴土木建阿房宫，还花钱收集天下珍禽异兽这些没用的东西。我很想进谏，可是人微言轻。这应该是阁下的职责，阁下为何不进谏呢？"

李斯说："我早就想要进谏了，可是皇帝不上朝，我没机会进谏啊！"

赵高说："没问题，这个我来安排。"

赵高选了一个时机，趁秦二世正在后宫与姬妾宴乐，派人通知李斯“现在是奏事的好时机”，李斯急忙到宫门请见，当然大大败坏了秦二世的兴致。

如此情况发生了好几次，秦二世愈来愈不耐烦李斯。赵高于是落井下石，报告“李斯的儿子李由担任三川郡守，盗匪（叛乱团体）经过三川时，完全不采取行动”，言下之意，李斯有跟叛乱团体勾结的嫌疑。

李斯也听到消息，于是上书揭发赵高的罪状。可是嬴胡亥偏袒赵高，将李斯的奏章给赵高看，赵高对秦二世说：“丞相在外面的威势太大，甚至超过皇帝，恐怕他会干田常那种事情。”

田常是战国“田氏篡齐”的主角，也就是说，赵高诬告李斯谋反——古今中外最有效的谗言，就是诬以谋反，所以秦二世下令将李斯下狱，由赵高负责审理。

最终，赵高让秦二世相信，李斯是真的想要谋反，“阴谋叛乱集团”还包括右丞相冯去疾、太尉冯劫。这一招等于将赵高在文官系统中的敌人完全清除，冯去疾与冯劫自杀，李斯不愿自杀，独自向监狱报到，继续司法抗争。可是在赵高酷刑拷打千余次之后，李斯不堪刑求，只好认罪。

李斯之所以认罪，是对自己的辩才有信心，他相信自己一定可以打动秦二世，获得昭雪。可是他低估了赵高，所有奏章都先到赵高手上，赵高将它们通通丢进垃圾桶，说：“囚犯有什么资格表达意见？”

赵高更派出自己的心腹，假称是皇帝使节，到监狱问案。李斯以为是奏章生效了，向“使节”倾诉冤屈，结果每次都招致毒打。李斯熬不过，只好继续自诬。

终于有一天，真正的皇帝使节到监狱做最后认定的问案。李斯以为又是赵高派来的假使节，自诬说“谋反是实”。使者回报，秦二世说:“好险！若不是有赵高，差点就被丞相出卖了。”于是最终判刑确定：李斯父子同处腰斩。

李斯和小儿子一同被绑赴刑场，李斯对小儿子说:“我们父子想要像以前一样，牵着黄狗一同出上蔡县城的东门追逐狡兔，是没希望了。”父子相拥而泣，李斯妻儿、父母都被杀。

【原典精华】

高闻李斯以为言[1]，乃见丞相曰：『关东群盗多，今上急益发繇治[2]阿房宫，聚狗马无用之物。臣欲谏，为位贱。此真君侯之事，君何不谏？』

李斯曰：『固也，吾欲言之久矣。今时上不坐朝廷[3]，上居深宫，吾有所言者，不可传也，欲见无间[4]。』赵高谓曰：『君诚能谏，请为君侯上闲语君。』

于是赵高待二世方燕乐，妇女居前，使人告丞相：『上方闲，可奏事。』丞相至宫门上谒，如此者三。二世怒曰：『吾常多闲日，丞相不来。吾方燕私，丞相辄来请事。丞相岂少我哉？且固[5]我哉？』

——《史记·李斯列传》

①为言：有话要说。

②繇：同“傜”，差役。治：建筑。繇治：动员民工大兴土木。

③坐朝廷：上朝亲政。

④间：机会。

⑤固：固陋。见识浅薄。

【原典精华】

赵高使其客十余辈诈为御史、谒者、侍中，更往覆讯斯。斯更以其实对，辄使人复榜[1]之。后二世使人验斯，斯以为如前，终不敢更言，辞服[2]。奏当上，二世喜曰：『微[3]赵君，几为丞相所卖。』

——《史记·李斯列传》

①榜：刑具。榜之：用刑。

②辞服：供词认罪。

③微：若不是、如果没有。

【原典精华】

具斯五刑，论腰斩咸阳市。斯出狱，与其中子俱执，顾谓其中子曰：『吾欲与若复牵黄犬俱出上蔡东门逐狡兔，岂可得乎！』遂父子相哭，而夷三族[1]。

——《史记·李斯列传》

①夷三族：诛杀父、母、妻三族。

㊁㊃ 项梁阵亡

咸阳的宫廷权力斗争在进行，东方战场上也发生了重大变化。

项梁在东阿、定陶（都在今山东省）两度大败秦军，刘邦、项羽也在雍丘（今河南杞县）大败秦军，击斩三川郡守李由（李斯的大儿子，因战死而没赶上被腰斩）。

一连串辉煌战果，使得项梁脸上露出得意之色。他有一位参谋，名叫宋义，是故楚国宰相，提出劝谏："打了胜仗以后，若将领骄傲、士卒懈怠，这种军队一定会败。如今我军士卒已经出现懈怠迹象，而秦兵的人数却仍然在增加中。我为阁下担心啊！"

项梁听不进这话，反而派宋义出使齐国。这时候的齐王是田市，由田荣拥立。

宋义往齐国途中，遇到齐王派出的使者田显。宋义问："阁下是要去见武信君吗？"

田显说："是的。"

宋义说："我认为武信君必败。阁下走得慢一点则免死，走得太快，会刚好遇上祸事。”

果然被他说中，秦二世调拨更多军队给章邯，章邯攻击项梁，大破楚军，项梁战死。

当时天降大雨，一连下了三个月不停，刘邦与项羽正在外地作战，得到项梁死讯，军心震恐，只好东撤，退至楚怀王根据地彭城（今江苏省铜山县）周围。

齐王使者高陵君对楚怀王说：“宋义早就看出项梁必败迹象，此人的确懂得兵法。”

楚怀王召见宋义，相谈甚悦，就封宋义为“卿子冠军”，节制所有军队。

楚怀王又与诸将约定：“哪一位先攻进关中，就在关中为王。”项羽痛恨秦军杀了项梁，主动请缨西征关中，可是楚怀王不想让项羽得这个功劳，就说：“你的仇人章邯正包围赵王于钜鹿（今河北省平乡县），就派你加入援赵兵团。”援赵兵团由宋义担任上将军，项羽为次将，范增为末将。西征兵团则由刘邦领军。

【原典精华】

项梁起东阿西，比至定陶，再破秦军，项羽等又斩李由，益轻秦，有骄色。宋义乃谏项梁曰：『战胜而将骄卒惰者败。今卒少惰矣，秦兵日益，臣为君畏之。』项梁弗听。乃使宋义使于齐。道遇齐使者高陵君显，曰：『公将见武信君乎？』

曰：『然。』

曰：『臣论武信君军必败。公徐行即免死，疾行则及祸。』

秦果悉起兵益章邯，击楚军，大破之定陶，项梁死。

——《史记·项羽本纪》

㉕ 钜鹿围城

陈胜败亡、项梁阵亡之后，关东义军根本不是章邯（秦军）的对手。楚怀王命令项羽随宋义救赵、刘邦西征，这一场逐鹿大戏乃分为三个场景：一是刘邦的西征进展，基本上顺利，暂且不表；二是宋义救赵，进展缓慢，下一章再讲；三是章邯包围赵国君臣在钜鹿（今河北省邢台市钜鹿县），情况紧急，必须先讲。

章邯在击败项梁之后，认为楚怀王不足为患，大军转北渡黄河，直指赵国。秦军一路势如破竹，攻进赵都邯郸，将居民迁移到河内（今河南省的黄河北岸），夷平邯郸城郭。

张耳护着赵王赵歇避到钜鹿，被秦将王离团团围住。陈馀向北转进，收编常山义军，集结数万人，驻扎在钜鹿城北。

章邯大军则驻扎钜鹿以南，供应王离军队粮械无缺，采取“围点打援”战术——王离围钜鹿，章邯打援兵。

当时燕、齐也都派兵来救援钜鹿，可是都只紧靠陈馀的营垒驻扎，没人敢前进，包括张耳的儿子张敖在内。

钜鹿城被围困好几个月，张耳数度派人穿越包围线，去向陈馀求救，可是陈馀自度无法战胜章邯，不肯发兵。

张耳在围城内，情绪由失望转为愤怒，派张黡、陈泽去责问陈馀：“咱俩过去相许为刎颈之交，如今赵王和我命在旦夕，阁下拥兵数万却不肯相救，还谈什么共生死！如果信守过去的誓言，何不一同杀向秦军，是生是死都一起？说不定还有十分之一二的获胜机会。”

陈馀说：“我自度即使发动攻击也无法战胜，徒然派军队去只是送死而已。我现在不一同赴死，是保留为赵王与张君复仇的力量。如果现在一同赴死，好比拿自己的肉去放在饥饿的老虎面前，有什么用呢？”

张黡、陈泽说：“眼前情况紧急，阁下只有选择一同赴死才能维持信誉，哪还有余裕考虑将来的事情？”

陈馀只好拨给张、陈二人五千军队，尝试攻击秦军，自己率主力视战况投入。但那五千人就如羊入虎口，全军覆没，陈馀于是继续按兵不动。

钜鹿城危在旦夕，而诸侯军只能观望，不敢行动，即使行动也是送死。于是，钜鹿城乃成为一个士气消长的指标，若最终钜鹿城沦陷，关东起义军将真的沦为“群盗”了。

起义军唯一的希望只剩下楚军，可是，楚军却姗姗来迟。

【原典精华】

钜鹿城中食尽兵少，张耳数使人召前陈馀，陈馀自度兵少，不敌秦，不敢前。

数月，张耳大怒，怨陈馀，使张黡、陈泽往让陈馀曰：『始吾与公为刎颈交，今王与耳旦暮且死[1]，而公拥兵数万，不肯相救，安在其相为死！苟[2]必信，胡不赴秦军俱死？且有十一二相全。』

陈馀曰：『吾度前[3]终不能救赵，徒尽亡军。且馀所以不俱死，欲为赵王、张君报秦。今必俱死，如以肉委饿虎，何益？』

张黡、陈泽曰：『事已急，要以俱死立信，安知后虑！』

陈馀曰：『吾死顾以为无益。必如公言。』乃使五千人令张黡、陈泽先尝[4]秦军，至皆没。

——《史记·张耳陈馀列传》

①旦：日出。暮：日落。旦暮且死：朝不保夕。

②苟：如果。

③度：盘算。前：前进、进攻。

④尝：试探。

㉖ 项羽杀宋义

宋义号称卿子冠军，头衔响亮，其实心里没有底。他虽然略懂兵法，却没真正带兵打过仗。因此，宋义虽手握大军，却不敢直赴前线，走到半路停下休息，四十六天不前进。

项羽急着为项梁报仇，对此至为不耐，就催宋义进军，说："秦军包围钜鹿，我们现在加速进军，楚军从外面、赵军从里面，内外夹击，一定能大破秦军。"

宋义对项羽说："不对。我们不能因小失大，顾此失彼。如今秦攻赵，秦若胜则军队疲累，我们可以趁他疲累时再发动攻击；秦若败，则我军向西进军，直入关中。所以，不如先坐观秦、赵相斗，我军可坐收渔利。小老弟，披坚执锐我不如你；可是运用策略，你不如我啊！"

于是宋义下令："那些凶猛如虎、冒失如羊、贪婪如狼，逞强而不听命令者，一律处斩！"这项命令，显然是针对项羽和他所代表的楚军主战派。

同时，宋义派他的儿子宋襄去齐国当宰相，意在"后钜鹿阶段"能统合楚、齐之兵，联合攻秦。

宋义以盛大酒宴为儿子送行，时值天寒大雨，士卒受冻挨饿，项羽乃煽动将士情绪，说：“停在这里不前进，弟兄们只能吃芋头野菜，那家伙却大吃大喝，说什么‘等待秦兵疲敝’。秦军比赵军强盛太多，攻破钜鹿之后，只会更强，哪里还有机可乘！”将士群情激愤，都支持项羽，主张速赴前线决战。

第二天早上，项羽朝见宋义，就在上将军帐中斩下宋义脑袋，出帐宣布：“宋义阴谋联合齐国反楚，楚王有密令要我诛杀他。”

诸将都拥护项羽，说：“首先拥立楚王的就是将军家，如今将军诛杀乱臣，是正义之举。”一同拥戴项羽代理上将军，派出军队追杀宋义的儿子。又派使者告知楚怀王，楚怀王见形势比人强，只好任命项羽为上将军。

项羽杀了卿子冠军之后，声名远播，钜鹿城外的诸侯军队视他为唯一希望，项羽当然也率领楚军加速赶赴钜鹿。然而，章邯大军训练有素，人数上也有优势，项羽怎么击败章邯呢？

【原典精华】

宋义曰：『不然。夫搏[1]牛之虻[2]不可以破虮虱[3]。今秦攻赵，战胜则兵罢[4]，我承其敝[5]；不胜，则我引兵鼓行而西，必举秦矣。故不如先斗秦赵。夫被坚执锐，义不如公；坐而运策，公不如义！』

——《史记·项羽本纪》

①搏：打。

②虻：吸动物血的虫子，寄生牛身上的称为牛虻。

③虮：虱的幼虫。

④罢：同“疲”。

⑤敝：同“弊”，衰败。

㉗ 破釜沉舟

项羽派英布与蒲将军带领二万军队渡过漳水，先打了一场小胜仗，切断了章邯供应王离粮械的路线。陈馀赶快派人请项羽大军渡河，当然，章邯也调集了大军，预备“打援”。

项羽在所有军队都渡过漳水后，下令将渡河船只全数凿沉、将煮饭的锅具全数打破，再将军队宿营的帐篷全数烧掉，全体官兵每人只能带三日口粮，显示必死的决心，而士卒也都完全抛弃回头的想法。

到了钜鹿外围，向王离围城军展开攻击，一连进行九次战斗，大破秦军，王离被俘，另一位秦军将领自杀。

那一仗打得震慑人心。诸侯军在钜鹿外围建了十几座壁垒，没一个敢出兵。楚军攻击时，诸侯军都只敢作“壁上观”（从壁垒之上旁观），眼见楚军个个以一当十，耳听楚兵呼声震天，只教所有义军将领惊心动魄，心怀畏惧。

等到楚兵大破秦军，项羽召见诸侯将领，这些将领一进入项羽辕门，一个个自动矮了一截——膝行而前，没人敢抬头正眼看项羽。

从此，项羽成为诸侯的上将军，号令诸侯，无人敢反对。

项羽一战成名，可是章邯呢？章邯怎么没跟项羽对上？

章邯的既定战略是“围点打援”，这个战略的目的在歼灭援军，因此执行要领在吸引敌方援军尽量投入战场之后，才将己方的“打援”主力投入。出乎章邯意料的是，项羽“破釜沉舟”将所有力量毫不留退路地投入战斗，秦军先被楚军的气势镇住，等到回过神来，却已经来不及了——王离阵亡，围城秦军溃败，钜鹿城北诸侯军已与项羽会合，双方气势互为消长，主被动已经易位。

于是章邯按兵不敢出战，甚至数次转移阵地，由适合攻击的地形，转移到适合防守的地形，却因此被秦二世派使节来责备。

章邯心生恐惧（怕秦法严酷），就派长史（参谋长）司马欣去咸阳报告情况。可是司马欣到了咸阳之后，在皇宫外门等候三天，赵高都不予接见。司马欣陷入恐慌，不敢留在咸阳，加速赶回军中，甚至不敢走来时路。果然赵高派兵追他，结果没追到。

司马欣回到前线，对章邯说：“赵高掌握大权，只手遮天，没有任何人可以提出意见。如今我们即使打胜仗，也必定遭赵高妒忌；如果吃败仗，肯定不免于死。将军请仔细考虑进止。”言下之意，是希望章邯投降，但是章邯却有别的担心，因为他杀了项梁，是项羽的仇人，心中拿捏不定。这时，陈馀写了一封信给章邯，发挥了临门一脚的功能。

陈馀在信上说："……如今阁下担任秦国大将三年，损失士众数以十万计，可是天下诸侯并起，愈剿愈多。赵高在朝中用事，外面情况紧急，他也怕秦二世诛杀他，所以只能将责任推在将军阁下的头上。所以说，将军目前的处境，可以说是有功也被诛，无功也被诛。更何况，天要亡秦，将军何不与诸侯合力抗秦，一同攻向咸阳，一同瓜分天下，大家都各自称王，那可比自己被砍头好多了！"

章邯心中仍然狐疑，私下派人去联络项羽，试探讲和。这位密使的任务尚未达成，项羽已经派蒲将军出击，连续击败秦军两阵，项羽自己又领大军，重击秦军一阵。

章邯见情况紧急，只好公开派出使节求和。项羽召集参谋，说："我们粮食存量不多，我想要接受他的求和。"参谋都赞成。于是项羽和章邯约好时间、地点、盟誓、定约。项羽封章邯为雍王（雍州就是关中地区），留在楚军本部，任命司马欣为上将军，率领秦军担任进攻咸阳的先头部队。

【原典精华】

项羽乃悉[1]引兵渡河，皆沉船，破釜甑[2]，烧庐舍，持三日粮，以示士卒必死，无一还心。

——《史记·项羽本纪》

①悉：完全。

②釜：锅子。甑：音“zèng”，一种瓦器炊具。

【原典精华】

当是时，楚兵冠诸侯。诸侯军救钜鹿下者十余壁，莫敢纵兵。及楚击秦，诸将皆从壁上观。楚战士无不一以当十，楚兵呼声动天，诸侯军无不人人惴恐。于是已破秦军，项羽召见诸侯将，入辕门[1]，无不膝行而前，莫敢仰视。项羽由是始为诸侯上将军，诸侯皆属焉。

——《史记·项羽本纪》

①辕门：古时战车前面两旁用来控制方向的木头称为“辕”，部队驻扎时，将战车并排，车辕相对形成一个门，称辕门，后世称军营大门为辕门。

㉘ 张耳陈馀反目成仇

项羽威震诸侯，降服章邯，率领诸侯大军西向进攻关中，且按下不表。两位刎颈之交却因钜鹿这一场患难而决裂。

钜鹿城解围后，赵王与张耳出城向诸侯致谢。张耳见到陈馀，责问他为何不出兵救邯郸，又追问张黡和陈泽的下落。

陈馀也动了气，说：“张黡和陈泽用言语挤兑我，催促我去送死，我拨五千人马给他们去试试看，结果全军皆没。”

张耳不相信这个说法，认为是陈馀杀了张、陈二将。陈馀见刎颈之交如此误解自己，气急败坏：“没想到阁下如此怨恨在下！莫非以为我贪恋将军职位吗？”当场解下将印，推向张耳，起身如厕。张耳惊愕，一时不知所措。

张耳的一位参谋对他说：“天与不取，反受其咎。此时若将军不收下，就是违背天意，赶快收下吧。”于是张耳乃将将印佩在身上。陈馀从厕所出来，看见张耳已经将将印佩在身上，既伤心又愤怒，快步出帐而去，头也不回。张耳于是接管了陈馀的部众，陈馀只带着平常最亲近的数百部下，在滏阳河附近水域打游击。

这一对最佳拍档，从此分道扬镳。

赵王歇留在赵国当王，张耳带领赵军随项羽西征，陈馀流落江湖。钜鹿围城已解，再看刘邦的战场。

【原典精华】

张耳与陈馀相见，责让陈馀以不肯救赵，及问张黡、陈泽所在。陈馀怒曰：『张黡、陈泽以必死责臣[1]，臣使将五千人先尝秦军，皆没不出。』张耳不信，以为杀之，数问陈馀。陈馀怒曰：『不意君之望[2]臣深也！岂以臣为重去将[3]哉？』乃脱解印绶[4]，推予张耳。张耳亦愕不受。陈馀起如厕。客有说张耳曰：『臣闻「天与不取，反受其咎」。今陈将军与君印，君不受，反天不祥。急取之！』张耳乃佩其印，收其麾下。而陈馀还，亦望张耳不让，遂趋出。张耳遂收其兵。陈馀独与麾下所善数百人之河上泽中渔猎。由此陈馀、张耳遂有郤[5]。

——《史记·张耳陈馀列传》

①责：要求。

②望：怨。用法如“怨望”。

③去：放弃。去将：放弃兵权。

④绶：系印的带子。

⑤郤：同“隙”，裂痕，隔阂。

㉙ 彭越

刘邦的西征进展相当顺利。他选择了黄河南边的路线，一开始接连击败秦军，情况跟之前关东义军一般顺利，几乎没有遭受太多抵抗。接着与魏国将领皇欣联手，取得了一次重大胜利。

当时的魏王是魏豹，亲自领军救援钜鹿（也是“壁上观”诸侯之一），后来随项羽西征关中。皇欣名义上是魏军将领，实质上也是一支义军，“加盟”魏王而已，如今则加盟沛公刘邦。

故魏国地界上，还有另一支义军，没有加盟任何侯国，其领袖名叫彭越，此时也跟刘邦联手。

彭越其实起义得很早。当陈胜、吴广起义时，巨野（今山东省巨野县）地方的年轻人要彭越带领他们起义，彭越说：“两条龙正在相斗，我们且等一等，不急着跳进去。”

后来人数聚集超过一百人了，少年们再次要求彭越起义。彭越先不答应，经再三请求，勉强同意，乃与大伙儿相约：明天天亮后集合，迟到的斩首。

第二天日出，大多数都来了，却有十几位迟到，最后一位更迟至日中才到。

彭越说话了："大家推我当老大，老大的命令必须贯彻。可是我也不能将迟到的人通通都杀了，就杀最晚到的那一个。"下令队长将最迟到那人斩首。

那些迟到者一个个赔笑脸，说："哪有那么严重啊，以后不敢，也就是了。"

彭越大步向前，拉过那最迟到达的人，当场斩杀。然后设坛祭祀，下达军令。同伙个个都吓呆了，正眼都不敢看彭越。

刘邦大军开到故魏国地界，攻击昌邑（今山东省金乡县），彭越加入围攻。但是昌邑城池坚固，不易攻破，刘邦决定放弃攻城，绕道继续往西。

彭越仍然留在老地盘打游击，并未追随刘邦。但彭越是逐鹿大戏的要角之一，这次是他与刘邦首度合作，必须交代。

【原典精华】

（彭越对泽中少年）与期[1]旦[2]日日出会，后期者斩。旦日日出，十余人后，后者至日中。于是越谢曰：『臣老，诸君强以为长。今期而多后，不可尽诛，诛最后者一人。』令校长[3]斩之。皆笑曰：『何至是？请后不敢。』于是越乃引一人斩之，设坛祭，乃令徒属。徒属皆大惊，畏越，莫敢仰视。

——《史记·魏豹彭越列传》

①期：约定。

②旦日：第二天。

③校长：队长。彭越想必已经分派部属，才有队长。

㊂㊉ 郦食其

刘邦绕过昌邑，经过高阳（今河南省杞县），在这里遇到一位重要谋臣郦食其。

郦食其是个寒士，不治生产，好为大言，县人都称他为狂生，他则自称“高阳酒徒”。

陈胜、项梁等义军崛起，郦食其一个都看不上，只认为沛公刘邦的作风很对他的胃口。于是他对同乡一位刘邦手下（刚好返家）说：“你去对刘邦说，同乡有一位郦先生，年过六十，身长八尺，人家都称他狂生，但郦生自认不狂，只是那些人程度不够。”那位同乡返回军中，就向刘邦推荐“同乡郦先生”。

刘邦经过高阳，住在驿站，想起曾经有人推荐郦食其，就派人去召郦生。郦食其到了，沛公却坐在床上，让女仆为他洗脚——这是非常轻慢的态度。事实上刘邦是故意的，他不止一次使用这招试探新交往的英雄豪杰，对于不同反应的人，刘邦会采取不同的手法加以笼络。

当时郦食其见状，面向刘邦长揖不拜，说：“阁下是要帮秦国攻打诸侯？还是想领导诸侯攻打秦国呢？”

沛公闻言开骂：“你这个蠢书生，天下人因为秦帝国暴政已经吃苦很久了，所以诸侯相继而起攻秦，你说的是什么屁话？说我要帮助暴秦攻打诸侯？”

郦食其说：“阁下若是要聚集兵众、联合诸侯攻秦，就不应该以这种傲慢的态度，接见一位长者。”

于是刘邦立刻停止洗脚，起立整肃仪容，恭请郦先生上座，向他致歉。郦食其乃向他述说战国时六国合纵连横的故事。

刘邦对此很有兴趣，吩咐摆酒食款待，然后请教：“我现在西向进军关中，先生有什么妙计吗？”

郦食其说：“阁下纠集一些乌合之众、散乱之兵，人数不满一万，想要以此直攻强秦，那无异于羊入虎口。我认为，陈留（今河南省开封市境内）这地方是天下通衢要道，四通八达，陈留县城内又囤积了很多米粮。我跟陈留县令素有交情，请任命我为使节，劝他向你投降。即使他不听从，阁下也可再发兵攻城，我可为内应。”

刘邦心想，能兵不血刃得到陈留，那当然好，于是派郦食其去游说陈留县令，县令果然向刘邦投诚，沛公乃得到陈留。刘邦大乐，封郦食其为广野君。

郦食其为刘邦拿下了第一个重要据点，也展现了他“逐鹿第一辩士”的实力，更重要的是，他为刘邦西征的战略定了调：以怀柔代替武力攻取。

【原典精华】

沛公至高阳传舍[1]，使人召郦生。郦生至，入谒，沛公方倨床[2]使两女子洗足，而见郦生。

郦生入，则长揖不拜，曰：『足下欲助秦攻诸侯乎？[3]且欲率诸侯破秦也？』

沛公骂曰：『竖儒[4]！夫天下同苦秦久矣，故诸侯相率而攻秦，何谓助秦攻诸侯乎？』

郦生曰：『必聚徒合义兵诛无道秦，不宜倨[5]见长者。』于是沛公辍洗，起摄衣，延郦生上坐，谢之。郦生因言六国纵横时。

沛公喜，赐郦生食，问曰：『计将安出？』

郦生曰：『足下起纠合之众，收散乱之兵，不满万人，欲以径入[6]强秦，此所谓探虎口者也。夫陈留，天下之冲，四通五达之郊也，今其城又多积粟。臣善其令，请得使之，令下足下。即不听，足下举兵攻之，臣为内应。』

于是遣郦生行，沛公引兵随之，遂下陈留。号郦食其为广野君。

——《史记·郦生陆贾列传》

①传舍：驿站。

②倨：此处同“踞”，蹲坐。

③且：抑或，还是。

④竖：贬抑他人的用词。“竖儒”常常用于咒骂头脑不清或败事的书生。

⑤倨：此处意为“态度骄傲”。

⑥径入：直入。

㊂㊀ 招降纳叛

刘邦继续西行，进入故韩国地界。之前张良游说项梁，立故韩国公子韩成为韩王，作为楚国的盟友。张良辅佐韩王攻掠了十余座城池，沛公刘邦大军西行到了韩国，张良很自然地与刘邦会师。沛公请韩王成留守阳翟（故韩国都城，今河南省禹州市），张良则带领韩军随刘邦进攻关中。

沛公在南阳郡击败秦军，秦国南阳郡守吕齮（音“yǐ”）死守宛城（南阳郡治，今河南省南阳市），难以攻下。刘邦有意绕过宛城，张良看出刘邦急于入关，提出建议：“阁下急着要进武关（关中的南边最重要关口，依楚怀王当初约定，刘邦只要第一个进入武关，就可以称王），可是秦军数量仍多，且扼据险要，如果不攻下宛城，万一宛城部队袭击你的背后，秦军前后夹击，将立即陷入险境。”

于是依张良之计，大军佯作绕路，趁夜转回宛城，天亮时，宛城已经被包围三匝！

张良学习黄石公的兵法，这是初试啼声。后人分析张良的计谋模式，以“拉锯子”形容：用力拉锯子，会产生阻力，此时不能硬拉，得放回去一点，再往后拉才能拉动。应用在战术上，敌方逼急了会拼命，先放松一些，让敌方的战斗意志松懈，然后再攻击，就能大获全胜。要领在于：将掌握攻守节奏的主动权握在自己手中，要松要紧我决定。

南阳郡守吕齮就着了他的计，原本以为危机解除了，遽然遇到状况逆转，斗志全失，张皇失措，举剑想要自杀。

吕齮的幕僚陈恢劝住老板，自己跳城晋见沛公，说："阁下进攻关中，如果令秦国军民认为战败或投降都只有死路一条，那么，每个城池都会死守，阁下将会遭遇强烈抵抗。如果我是你，我会公开招降纳叛，封给郡守一个官爵，带走他的兵力，但赋予他守城责任。这样，阁下西行将一路通行无阻。"

刘邦大喜，说："好。"

于是封吕齮为殷侯，封陈恢为千户（秦制爵位名称）。大军继续西行，所有城池都望风归降。

南阳郡虽然不在关中，但是已经进入战国时期的秦国疆界。秦国人民已经几十年没有被外国军队入侵，人心动荡，坏消息不断传至咸阳，秦帝国的中枢于是发生了巨大变化。

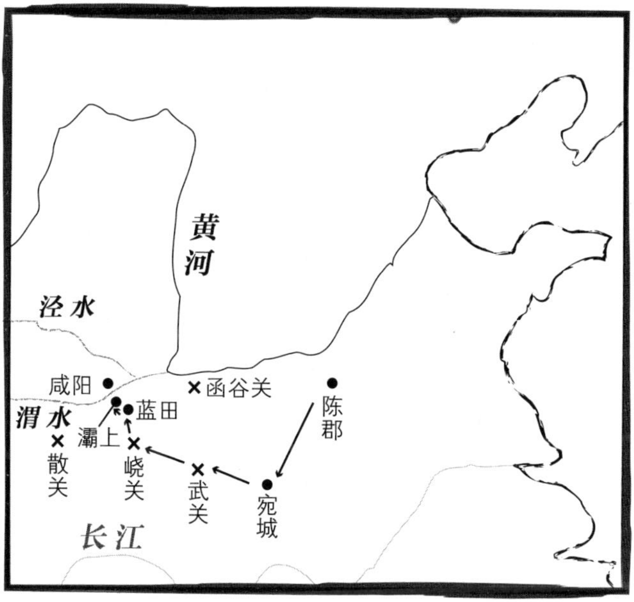

▲ 刘邦入关中

【原典精华】

南阳守齮走，保城守宛。沛公引兵过而西。张良谏曰：『沛公虽欲急入关，秦兵尚众，距险[1]。今不下宛，宛从后击，强秦在前，此危道也。』于是沛公乃夜引兵从他道还，更旗帜，黎明，围宛城三匝。南阳守欲自刭。其舍人陈恢曰：『死未晚也。』乃踰城见沛公，曰：『……为足下计，莫若约降，封其守，因使止守，引其甲卒与之西。诸城未下者，闻声争开门而待，足下通行无所累。』沛公曰：『善。』乃以宛守为殷侯，封陈恢千户。引兵西，无不下者。

——《史记·高祖本纪》

①距：同“据”。距险：据守险要。

㊂㊁ 指鹿为马

咸阳宫中，自从李斯被斗垮，政权早就产生了质变。赵高一手遮天，所有事情全部由他决定。赵高为了试探朝中大臣是不是都听他的，设计演出了一幕戏。

一天，赵高牵了两只鹿上朝，献给秦二世，说："这是马。"

二世问左右大臣："那不是鹿吗？"

谁知道，左右大臣居然口径一致说："那是马。"（！）

秦二世当时纵欲过度，还真以为自己神志不清了，召来太卜（负责卜筮的官），命令他卜上一卦。太卜建议皇帝斋戒后卜卦，于是秦二世去到上林苑（皇家园林，占地很大）斋戒，每天在苑内游猎。有老百姓误闯了上林苑，被秦二世射杀。赵高对二世说："天子射杀无辜之人，这是上天不喜欢的事情，会降下灾殃，应该避居外宫，以避开灾祸。"于是二世移居到望夷的别宫。

由后来发生的事情看来，自太卜到射死百姓到避居外宫，都是赵高的精心布置。而后来的故事如何发展呢？

秦二世夜宿望夷宫，梦见一只白虎咬死了他的左骖马，醒来闷闷不乐，召人问卜。卦象显示是“泾水为祟”，也就是泾水水神作怪。

泾水水神相传是兴建关中水利的郑国（人名，秦昭王时兴建郑国渠）死后所化，秦国人民感念他、祀奉他。秦二世派人将四匹白马沉入泾水祭祀水神。（水神喜欢吃，就多给它一些。）

赵高发觉二世的情绪不稳，很难掌控，决定发动政变。于是派他的女婿咸阳县令阎乐带兵攻进望夷宫，斩杀卫兵司令，一路杀进宫中，凡抵抗者一律杀死，共杀了数十位宦官。

望夷宫中惶惧不安，宦官都逃光了。秦二世拉住身旁仅剩的一位宦者问：“你为什么不早点告诉我丞相不忠?”

那位相对忠心的宦者说：“我因为不说才能活到今天。如果我早说，就早死了，哪还能活到今天?”

易言之，赵高既能“指鹿为马”，二世就不再能听得到实情，只能听到“赵高希望他听到”的事情。

秦二世问阎乐：“我可以见丞相（赵高）吗?”阎乐说：“不行。”

秦二世说：“我情愿退位，给我一个郡当王。”也不行。

秦二世再降低请求：“当一个万户侯。”仍然不行。

二世再哀求：“让我当普通老百姓，跟其他公子一样。”

阎乐一概不听，令手下进攻。秦二世自杀，赵高立公子婴为秦王，将秦二世以百姓身份葬于咸阳宫中花园。

【原典精华】

李斯已死，二世拜赵高为中丞相，事无大小辄[1]决于高。高自知权重，乃献鹿，谓之马。二世问左右：『此乃鹿也。』左右皆曰『马也』。

——《史记·李斯列传》

①辄：每每。

【原典精华】

（阎）乐遂斩卫令，直将吏入，行射，郎宦者大惊，或走或格[1]，格者辄死，死者数十人。郎中令与乐俱入，射上幄坐帏。二世怒，召左右，左右皆惶扰不斗。

旁有宦者一人，侍不敢去。二世入内，谓曰：『公何不蚤[2]告我？乃至于此！』

宦者曰：『臣不敢言，故得全。使臣蚤言，皆已诛，安得至今？』

——《史记·秦始皇本纪》

①格：抵抗。

②蚤：同“早”。

㊂㊂ 子婴杀赵高

赵高发动政变杀秦二世，还有一个“导火索”。当初章邯派司马欣到咸阳报告战况失利，赵高担心他一直“捂住”战情不利消息的行为就此被揭发，所以想要杀司马欣灭口，却被司马欣见机逃走。之后刘邦大军进入秦国地界，派人私下跟赵高通消息，赵高甚至提出“与沛公分王关中”。但是刘邦不相信赵高，乃采用张良的计谋，派郦食其与陆贾游说秦将，诱以重利，秦将因此放松了戒备，楚军偷袭，攻下了关中南边最险要的武关（今陕西丹凤县境内）。楚军已经入关，赵高乃急于发动政变，希望掌握全数仅存的谈判筹码。

赵高杀了秦二世嬴胡亥，召集所有王子，宣布：“秦原本是一个王国，先帝（指秦始皇）统一天下，才称皇帝。如今六国都已恢复国号，我们的疆土愈来愈小，不宜仍用皇帝称号，应该恢复从前（秦国）才对。”于是拥立嬴子婴为秦王，教子婴沐浴斋戒，定下日期祭祀太庙，正式接受玉玺。

子婴跟两个儿子密谋：“赵高谋杀二世皇帝，怕群臣讨伐他，才假意推我为王。听说赵高已经跟楚军（刘邦）秘密约定，消灭秦国，瓜分关中称王。现在教我沐浴斋戒朝见太庙，必定是想在那里动手杀我。我不妨假装生病，托辞不能前往，他必定亲自来催，我们乘机把他干掉。”

约定的时间到了，赵高三番五次派人去请子婴，子婴说不去就不去。赵高果然亲自出马，说：“国家祭祀大典，大王怎么能够不去亲自主持?”嬴子婴就在斋宫将赵高刺死，并下令诛杀赵高三族。

子婴去除了心腹之患赵高，可是楚军（刘邦）已经攻进关中，子婴乃下令增援峣关（今陕西省蓝田县东南），坚守最后一处险要。

【原典精华】

赵高令子婴斋戒，当庙见，受玉玺，斋五日。子婴与其子二人谋曰：『丞相高杀二世望夷宫，恐群臣诛之，乃诈以义立我。我闻赵高乃与楚约，灭秦宗室而分王关中。今使我斋、见庙，此欲因庙中杀我。我称病不行，丞相必自来；来则杀之。』

——《资治通鉴·秦纪三》

㊂㊃ 秦帝国灭亡

沛公大军已经推进到峣关，刘邦想要发两万兵去攻城，张良提出他的计谋：“秦兵仍然强大，不可以小看他，攻城只怕吃力不讨好。我听说，峣关守将是屠夫之子（古时候并无屠宰专业，屠夫就是肉铺老板），这种市侩之徒容易动之以利。请沛公您留在营垒之中，派一支部队先行，载运五万人的粮秣，开到附近山上，多张些军队旗号，作为疑兵。再令郦食其带着贵重的财富去贿赂秦将，劝他归顺。”

张良对秦将的性格分析果然正确，秦将接受了礼物，表示愿意和沛公联军攻向咸阳。

刘邦听到消息，正高兴得要答应这个提议，张良却说了：“这只是守关将领一个人动念想背叛秦帝国，只怕士卒并不情愿（因为秦国法律严酷，背叛者的家人会受到惩罚）。如果士卒不听从守将的命令，那就很危险了！不如乘他心防松懈时，发动突击。”

于是刘邦发兵攻城，大败秦军，攻下峣关，再一路追击，在蓝田又连胜两仗。就这样大军直逼咸阳城郭。

刘邦将部队挺进到灞上（灞水北岸，今陕西省蓝田县北境），派出使节，表示希望与秦帝国约降。秦政府实质上已瓦解，完全没有抵抗的意志，于是子婴坐着白马拉的丧车，脖子上套着绳索（以示随时准备自杀），车上带着皇帝的所有印信：玺（官文书）、符（调兵遣将）、节（外交凭证），在咸阳城外的轵道亭路边，秦国君臣下车，向胜利军投降。

多位楚军将领主张，立即诛杀子婴。沛公说："当初大王（楚怀王）指派我西征，就是因为我能够宽容。更何况他已经投降，杀降者一定不祥。"将子婴交付军法官监管。

大秦帝国自秦始皇削平六国，统一天下，建立中国历史上第一个中央集权帝国，至此仅十五年，就结束了。

【原典精华】

沛公欲以兵二万人击秦峣下军，良说曰：『秦兵尚强，未可轻。臣闻其将屠者子，贾竖[1]易动以利。愿沛公且留壁[2]，使人先行，为五万人具食[3]，益为张旗帜诸山上，为疑兵，令郦食其持重宝啗[4]秦将。』秦将果畔，欲连和俱西袭咸阳，沛公欲听之。良曰：『此独其将欲叛耳，恐士卒不从。不从必危，不如因其解[5]击之。』沛公乃引兵击秦军，大破之。逐北至蓝田，再战，秦兵竟败。遂至咸阳。

——《史记·留侯世家》

①贾：商人。竖：小子。贾竖：商人的儿子。

②壁：军事阵地的栅栏。

③具食：粮草。

④啗：音“dàn”，原意为“喂食”，引伸为“收买”。

⑤解：同“懈”。

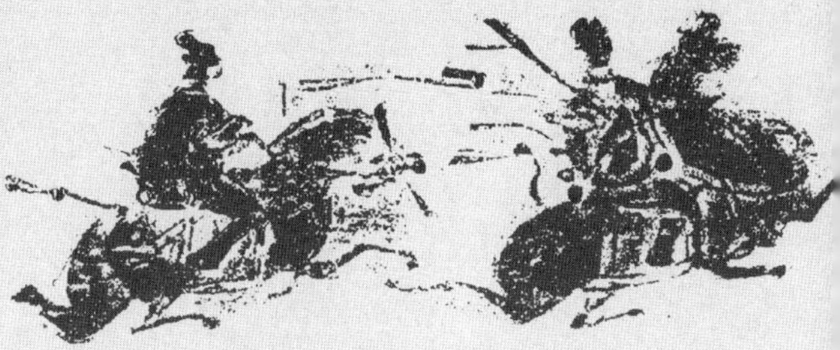

楚汉争霸

项王暗恶叱咤，千人皆废，然不能任属贤将，此特匹夫之勇耳。

——韩信评说项羽

㊂㊄ 约法三章

楚军进入咸阳，诸将争相进入秦国府库掠夺财物，像强盗一样瓜分。只有萧何，直入宰相府，搜集山川图籍和户籍土地档案，了解天下险要、关卡、财富、人口与土地赋税情况。这些资料是刘邦后来得以以关中为基地，争胜天下的重要依凭。

沛公刘邦本人进入咸阳秦宫，看见里面的豪华装潢，还有他从未见过的珍禽异兽，以及贵重的宝物与成群美女，真是心花怒放。记得他初见秦始皇仪仗时，曾经说过“大丈夫当如是也”，现在他真的可以好好过一下“大丈夫”的瘾了，当然很想就此在咸阳宫中长住下来。

樊哙进谏，说：“沛公是想要争霸天下？还是只想当个富家翁呢？这些玩意儿，都是造成秦帝国灭亡的原因，你要它们做啥？请赶快回到灞上军营，不要留在宫中。”刘邦不听。

张良进谏，说：“正因秦帝国施政不仁，沛公您才得以进入咸阳宫。正义之师为民除害，应该哀矜勿喜。如今才刚刚进入咸阳，就想要跟秦二世一样享乐，这正是所谓‘助桀为虐'（帮助延长暴政）。樊哙所说，是忠言逆耳、良药苦口，沛公还是应该采纳忠言才是。"刘邦于是同意回到军中。

离开咸阳城之前，沛公将咸阳及附近各县的父老与意见领袖召集起来，对他们宣布："各位乡亲父老忍受秦国的苛法为虐太久了！我跟诸侯相约，先入关的就在关中称王，所以，我理当称王。本王与各位父老约定三条法律：杀人者死，伤人及窃盗接受与犯行相抵之刑罚。其他的秦国苛法一律废除，所有官吏与人民都继续过你们的正常生活。我们义军前来，是为父老除害，不是要抢夺你们的财富，不必担心害怕。我马上要回到灞上军营，等待诸侯到达，在此之前，先以此（约法三章）为法令。"

宣布约法三章之后，刘邦再派人协同秦国官吏到关中地区所有县、乡、邑布告周知。关中人民简直高兴死了（正常生活继续，法令却不再严苛），纷纷带着牛、羊、酒食去灞上劳军（关中父老都明白：虽是义军，肚子饿了就会变成不义之军）。沛公却一律不收，说："公家粮仓里食物充足，不须老百姓破费。"关中人民这下更喜欢沛公了，生怕刘邦不当秦（关中）王。

幸好刘邦回到灞上，因为，项羽大军也到了。

【原典精华】

沛公见秦宫室、帷帐、狗马、重宝、妇女以千数，意欲留居之。樊哙谏曰：『沛公欲有天下耶，将为富家翁耶？凡此奢丽之物，皆秦所以亡也，沛公何用焉！愿急还霸上，无留宫中！』沛公不听。

张良曰：『秦为无道，故沛公得至此。夫为天下除残贼[1]，宜缟素为资[2]。今始入秦，即安其乐，此所谓「助桀所虐」。且忠言逆耳利于行，毒药苦口利于病，愿沛公听樊哙言！』沛公乃还军霸上。

十一月，沛公悉召诸县父老、豪杰，谓曰：『父老苦秦苛法久矣！吾与诸侯约，先入关者王之；吾当王关中。与父老约法三章耳：杀人者死，伤人及盗抵罪。余悉除去秦法，诸吏民皆案堵[3]如故。凡吾所以来，为父老除害，非有所侵暴；无恐！且吾所以还军霸上，待诸侯至而定约束耳。』

乃使人与秦吏行县、乡、邑，告谕之。秦民大喜。争持牛、羊、酒食献飨军士。沛公又让不受，曰：『仓粟多，非乏，不欲费民。』民又益喜，唯恐沛公不为秦王。

——《资治通鉴·汉纪一》

①残贼：指残害人民的秦国暴政。

②缟素：原意为白色布料，意指生活俭朴。资：用。缟素为资：节俭、少花费。

③案：次第。堵：原意为“墙壁”，喻“不动”。案堵：秩序不变。

㊱ 项王来了

项羽在钜鹿一战威震诸侯，接受秦军三将投降之后，他率领大军浩浩荡荡西进关中。

然而，这一支大军内部存在不可化解的仇恨：诸侯义军中，很多人当年都被征召去骊山做苦工，他们看到秦军就旧恨新仇涌上心头。因此在西进途中，诸侯义军对投降的秦军动辄打骂或言语凌辱。

秦军上下一片怨恨，私下讨论："章将军带领我们投降，如果能攻进函谷关当然好，就怕万一不胜，诸侯军裹胁我们东撤，秦国却将我们的父母、妻子杀掉，该如何是好？"

秦军军心不稳的风声传开，将领们向项羽反映。项羽召来英布，说："秦军情绪不稳，万一大军到了函谷关时，一哄而散，我军将陷于险境。不如采取断然手段……"

于是，英布发动夜袭，将二十余万秦军降卒坑杀！只留三员降将章邯、司马欣、董翳。坑杀降卒之后，听说沛公已经先入关，项羽大怒，催促加快速度，所过诸城稍有抵抗者，攻克后一律屠城，却因此遭遇更强抵抗，大军进度反而迟滞。终于，函谷关到了。可是项羽却更生气了，因为，城门居然紧闭不开。

原来，是有人给刘邦出了一个馊主意：“关中这个地方土地富饶十倍于天下，而且地形易守难攻。听说项羽封章邯为雍王（关中为古雍州之地），显然想要让他称王关中。他（项羽）一旦来到，沛公恐怕不能在此立足了。应该赶快派兵把守函谷关，不让诸侯军队进入关中，并且征召关中战士防卫，才可以永久占有关中。”刘邦居然头脑不清，认为真的可以守得住，乃依计进行。

项羽下令英布攻城，攻下了函谷关，驻军鸿门坂（骊山的一面宽阔山坡）。这时候出现了一个投机倒把的小人，沛公帐下左司马曹无伤，他派人向项羽密报：“沛公想要在关中称王，任命嬴子婴为宰相，秦宫中的奇珍异宝都已经被他搜括一空，他还准备用这些财宝，求得楚怀王封他为关中王。”

项羽听到这项密报，更如火上加油，下令全军饱食，准备隔天拂晓向沛公发动攻击。此时项、刘兵力悬殊：项羽有四十万大军，号称百万；刘邦只有十万军队，号称二十万。

当初向项梁提出“亡秦必楚”的范增，对项羽说：“刘邦在山东（太行山以东）时，贪财好色。如今入关之后，却一改作风，财物都不取、美女也不沾，可见其野心。我请人去望沛公军营的气，见气呈龙虎形状，五彩分明，那是天子之气。我们应该加速攻击，不得延误，不可留情。”

范增的说法与曹无伤的密告内容显然矛盾（刘邦到底贪不贪?），可是项羽已经箭在弦上，眼看一场义军内斗就将爆发，此时出现了一位和事佬。

【原典精华】

范增说项羽曰：『沛公居山东时，贪于财货，好美姬；今入关，财物无所取，妇女无所幸，此其志不在小。吾令人望其气，皆为龙虎，成五采，此天子气也。急击勿失。』

——《史记·项羽本纪》

㊲ 鸿门宴

项羽的一位叔父（项梁是另一位）人称项伯，在楚军担任左尹（左军指挥官），与张良有着深厚私交。他知道项羽要攻击刘邦，心忧故人张良安危，于是趁夜骑马驰往沛公军营，私下见到张良，告诉他情况紧急，要张良和他一同投奔项羽，说："不必陪他（刘邦）送死。"

张良说："我祖上世代为韩相，我又是代表韩王与沛公一同入关。如今沛公面临危急，我私自逃亡是不义，不能不向他报告。"

张良将情况报告沛公。刘邦大惊失色，说："那该怎么办？"

张良问："到底是什么人为大王出那个馊主意（派兵防守函谷关）的？"——注意张良对刘邦的称谓，从"沛公"改成"大王"。虽然刘邦并未称王，可是既然对项羽已经改称项王，自己人私下当然也就称大王了。

刘邦说："是鲰生提议的。"鲰是一种浅水小鱼，刘邦的意思是"小人提议"——刘邦并没有出卖献策之人。

张良说："大王自认为军队战力足以抵抗项王吗？"

沛公一阵默然，然后说："我现在当然不是他的对手。那该怎么办？"

张良说："赶快去对项伯说明，说沛公不敢违背项王。"——注意此处张良对项羽和刘邦的称谓。

刘邦问："你怎么跟项伯有交情？"（怀疑张良的忠诚）

张良说："我俩很早就认识交往，项伯曾经因杀人而获罪，我救了他一命，所以他今天才会来通知我事情紧急！"

刘邦问："你俩谁年纪较长？"

张良说："项伯比我大。"

沛公说："你请他进来，我将以兄礼对待。"

项伯入见，沛公双手捧着酒杯，向项伯敬酒祝福，约为儿女亲家，说："我入关以后，秋毫不敢接近。只有将户口造册、府库加封，等待项（羽）将军到来（刘邦不称"项王"，仍称项将军）。之前派人守函谷关，只是防备盗匪出入。我日夜盼望将军到来，哪敢与他作对呢？恳请项伯能将在下一片忠心向将军报告。"

项伯答应帮沛公讲情，并嘱咐："明天一定要早早来向项王致意。"

项伯在夜色中赶回鸿门军营，将情况向项羽报告，说："如果不是沛公先攻破关中，你又怎么能一路如此顺利呢？如今人家立了大功，却反而攻击他，那是不义的，倒不如以礼待之。"项羽同意。

隔天一大早，刘邦就带着一百多骑随从，来到鸿门见项羽，放低姿态说：“在下与将军合力攻秦，将军沿黄河北面路线进攻，在下攻打黄河南面。没想到的是在下先打进了关中，而与将军在此相见。如今却有小人中伤，以致将军对在下有所误解。”

项羽说：“那都是沛公的左司马曹无伤来搬弄是非，不然我怎么会这样？”——项羽泄露了告密者的身份，这是当老板的大忌，以后不会再有人向他提供“机密消息”了。

项羽摆宴邀刘邦喝酒，项羽和项伯向东而坐，亚父（对范增的尊称）向南而坐，刘邦向北而坐，张良西向陪侍。

范增多次向项羽使眼色，甚至三次举起身上佩的玉玦暗示。暗示什么呢？玦是环状玉器切开一条缝，象征决断。意思是要项羽速做决断，下令除去刘邦，可是项羽虽然看见了范增的暗示，却默然不应。

范增决定自己安排，起身出外，找到项羽的堂弟项庄，说：“老大心肠太软，下不了手。你进去敬酒，敬完酒，就舞剑助兴，找机会在席间击杀沛公。今天若不能除掉他，我等将来都要成为他的俘虏。”

项庄入帐敬酒，敬完酒，说：“大王与沛公饮酒，军中没有什么娱乐，请允许我舞剑助兴。”

项羽说：“好。”

项庄拔剑起舞，项伯一看苗头不对，也拔剑起舞，以自己的身体遮蔽沛公，使得项庄找不到下手空间。

这一段就是“项庄舞剑，意在沛公”的典故。令人难以理解的是：项羽为什么会不忍心下手？回想一下之前的两个场景：一次是项梁叫项羽杀会稽守殷通，项羽走进去，手起剑落，殷通人头落地，干净利落；一次是卿子冠军宋义按兵不动，项羽走入他帐中，击杀宋义，也是毫不犹豫。易言之，项羽从来不是一个拖泥带水的人，却为何对刘邦下不了手？或许是天生个性上的相克吧！项羽是阳刚个性，刘邦则是阴柔个性，或许正应了《老子》说的“天下之至柔，驰骋天下之至坚”。

言归正传。项伯挡住了项庄，但刘邦依然身在项营，范增肯定还会再出杀着。陪着喝酒的张良又有什么招，可以让刘邦脱险？张良是谋臣，不是武将，面对项庄舞剑的场面，没招，只好出来找到樊哙。

樊哙是谁？他原本在沛县做屠狗营生，古时候肉食来源不足，狗是重要的动物性蛋白质来源之一。当初萧何、曹参叫樊哙去大泽找刘邦，因为他俩还有一重关系：樊哙娶了吕雉的妹妹，他俩是连襟。在攻向关中的过程中，樊哙也立下汗马功劳；在入关之后，也是樊哙首先劝沛公退出咸阳秦宫，回到灞上。樊哙既是亲戚，又勇武过人，还忠诚谨慎，很自然成为刘邦的侍卫长，当然随同来到鸿门。

张良出帐，樊哙问他：“里面情况如何？”

张良说：“情况紧急。项庄拔剑起舞，每一招都指向沛公。”

于是樊哙一手持盾、一手仗剑往里闯。门口的卫生将长戟交叉阻拦，不许他入内，樊哙用盾牌将卫士撞倒在地上。

樊哙闯进帐内，分开帷幄向西而立，怒目瞪着项羽，头发都竖了起来，眼角因睁裂而流血。

项羽被他吓了一跳，按剑跪起，问:“来客是什么人?”

张良回答:“是沛公的侍卫长樊哙。”

项羽:“好一位壮士，赐他喝一杯酒。”左右送装了一斗（十升为一斗）酒的大杯子，樊哙拜谢，起身一饮而尽。

项羽:“赐他一个猪肩。”左右送上一副生的猪肩。樊哙将盾牌覆盖地上，再将生猪肩放在盾牌上，拔剑切肉，大口吃下。（他原本就是屠夫出身，动作想必很熟练）

项羽:“壮士，还能再喝吗?”

樊哙说:“在下连死都不怕，岂会推辞一斗酒！当初秦王暴虐，天下人起义抗秦。楚怀王与诸将约定‘先破秦攻入关中者，就在那里称王’。如今沛公先攻进咸阳，秋毫不敢动，封闭宫室，回到灞上，以待大王到来。派人防守函谷关，只是为了防备盗贼、维护治安而已。如此劳苦功高，未有封侯之赏，大王反而听信小人谗言，要杀有功之人。这根本就是延续秦国的残暴，我真是为大王感到惭愧啊!”

项羽面对他这一番义正词严，一时无以回应，只说:“请坐。”

樊哙坐在张良旁边，大家继续喝酒。过了一会儿，沛公起身上厕所，叫樊哙出去。

沛公问樊哙："我想要借此机会溜走，可是没向主人辞别，会不会太失礼？"

樊哙说："做大事不必太考虑琐碎问题。此刻的形势是人为刀俎，我为鱼肉，哪还有工夫告辞？"

鸿门距离灞上四十里，刘邦对张良说："估计我回到军中，你再进去报告。"刘邦留下所有随从车骑，自己一个人骑马，樊哙、夏侯婴、靳强、纪信四人手持剑盾步行断后。

张良在帐外混了一阵子再进去，向项羽道歉，说："沛公不胜酒力，连告辞的行为能力都没有了。嘱咐张良奉上白璧一对，敬献大王足下；玉斗一对，敬赐大将军（范增）足下。"

项羽："沛公人在哪里？"

张良："听说大王有责问过失之意，所以先走了，此刻应该已经回到军中了。"

项羽收下玉璧，放在座上。范增收下玉斗，放在地上，拔剑一击，玉斗粉碎，又气又恼地说："唉，项羽这小子不行，不能与他共谋大业。将来夺取项王天下的，一定是沛公。我们都将成为他的俘虏！"

刘邦回到灞上，立即诛杀那个吃里扒外的左司马曹无伤。

【原典精华】

范增起，出召项庄，谓曰：「君王为人不忍，[1]若入前为寿，[2]寿毕，请以剑舞，因击沛公于坐，杀之。不者，若属[3]皆且为所虏。」庄则入为寿。寿毕，曰：「君王与沛公饮，军中无以为乐，请以剑舞。」项王曰：「诺。」项庄拔剑起舞，项伯亦拔剑起舞，常以身翼蔽沛公，庄不得击。

——《史记·项羽本纪》

①若：你。

②寿：敬酒致贺词。

③属：同僚。若属：你们这些人。

【原典精华】

（樊）哙即带剑拥盾入军门。交戟之卫士欲止不内，樊哙侧其盾以撞，卫士仆地，哙遂入，披帷[1]西向立，瞋目[2]视项王，头发上指，目眦[3]尽裂。

项王按剑而跽[4]曰：『客何为者？』张良曰：『沛公之参乘[5]樊哙者也。』

项王曰：『壮士，赐之卮酒[6]。』则与斗卮酒。哙拜谢，起，立而饮之。

项王曰：『赐之彘肩[7]。』则与一生彘肩。樊哙覆其盾于地，加彘肩上，拔剑切而啗之。

项王曰：『壮士，能复饮乎？』

樊哙曰：『臣死且不避，卮酒安足辞！夫秦王有虎狼之心，杀人如不能举，刑人如恐不胜，天下皆叛之。怀王与诸将约曰「先破秦入咸阳者王之」。今沛公先破秦入咸阳，毫毛不敢有所近，封闭宫室，还军霸上，以待大王来。

故遣将守关者，备他盗出入与非常也。劳苦而功高如此，未有封侯之赏，而听细说[8]，欲诛有功之人。此亡秦之续耳，窃为大王不取也。』

项王未有以应，曰：『坐。』

——《史记·项羽本纪》

①帷：大帐中另有小帐。

②瞋：音“chēn”，瞪眼。

③眦：音“zì”，眼角。

④跽：音“jì”，长跪。按剑而跽：以配剑支撑身体长跪而起，是受惊而警戒的姿势。

⑤参乘：陪同乘坐同一辆战车的人。平时代表礼遇地位，战时代表贴身侍卫。

⑥卮：音“zhī”，酒器。卮酒：一杯酒。

⑦彘：音“zhì”，猪。

⑧细说：小人之言。

㊂㊇ 大封诸侯

放跑了刘邦，项羽将怒气发在亡秦头上。鸿门宴之后几天，项羽带兵杀进咸阳，杀了秦帝国投降的秦王子婴；烧掉了秦国宫殿，大火延烧了三个月不熄；将秦宫中的财宝与美女掠劫一空，准备回去江东老家。

有说客向他提出建议："关中有山河之险，又有四个险要关隘，土地又肥沃，应该在这里建都称霸。"

项羽打从头就没想过在关中称王，一心想着荣归故乡，说："人富贵了以后，如果不回故乡，就跟穿着锦绣衣裳走在夜里一样，给谁看啊！"

那位说客退下后，说："人家说，楚人就像演猴戏的猴子，就算穿衣戴帽模仿人，但本性还是野蛮短见，果然如此！"

这话传到项羽耳中，项羽立马下令烹了那说客。

项羽派人传送攻克咸阳的捷报给楚怀王，楚怀王或许误以为是项羽首先入关，或许是故意制造项、刘对立，回复"照原先的约定"。那么，就该由刘邦在关中称王了，那可是项羽最不愿意的。

项羽为此"见笑兼生气"，召集诸将，说："怀王打从一开始就是我家拥立的，他本人可没有寸土之功，凭什么发号施令？当初为了凝聚人心，必须借用他的楚王室血统，可是这三年来，披坚执锐、冒险犯难，终于灭了秦帝国，可都是各位将领与我项羽共同完成的。然而，怀王虽没有贡献，还是应该分封他一块土地。”诸将都说“好”。

于是项羽尊楚怀王芈心为“义帝”，宣布：“古时候称帝者，都拥有千里土地，并且住在河川的上游。”乃将义帝迁到长江以南，以郴县（今湖南省郴州市）为首都，在那个时候，等于是将人放逐到南方蛮荒地带。

项羽接着大封诸将。先封自己为西楚霸王，以彭城为首都。其他比较重要的安排包括：张耳为常山王，统领赵地（原赵王赵歇则改封代王）；英布封九江王；燕将臧荼为燕王（原燕王韩广改封辽东王）；齐将田都为齐王（原齐王田市改封胶东王）。

刘邦最不好处理，既忌讳他，却又已经和解，更不愿背负违约的恶名。幸得范增想出了一个说法：“巴蜀自古就是秦国土地，而汉中也是关中地方。”于是封刘邦为汉王，拥有巴、蜀、汉中地区。然后封秦国三位降将分居关中三地，统称“三秦”：由他们守住刘邦的“出口”，又教他们相互制衡，不让他们独大。

简单说，项羽大封诸侯完全看不出一丁点政治智慧，所有追随他入关的诸侯将领都封到好地方，原来的国君，却都被改封到偏远地区。而他宣布分封之后，就放手让这些新王自己去封国当国王，以为他西楚霸王说了就算数，以致埋下了日后动乱的因子。

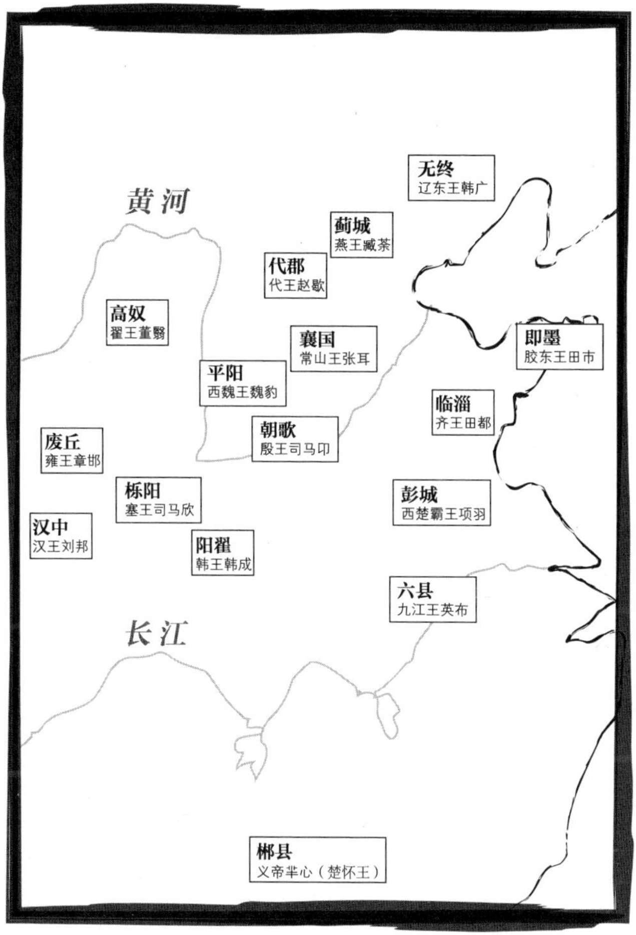
黄河
长江
无终
辽东王韩广
蓟城
燕王臧荼
代郡
代王赵歇
高奴
翟王董翳
襄国
常山王张耳
即墨
胶东王田市
平阳
西魏王魏豹
临淄
齐王田都
朝歌
殷王司马卬
废丘
雍王章邯
栎阳
塞王司马欣
彭城
西楚霸王项羽
汉中
汉王刘邦
阳翟
韩王韩成
六县
九江王英布
郴县
义帝芈心（楚怀王）

▲ 项羽大封诸侯

【原典精华】

人或说项王曰：『关中阻山河四塞，地肥饶，可都以霸。』

项王见秦宫室皆以烧残破，又心怀思欲东归，曰：『富贵不归故乡，如衣绣夜行，谁知之者！』

说者曰：『人言楚人沐猴[1]而冠耳，果然。』

项王闻之，烹说者。

——《史记·项羽本纪》

①沐猴：猕猴。

㊴ 烧栈道

刘邦听说自己被封到汉中（陕西南部，国都在今陕西省南郑区，自古是入川门户），简直气疯了，想要出兵攻击项羽。一干沛县老将周勃、灌婴、樊哙都赞成开打，萧何却浇冷水："虽然到汉中为王很窝囊，总比找死好吧？"

刘邦说："（不去汉中）难道就死定了？"

萧何说："咱们的军队人数比他少、战力比他弱，打一百仗要败一百仗，攻击他不是找死吗？想一想，历史上能够屈服于一人之下，而后号召天下的，是商汤和周武王。我希望大王委屈一下，到汉中去就王位，培养国力、任用贤能，以巴蜀为根据地，将来反攻三秦，还是有本钱争霸天下的。"

刘邦接受了萧何的建议，前往汉中就位，任命萧何为相国。张良要回韩国去辅佐韩王，刘邦致赠黄金百镒、珍珠二斗，张良全数转赠项伯。诸侯各自撤军返国，汉王也上路，张良送汉王到褒中才辞别。临行再提出建议：一路上将走过的栈道烧掉。

所谓"蜀道难"，就难在这一条栈道：在悬崖绝壁上凿出石洞，插入二三米长的木桩，在木桩上铺排木板，刚好够一匹马通过——这是数百年来人们修建、改善的成果，一旦烧毁，重建得耗费很多人力、财力与时间。张良的用意有二：一是防备三秦偷袭，一是安项羽之心，让他认为刘邦已经"认命"，不再有向东进取的野心。

【原典精华】

汉王怒，欲攻项羽；周勃、灌婴、樊哙皆劝之。萧何谏曰：『虽王汉中之恶，不犹愈于死乎？』汉王曰：『何为乃死也？』何曰：『今众弗如，百战百败，不死何为！夫能诎[1]于一人之下而信[2]于万乘之上者，汤武是也。臣愿大王王汉中，养其民以致贤人，收用巴蜀，还定三秦，天下可图也。』

——《资治通鉴·汉纪一》

①诎：音“qū”，屈服。

②信：令人信服。

㊵ 诸侯反项

项羽以他的武力威势分封诸侯，当场没有人敢反对，可是诸侯军一旦回到各自原本地盘，那些随项羽西进而封的新王，与留在根据地却被“封”（其实是“排挤”）到偏远处的原来的王立即就产生了冲突。

最先反的是齐国。当初田儋与弟弟田荣起义，称齐王，田儋被章邯击败战死，田荣拥立田儋的儿子田市为齐王，却因不肯出兵救钜鹿，与项羽结怨。项羽宰割天下，将一路追随入关的齐将田都封为齐王，改封田市为胶东王。田荣为此大怒，发兵拒绝田都入境，田都不敌，逃往项羽的西楚国。田荣不准田市去当胶东王，可是项羽威震天下，田市不敢违抗，悄悄溜走，奔向即墨“就位”。田荣对这个懦夫侄儿非常失望，攻击即墨，杀田市，自称齐王。

田荣听说彭越有一万多军队在巨野（彭越未随刘邦入关），不隶属任何人，就派人送给他将军印信，命他攻击另一位项羽封的济北王田安。彭越击斩田安，田荣又命他攻打西楚，项羽派楚军将领萧角迎战，被彭越击败。于是田荣囊括了故齐国全部的土地，而彭越则成为田荣的加盟军。

另一路反项羽的是赵国。由于张耳随项羽入关，项羽封他为常山王，而将原本的赵王赵歇“挤”到北方当代王。当初与张耳绝交的陈馀听说这件事，心中不平，乃派人与田荣联络，表示：“大王若出兵帮陈馀攻击常山王（张耳），让赵王（赵歇）复国，赵国今后将追随大王，为齐国捍卫西边。”

田荣拨给陈馀一支军队，陈馀攻打张耳。张耳败走，想要投奔项羽，可是他旗下善于观星的甘公对他说：“楚虽强，将来还是汉胜。”于是张耳千里迢迢去投奔汉王刘邦。

陈馀打走了张耳，迎回赵歇当赵王。赵王封陈馀当代王，陈馀认为赵国还不稳定，便留在邯郸担任相国辅佐赵王，成为赵国实质上的领导人。

韩国也出了问题，张良原本打算辅佐韩王成回去建设故国，可是项羽将韩成与张良都带回彭城，不让韩成就国，先将他贬为穰侯，又借故将韩成杀死。于是韩国消失了，而一心想要复兴韩国的张良，身在楚营心在汉，等待机会报仇。

还有燕国。项羽将随他入关的燕将臧荼封为燕王，原本的燕王韩广改封辽东王。可韩广不肯去辽东，跟臧荼打了一仗，臧荼击斩韩广上位，算是替西楚霸王保住了一些颜面。

也就是说，项羽才刚回到彭城，没当几天西楚霸王，已经逼反了齐国、赵国，还废掉了韩国（更逼反了张良）。除了燕王臧荼，就只剩下关中三秦王仍是他的盟友，而三秦也即将不保。因为汉王刘邦采取行动了。

㊃㊀ 胯下之辱

刘邦反攻三秦的关键人物是韩信。

韩信年轻时，既家境贫穷，自己行为也不检点，又不务正业，只能经常去人家家里混口饭吃，不受乡人欢迎。他最常去吃白饭的人家，是本地的南昌亭长，一赖就是好几个月。亭长的妻子非常厌恶他，有一次早晨做好了饭，自己在床上吃。到了早餐时间，韩信去到厨房，发现没摆食器餐具，明白亭长老婆的意思，当场离去，也算是有骨气，没死赖着讨吃的。

没饭吃，韩信只好到淮阴城下淮水边钓鱼（阴是山北水南，淮阴城北门外就是淮水），有很多老妇人在水边漂洗衣服。其中一位同情韩信饿肚子，就给他饭吃，一连给了数十日。

韩信非常感激，说："我将来一定重重报答你。"

妇人发火，说："我看你是个人才，却不能养活自己，同情你，才供你食物，哪是希望你报答？"

淮阴街头有个霸凌他人的流氓，对韩信说："你虽然长得高大，又随身带刀剑，其实是个胆小鬼。”当众要求韩信从他胯下爬过去，并故意刺激韩信：“有种你刺死我，没种就爬过去。”韩信瞪了他好一会儿，趴下身、低下头，爬了过去。街上人看见，都笑韩信怯懦。

这么一位个子高大却表现软弱的男子，是如何成为叱咤风云的名将的？且往下看。

【原典精华】

信钓于城下，诸母漂[1]。有一母见信饥，饭信，竟漂数十日。

信喜，谓漂母曰：『吾必有以重报母。』

母怒曰：『大丈夫不能自食[2]，吾哀王孙[3]而进食，岂望报乎？』

淮阴屠中[4]少年有侮信者，曰：『若虽长大，好带刀剑，中情[5]怯耳。』[6]众辱之曰：『信能死，刺我；不能死，出我袴下。』

于是信熟[7]视之，[8]俛出袴下，[9]蒲伏。一市人皆笑信，以为怯。

——《史记·淮阴侯列传》

①漂：布匹染后在水中槌打。

②食：音“sì”，喂食。

③王孙：韩信不是贵族，可是漂母看好他将来必成贵人。

④屠：杀猪卖肉。屠中：市井。

⑤中情：内心。

⑥熟视：端详，看很久、很仔细。盯着一个人仔细看很久表示“我会记住你”。

⑦俛：同“俯”。

⑧蒲伏：匍匐。

㊷ 萧何追韩信

“怯懦少年”韩信带着他那支“不敢出鞘杀人”的剑，在项梁起兵时加入了项家军。项梁兵败身死，他继续追随项羽，担任郎中，曾多次向项羽献策，项羽都没有采纳。

诸侯入关中，封王后各自回国，韩信这时跳槽到刘邦麾下，追随汉王到汉中，但仍只当到一个低阶军官。甚至因为受一桩案件牵连，连同十几名“共犯”都被判了死刑。死刑犯一个个被砍头，砍了十三个，下一个轮到韩信，韩信抬头仰视，刚好看见刘邦的“沛县老伙伴”夏侯婴在刑场，就大声说：“大王不想争天下了吗？否则为何要杀我这个壮士！”

夏侯婴听他口气甚大，再看他相貌不凡，就下令不斩韩信，并且叫他上前说话，一番对谈之后，大为欣赏，乃向刘邦推荐。刘邦任命韩信为治粟都尉，属中级军官，仍是不怎么重视他。

大难不死反而升官的韩信，终于有机会与萧何谈话，萧何倒是很欣赏他。

汉王率部前往汉中，行至南郑，很多将领不想走那条

“难于上青天”的蜀道，中途逃跑了好几十人。韩信心想：“夏侯婴、萧何都已经向汉王推荐过我，可是汉王却不重用我，看来留在汉军我的发展也就到此为止了。”于是也脱队逃亡。

萧何听说韩信跑了，来不及向汉王刘邦报备，亲自追赶。

当刘邦听到报告“丞相萧何逃亡”，大为生气，情绪沮丧，如失左右手。过了一两天，萧何回来见汉王。刘邦既怒又喜，骂说：“你为什么逃亡？”

萧何说：“我哪敢逃亡，我是去追回逃亡者。”

刘邦问：“你去追谁？”

萧何：“去追韩信。”

刘邦：“你骗谁啊！诸将跑了好几十人，你一个都不追，却去追这个位阶不高的韩信？一定有诈，快说实话。”

萧何：“那些跑掉的将领都是一般材料，不难再得到，可是韩信却是举世无双的高级人才。大王如果只想在汉中长治久安，那韩信对你没有用；但若大王要东向争胜天下，则非韩信不可。就看大王志向有多大了。”

刘邦：“我当然想要争胜天下，怎么可以被困在这里？”

萧何：“大王想要向东，如果重用韩信，他会留下来；若不能重用，韩信终究还是要走。”

刘邦：“你如此大力推荐，那我用他当将军。”

萧何：“即使当将军，还是留不住韩信。”

刘邦：“那就任命他当大将军。”

萧何说：“那就太好了。”

于是刘邦准备下令召见韩信，任命他为大将军。

萧何又说了："大王一向不讲究礼数，如今要拜人家为大将军，却如同打发小孩子一般，这正是韩信逃亡的原因啊。大王如果要拜韩信为大将，就应选一个吉日良辰，斋戒，搭高坛，以隆重仪式拜将。"

刘邦同意萧何的意见。汉王筑坛拜将的命令公布，诸将个个自以为有希望。等到拜将典礼，才发现"居然是韩信"，全军都为之惊讶。

韩信终于当上了大将，可是他有多大能耐？又如何助刘邦攻取关中，争胜天下呢？

【原典精华】

何闻信亡，不及以闻，自追之。人有言上曰：「丞相何亡。」上[1]大怒，如失左右手。

居[2]一二日，何来谒上，上且怒且喜，骂何曰：「若亡，何也？」

何曰：「臣不敢亡也，臣追亡者。」

上曰：「若所追者谁？」

何曰：「韩信也。」

上复骂曰：「诸将亡者以十数，公无所追；追信，诈也。」

何曰：「诸将易得耳。至如信者，国士无双[3]。王必欲长王汉中，无所事[4]信；必欲争天下，非信无所与计事[5]者。顾[6]王策安所决耳。」

王曰：「吾亦欲东耳，安能郁郁久居此乎？」

何曰：「王计必欲东，能用信，信即留；不能用，信终亡耳。」

王曰：「吾为公以为将。」

何曰：「虽为将，信必不留。」

王曰：「以为大将。」

何曰：『幸甚。』于是王欲召信拜之。

何曰：『王素慢[7]无礼，今拜大将如呼小儿耳，此乃信所以去也。王必欲拜之，择良日，斋戒，设坛场，具礼，乃可耳。』

王许之。诸将皆喜，人人各自以为得大将。至拜大将，乃韩信也，一军皆惊。

——《史记·淮阴侯列传》

①上：指刘邦。司马迁是汉朝人，“上”等于口语称“圣上”。

②居：过。

③国士：国家级人才。国士无双：国家级最顶尖的人才，独一无二。

④事：用。

⑤计事：策划大计。

⑥顾：端看。

⑦素：一向。慢：傲慢。

㊸ 暗渡陈仓

拜大将仪式完毕，汉王向新任大将军请益："将军有什么高明计策可以指教寡人？"

韩信问："大王东向争天下的对手，是项王吗？"

刘邦："是啊。"

韩信："大王自认作战勇猛强悍的程度能够胜过项王吗？"

刘邦默然良久，说："不能。"

韩信听到刘邦能够坦言不如对手，起身向汉王拜了两拜表达敬贺——承认对手比自己强是一种了不起的特质，也只有先承认不如对手，才可能以弱击强。

韩信确认刘邦没有大头病，才敢直言无讳，说："我也认为大王不如项王。然而，我曾经在项家军待过，请容我分析项羽的性格缺陷：他发起威来声势惊人，足以令千万人屈服，可是他缺乏任用优秀将领的能力，只是匹夫之勇（项羽学兵法"万人敌"，以此看来，学得不透彻）。他待人恭敬慈爱，言语亲切，对待伤员更流着眼泪分给饮食，可是手下有功劳应该封爵的时候，他却拿着刻好的印章，在手中摩挲再三，印角都磨圆了，却还不舍得送出去，可见他只是妇人之仁。项王虽然宰制天下，分封诸侯，自己不据有关中，而回到彭城。但是他违背义帝当初与诸将的约定（不让刘邦在关中称王），分封诸侯时又偏心自己的亲信将领，诸侯看见他将义帝放逐到南方山区，个个心寒，都回去经营自己的领地，也不效忠项王。项王每次攻下城邑，都无情地予以毁灭，老百姓为此怨恨他，天下诸侯表面顺服，也只是畏于他的兵力强大而已。”

韩信分析项羽的性格缺陷后，接着述说“反攻关中必胜”的道理：首先，三秦王从前是秦国将领，执行秦始皇苛法，杀了很多人，关中人民痛恨他们；其次，三秦王投降项羽，可是关中子弟兵却被项羽坑杀，关中父老痛恨他们；再次，刘邦进入关中后，秋毫无犯，除去秦国苛法，与关中百姓约法三章，关中人民都希望刘邦去当王。结论：只要汉王展开反攻，关中可以传檄而定（发出宣战文书就胜利了）。

刘邦闻言大喜，对韩信言听计从，韩信也提出了楚汉争霸的第一妙计：明修栈道，暗渡陈仓。

汉王公开宣布：派周勃、樊哙负责修复栈道。三秦王得到消息，认为周勃、樊哙是汉军有名的大将，研判刘邦将从入蜀原路反攻。但是修复栈道？那可不是十天半个月的工程，恐怕得耗费好几年工夫。所以他们布置重兵在入蜀要冲，却并没有危机感。

他们根本不晓得有韩信这一号人物，更没想到韩信带领汉军主力，走了一条更古老的道路，那是在入蜀栈道未修建之前的古道，绕路很多，却出其不意。因此，当韩信带兵出散关、渡渭河时，三秦王只得仓促应变，章邯在陈仓被击溃，关中父老箪食壶浆迎接汉王，司马欣与董翳投降（那是他们保命的唯一方法），只剩章邯率领残部打游击，刘邦只花了两个月就扫平了关中。

【原典精华】

（韩信）曰：『大王自料勇悍仁强孰与项王？』

汉王默然良久，曰：『不如也。』

信再拜贺曰：『惟信亦为大王不如也。然臣尝事之，请言项王之为人也。项王喑恶叱咤[1]，千人皆废[2]，然不能任属贤将，此特匹夫之勇耳。项王见人恭敬慈爱，言语呕呕[3]，人有疾病，涕泣分食饮，至使人有功当封爵者，印刓敝[4]，忍不能予，此所谓妇人之仁也。项王虽霸天下而臣诸侯，不居关中而都彭城。有背义帝之约，而以亲爱王，诸侯不平。诸侯之见项王迁逐义帝置江南，亦皆归逐其主而自王善地[5]。项王所过无不残灭者，天下多怨，百姓不亲附，特劫[6]于威强耳。名虽为霸，实失天下心。故曰其强易弱。……』

——《史记·淮阴侯列传》

①喑：音“yīn”。恶：音“wù”。喑恶：怀怒气。喑恶叱咤：发威出声。

②废：拜伏。

③呕：同“吁”。呕呕：赞赏、感叹，说好听话。

④刓：音“wán”，削去方角。印刓敝：印章的边角都圆了、坏了。

⑤善地：诸侯各自占领好的地盘。

⑥劫：通“胁”。

㊹ 项羽杀义帝

刘邦偷袭关中的同时，项羽又犯了一个大错：密令九江王英布追杀义帝。

项羽很会打仗，可是完全不懂什么叫作人心。当初范增建议项梁立楚怀王，是将正统（亡秦必楚）抓在手上，是“挟天子以令诸侯”的最早版本。项梁因此成功地收编了楚地所有义军。可是项羽此时以为他自己是西楚霸王，可以号令天下，不愿意上头还有一个义帝——他连豢养一个傀儡的耐心都没有。

于是被韩信说中了：诸侯看见项羽如此对待义帝，乃没有人再认可项羽，不是诸侯效忠义帝，而是项羽自己做了榜样，其他人效法。

第一个不再认可项羽的就是英布。齐王田荣反叛时，项羽征召英布前往平叛，英布自己不去，只派了一位将领，带了数千兵力前往，算是意思意思。

项羽因此对英布极为不满，好几次派使节去责备英布。英布于是更加恐惧，更不敢前往。而项羽面对北方的齐、赵，西方的汉，一心还希望英布来帮他打仗，所以并没有对英布采取什么行动。而英布也想弥补与项羽的关系，于是彻底执行了项羽的密令：义帝流亡长沙途中，在渡过长江时，英布在船上埋伏勇士，袭杀义帝。

身在彭城的张良，身在楚营心在汉。听说刘邦已经开始行动，并且成功袭取关中，他有心帮刘邦争取一些时间，乃上书项羽表示："汉王一心只想要得到关中，那是因为当初的约定。如今他已经得到关中了，应该会就此满足，不再向东。"同时将齐王田荣与彭越的起兵檄文一并上呈，提醒项王："齐王田荣恐怕会联合赵王歇攻击楚国。"项羽因此暂时放下西边，专心攻击齐王田荣。

这时就可以看出项羽谋杀义帝的失策了：九江王英布原本是项家军的先锋勇将，当初西进入关功劳最大。如果英布接受项羽征召，这时就可以让英布领军对付北面的齐王田荣、在故魏国地界上打游击的彭越，甚至兼顾有陈馀辅佐的赵王歇，而项羽可以自己对付西面的汉王刘邦。但是，英布正是受命杀义帝的人，他对项羽的寒心也最深刻，以至于项羽必须自己出马平定所有叛变。

张良呢？趁着项羽专心北方的时候，改装、抄小路，往西投奔刘邦去了。这又是之前项羽杀韩王韩成的失策：将一位超级人才张良逼到对头刘邦的阵营中。

刘邦这时又得到一支军队加入，是他的沛县同乡王陵。王陵没有随刘邦起义，而是在秦帝国崩溃时，聚集数千党羽，盘踞南阳，听说汉王袭取关中，于是率众来投靠。

刘邦当然很高兴，也想起故乡的父亲与妻子，于是派薛欧、王吸随王陵的军队前往沛县迎接父亲、妻子。这个消息却被项羽知道了，项羽的军队封锁了阳夏（今河南省太康县），王陵等受阻不得前进。

㊺ 王陵变

汉军受阻于楚军不得前进，初到汉营的王陵面子上挂不住，心想："今夜且去斫营，灭他威风。"斫营，就是偷袭敌方营地，打了就跑，属于骚扰战术，令敌方陷于惶惶不安中。

当天晚上，王陵与沛县老友灌婴两人带了三十几员勇士，前往楚军斫营，偷袭得手即回。楚军自后追赶，被王、灌二将射杀五十余人。二人还扬声放话："我俩是汉将王陵与灌婴，今夜且去，明夜还来，请项王好自准备。"

项羽追究责任，当晚是钟离昧负责巡营，要斩钟离昧。

钟离昧说："请容许我捉拿王陵，将功折罪。"

项羽说："王陵已经斫营得手，逃回汉营，你去哪儿捉他？"

钟离昧说："王陵家在绥州茶城村，我去将他母亲'请'来楚营，不怕他不就范。"

于是钟离昧领了三百军士，前往王陵老家，将王母押到楚营。刚好刘邦的使节卢绾到达楚营，卢绾也是沛县老伙伴，看见帐前被绑缚走过的妇人，认出是王陵的母亲，就对项羽说："王陵不知道母亲在楚营，若是知道，一定会主动来楚营，换老母一命。”

卢绾回汉营复命，刘邦得知情况，召来王陵，说：“我放你去楚营，救你老母。”

王陵心乱如麻，请求卢绾同行。到了两军交界处，王陵请卢绾先去楚营，看看母亲是否仍然安全。卢绾见着王母，王母私下对卢绾说：“叫我儿不必前来，他若来，儿死、母亦死。”但是表面上答应要写信召儿子来。

项羽大乐，问王母：“母亲召唤儿子，用什么做表记？”

王母说：“大王说中要点了。请借大王腰间太阿宝剑一用。”

项羽说：“要寡人宝剑作何用？”

王母说：“担心儿子不信。借大王宝剑，削一绺头发，封在信中，我儿见了，必定连夜赶来。”

项羽信了她的话，拔出剑来，交给王母。王母拿到项王宝剑，后退三十步，自刎而死。

不过斫营一事记在《敦煌变文》中，应系杜撰情节。《史记》中并无王陵、灌婴斫营这回事，反而记载项羽对王陵母亲十分礼遇。但是陵母最终仍然自杀，不让自己成为肉票，项羽大怒，下令烹了陵母的尸体。

【原典精华】

……

王陵下鞭如掣电，灌婴独过似流星。

双弓背射分分中，暗地唯闻落马声。

为报北军不用赶，今夜须知汉将谁。

传语江东项羽道，我是王陵与灌婴。

——《敦煌变文·汉将王陵变》

【原典精华】

陵母于霸王面前，口承修书招儿。霸王闻语，龙颜大悦：『陵母招儿，何用洛陈？』『不用别物，请大王腰间太阿宝剑。』『但缘招儿，要寡人宝剑，作何使用？』『前后修书招儿，儿并不信。若借大王宝剑，卸下一子头发，封在书中，儿见头发，星夜倍程入楚救母。』霸王闻语，拔太阿剑，度与陵母。陵母得剑，去霸王三十余步，『为报我王知。』陵母遂乃自刎，身终。

——《敦煌变文·汉将王陵变》

㊃㊅ 陈平

项羽烹王陵母亲的尸体，只因为恼羞成怒，也显示这位西楚霸王的情商之低。他这种一恼怒就杀人的性格，在齐国战场更表露无遗。

之前项羽因张良“提醒”，决定先解决北方，亲自领军征讨齐国。在城阳（今山东省莒县）击溃齐王田荣，田荣在逃亡途中被杀，项羽再立田假为齐王。大军继续横扫齐境，沿途烧杀，摧毁城郭与民房，投降的齐国军队一律坑杀。其结果是：齐国人民只能选择抵抗，项羽遂陷入齐国战场泥淖。

项羽困在东方，刘邦乃有机会从关中出发东进。首先接受西魏王魏豹投降，魏豹原本是魏王，被项羽分掉一半国土给随同入关的将领司马卬，司马卬被封为殷王。刘邦帮魏豹报仇，击败并俘虏司马卬。这一场胜利对刘邦而言，最大收获不是攻掠土地，而是得到一个顶尖谋略家：陈平。

陈平年轻时好读书却不事生产，寄居哥哥陈伯家里。陈伯努力耕田，纵容陈平只读书不做事。陈平身材高大、外形俊美，乡人问：“你们家境贫穷，怎么把你养得这么壮？”陈平的嫂嫂平时就看这小叔不顺眼，听到这话，就说：“也不过吃些粗糠而已。有这种小叔，不如没有。”陈伯听到这话，竟将老婆休了。

陈平长大，该成家了。乡里有钱人不愿将女儿嫁给他，陈平却又看不上穷人家。只有一位富翁张负，他的孙女儿先后嫁了五个丈夫，五个丈夫都死了，再没人敢娶。张负有一次去参加人家丧礼，看见陈平帮忙办丧事很负责任，于是将孙女儿嫁给了他。陈平结了这么一门有钱亲事，手头大为宽裕，乃能结交各方朋友。

乡里有个神社，陈平担任“宰”（祭祀后分酬胙肉），分得非常公平。地方父老因此称赞：“陈孺子担任社宰真不错！”陈平回答说：“唉，如果让我陈平宰天下，也跟分肉一样啊！”——大言不惭，但志向不小。

陈胜起义，周市立魏咎为魏王，陈平前往投奔魏王咎，担任太仆（交通部长），却因为被人谗害，逃离魏国。项羽大军西进，陈平追随他入关，因功封为平爵卿（位高权不重），又随项王回到彭城。齐、赵反叛项羽时，殷王司马卬也一齐叛变。项羽任命陈平为信武君，带领从前魏王咎的将领去攻打殷王，陈平用计让司马卬投降。项羽因此升陈平为都尉，赐金二十镒。（如此大功，只封一个都尉！）

项羽深陷齐地不得西进，接到报告“西魏王叛变，殷王被俘”，大怒，要杀“定殷将吏”——陈平列名最前。陈平怕被杀，将项羽给的官印、赏的黄金封起来，派人送还项王，一个人带一把剑逃亡。逃亡途中乘船渡河，船夫见他一个人，身材高大，又带剑，猜测他是逃亡将领，腰中可能有值钱东西，目光不断地瞄向陈平的腰间。陈平知道自己身陷险境，心生一计，脱下衣服，赤裸上身帮船家撑篙。那船家见他身上没有贵重物品，就没有害他。

陈平渡过黄河，来到汉军驻扎地修武。他找到一位老朋友——旧魏王室后裔，信陵君魏无忌的孙子魏无知，并通过魏无知见到汉王刘邦。

刘邦召见陈平，留他一道吃饭，饭后派人送陈平回住宿处。陈平说："我是为大事而来，有意见提出，不能迟过今天。"

刘邦乃与陈平对谈，两人相谈甚欢。刘邦问："先生在楚军担任什么职位？"

陈平说："都尉。"

刘邦立即任命陈平为都尉，并且指定他为随身幕僚，出门同车（参乘），还兼军中监察官。

汉军将领闻讯哗然，纷纷反弹："大王遇到一个楚军逃兵，还没弄清楚他的能力高下，就跟他同车（我们都轮不到），还让一个都尉监督咱们这些将军！"

刘邦听到这些反弹之语，愈发厚待陈平。

沛县革命老将周勃、灌婴在刘邦面前给陈平"打针下药"："陈平虽然长得很帅，但是好比帽子上那块装饰用的玉，未必真有才干。听说他在家乡时，与嫂嫂通奸（实情是嫂嫂看不起他）；在魏国混不好，投奔楚；在楚国混不好，又来咱们汉国。大王让他监督诸将，听说他收受诸将金银，给他多的就安排好职位，给少了就安排坏职位。陈平这家伙是个反复无常的乱臣，请大王明察。”

汉王听了，找当初引荐陈平的魏无知来问。魏无知回奏：“我推荐的是陈平的能力，陛下问的是陈平的操行。以眼前的局势来说，一个人就算像尾生一样诚信、孝己一样孝顺，但却对军事胜负毫无作用，陛下又哪有工夫理他呢？楚汉两军正陷入拉锯战，我推荐奇谋之士，端看他的计谋对国家是否有利而已，盗嫂受金有什么大不了？”

汉王再将陈平叫来，问：“先生先离开魏投奔楚，又离开楚投奔汉，很难不令人怀疑你的能力呀！”

陈平说：“我事奉魏王，魏王不采纳我的建议，所以我去事奉项王。项王不信任外人，他重用的不是姓项的，就是老婆娘家兄弟，虽有奇谋之士，却不重用，所以我离开楚国。我听闻汉王唯才是用，所以前来投效。我来时一无所有，不收受馈赠则无以生活。如果我的献策有值得采纳的，就请大王任用我；如果我的建议毫无价值，诸将送的黄金都还在，我甘愿将之全数封起来捐给公家，请不要杀我，让我回家。”

汉王向陈平谢罪，再厚重地赏赐他，升官为护军中尉（比都尉高一级），负责监察所有将领，于是诸将就不敢再“检讨”陈平了。

项羽的易怒性格以及用人作风，使得他一直在为自己树敌，到目前为止，已经有张良、韩信、陈平三位顶级人才叛项羽投刘邦了。

【原典精华】

里中社，平为宰，分肉食甚均。父老曰：『善，陈孺子[1]之为宰！』平曰：『嗟乎，使平得宰天下，亦如是肉矣！』

……

陈平惧诛，乃封其金与印，使使[2]归项王，而平身间行杖剑亡。渡河，船人见其美丈夫[3]独行，疑其亡将，要[4]中当有金玉宝器，目之，欲杀平。平恐，乃解衣臝[5]而佐刺船，船人知其无有，乃止。

——《史记·陈丞相世家》

①孺子：称未做官的读书人。

②使使：前一字读音“是”，动词“派出（使节）”，后一字为名词“使节”。

③美丈夫：外型俊美的男子。

④要：同“腰”。

⑤臝：同“裸”。

【原典精华】

绛侯、灌婴等咸谗陈平曰：『平虽美丈夫，如冠玉耳，其中未必有也。臣闻平居家时，盗其嫂[1]；事魏不容，亡归楚；归楚不中，又亡归汉。今日大王尊官之，令护军。臣闻平受诸将金，金多者得善处，金少者得恶处。平，反覆乱臣也，愿王察之。』

汉王疑之，召让魏无知。无知曰：『臣所言者，能也；陛下所问者，行也。今有尾生[2]、孝己[3]之行而无益处于胜负之数，陛下何暇用之乎？楚汉相距，臣进奇谋之士，顾其计诚足以利国家不耳。且盗嫂受金又何足疑乎？』

汉王召让[4]平曰：『先生事魏不中，遂事楚而去，今又从吾游，信者固多心乎？』平曰：『臣事魏王，魏王不能用臣说，故去，事项王。项王不能信人，其所任爱，非诸项即妻之昆弟，虽有奇士不能用，平乃去楚。闻汉王之能用人，故归大王。臣臝身来，不受金无以为资。诚臣计划有可采者，愿大王用之；使无可用者，金具在，请封输[5]官，得请骸骨[6]。』汉王乃谢，厚赐，拜为护[7]军中尉，尽护诸将。诸将乃不敢复言。

——《史记·陈丞相世家》

①盗：偷，通奸。

②尾生:《庄子》里的寓言人物，因守信而淹死。

③孝己：商朝的王子，以孝顺著称。

④让：责备。

⑤输：缴纳。

⑥请骸骨：请求全身而退。

⑦护：监察。护军：军中监察官。

㊼ 彭城大战

诸侯靠向汉王刘邦的渐渐增多。

先是张良引荐故韩襄王的孙子韩信（与大将韩信同名）给刘邦，刘邦任命他为韩国太尉（总司令）。张良辅佐太尉韩信攻击项羽封的韩王郑昌，郑昌投降，刘邦封韩信为韩王（后文称他为“韩王信”以兹区别），攻掠故韩国土地。

再来是赵国。汉王刘邦派使节联络赵王歇一同伐楚，赵相国陈馀对使节说：“汉王杀张耳，赵国就出兵。”之前张耳被陈馀击败，投奔刘邦，刘邦不愿杀张耳，就杀了一个相貌酷似张耳的人，将脑袋送去赵国，于是赵国出兵。

项羽仍然困在齐国战场，刘邦以“为义帝发丧，讨伐乱臣项羽”为号召，联合诸侯杀向彭城。诸侯联军号称五十六万，一路没受到太多抵抗，直接杀进了彭城。

彭城，之前是楚怀王（义帝）的都城，现在是西楚霸王自己的都城，项羽无论如何都不可能坐视不理。于是项羽留大部分军队在齐国，自己只带了三万精兵，杀向彭城。

刘邦呢？胜利来得太容易了，上次入咸阳也没这次顺利。

这一次击败项羽的军队势如破竹，他以为大事已定，将彭城宫中的金银、美女都纳为己有，每天办酒席宴饮。

项羽率三万精兵向西，拂晓时在萧县（今安徽省萧县）击败汉军，中午就到了彭城。毫无戒心的汉军不堪一击，全军败走，楚兵追逐汉兵到谷水和泗水，杀十余万人。汉军被大河拦住，只好往南面山区逃，楚军继续追击，追到灵璧（今安徽省灵璧县）睢水北岸，无船可渡，十几万人被逼进睢水淹死，睢水为之不流！

汉王刘邦被楚兵包围三匝，眼看将被瓮中捉鳖了。正在此时，老天爷救命，西北方突然刮起了大风，折断大树，刮起房顶，飞砂走石，天昏地暗，伸手不见五指！楚军被这一阵狂风吹得大乱，阵形无法维持，刘邦才得与数十骑逃脱。

汉王侥幸脱险，还想要经过沛县，将家人一同带走，往西边撤退。同一时间，项王也派人去抓刘邦家室。可是刘邦家人都已经逃走、失散，刘邦在途中遇到儿子、女儿，将他们带上车子。楚兵仍然在后面穷追不舍，情况紧急时，刘邦为了减轻马车载重，将儿子、女儿都推下车子。

危急中仍然忠心追随的夏侯婴见状，下马将两个小孩抱回车上，如此一连三次，刘邦为之欲杀夏侯婴。夏侯婴对刘邦说："虽然事态危急，又岂可以抛弃儿女！"最后，夏侯婴双手竖抱着两个小孩，小孩将头靠在夏侯婴肩上，夏侯婴还能维持驾车奔驰，四人才一同脱离险境。但刘邦的父亲刘太公、妻子吕雉仍然失去联络。原来是审食其带着他们走山间小路逃亡，却不幸遇到楚军，被捉去见项羽，项羽一直将他们带在军中。

夏侯婴又是什么人？他原本是沛县政府的公务马车御者，每次送客人回程，都会经过泗水亭，与刘邦交谈甚欢，且每次都在泗水亭过夜。

有一次，刘邦开玩笑误伤了夏侯婴。公务员伤人依法应加重刑罚，而秦法严苛，知情不报者同罪，所以就有知情者担心受牵连而提出检举。刘邦面对司法，不承认有伤及夏侯婴，而夏侯婴也作证刘邦没有弄伤他。后来夏侯婴作伪证被发觉，被关一年多，还挨了数百鞭笞，可是刘邦因此没事。

沛县县令听萧何、曹参意见召唤刘邦，刘邦带领人众要进县城，县令反悔不开城门，萧何、曹参跳城逃出，夏侯婴在城内策动打开城门，刘邦才当上了沛公。

易言之，夏侯婴不但是沛县革命元勋，而且跟刘邦是铁杆兄弟。而他本来就是职业御者，所以刘邦从起义到后来当了皇帝南征北讨，包括这次在彭城大败之后突围逃命，都是由夏侯婴驾车。记得吗？之前韩信差点被斩首时，就是向夏侯婴喊话的。

言归正传。汉王刘邦溃败，诸侯联军随之瓦解，刘邦一天内从联军统帅沦落到只剩下一支孤军，诸侯重又归附西楚霸王项羽。

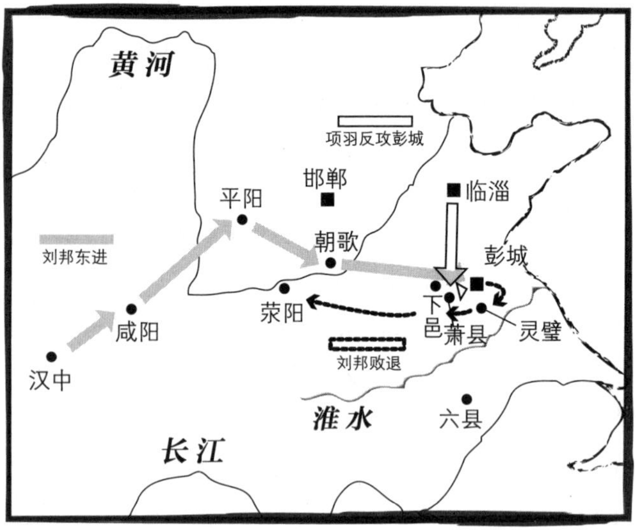
黄河
项羽反攻彭城
邯郸
临淄
平阳
刘邦东进
朝歌
彭城
荥阳
下邑
萧县
灵璧
咸阳
汉中
刘邦败退
淮水
六县
长江

▲ 彭城大战经过

【原典精华】

项王乃西从萧，晨击汉军而东，至彭城，日中，大破汉军。汉军皆走，相随入谷、泗水，杀汉卒十余万人。汉卒皆南走山，楚又追击至灵壁东睢水上。汉军却，为楚所挤，多杀，汉卒十余万人皆入睢水，睢水为之不流。

围汉王三匝。于是[1]大风从西北而起，折木发屋[2]，扬沙石，窈冥昼晦[3]，逢迎[4]楚军。楚军大乱，坏散，而汉王乃得与数十骑遁去，欲过沛，收家室而西；楚亦使人追之沛，取汉王家。

家皆亡，不与汉王相见。汉王道逢得孝惠、鲁元[5]，乃载行。楚骑追汉王，汉王急，推堕孝惠、鲁元车下，滕公[6]常下收载之。如是者三。曰：『虽急不可以驱，奈何弃之？』于是遂得脱。

求太公、吕后不相遇。审食其从太公、吕后间行，求汉王，反遇楚军。楚军遂与归，报项王，项王常置军中。

——《史记·项羽本纪》

①于是：就在那个时候。

②发：打开。发屋：掀开屋顶。

③窈：通“杳”。窈冥：昏暗不明。昼晦：白昼如黑夜。

④逢迎：此处做“大风正吹向（楚军）”解。

⑤孝惠：刘邦的儿子后来成为孝惠帝。鲁元：刘邦的女儿后来封鲁元公主。

⑥滕公：夏侯婴后来封滕县公爵。

㊽ 英布叛楚

刘邦被项羽打成丧家之犬，困居下邑（今江苏省砀山县北），回不去关中，束手无策。他问身边幕僚："我愿意放弃关东，让给能够击败项羽的人，谁有这个能力？"

关东，指的是函谷关以东，事实上刘邦已经完全失去关东。而刘邦的左右都已经在彭城被项羽吓破了胆，闻言面面相觑，没人敢答腔。只有张良看出，项羽虽然所向披靡，可是楚军全靠他一个人，只要项羽自己多树敌人，他并非不可击败。

事实上也是，项羽回师收复彭城，留在齐国的楚军马上就被田横击败，项羽立的齐王田假逃回彭城，项羽下令将他斩首，齐国再度回到田横控制之下。而这正是项羽不能追杀刘邦的原因，项羽的敌人，北面有齐、赵，西面有汉，所能寄望的只有九江王英布，他是西楚王国的唯一救火队。

张良看出项羽的困境，向刘邦提出："九江王英布原本是楚军枭将，可是他跟项王之间已经有了裂痕；彭越曾经与齐王联合，如今在故魏国地界与楚军对抗。可以赶快去跟此二人联络。至于大王麾下，韩信可以担当大任。如果你把关东大事交给他们三人，楚国一定撑不住。”

英布原本是项家军头号勇将，从项梁到项羽入关，都是他打先锋，每战皆捷。可是项羽命令他干了两件“Dirty Job”：新安坑杀秦军降卒与江南刺杀义帝，英布开始不听项羽号令。项羽攻击齐国时，征调英布参战，英布声称有病在身，只派了一位将领，带几千人前往；汉军攻陷彭城，英布仍然称病不发兵。项羽数次派使节去六县（九江国都城，今安徽省六安市）诘问，并要英布前往彭城，英布内心恐慌，不敢前往。可是项羽欣赏英布，继续容忍他。

刘邦认为张良的建议很对，可是谁来执行呢？他对左右臣僚发脾气：“看你们这些草包，没有一个可以讨论天下大事的。”

谒者（礼宾官）随何问：“大王说的是什么‘大事’？请将这个任务交付给我。”

刘邦派二十人当随何的随从。可是他到了六县之后，等了三天都见不到九江王。随何研判：楚王使者也在六县。乃对九江国太宰说：“大王一直不肯接见，当然是因为楚强汉弱。请阁下帮忙让我谒见大王，如果大王同意我所说，阁下大功一件；如果我说的不对，我和同行二十人甘心在六县的市场上被斩首，大王也可以借此明确表示支持楚国。”

太宰转达了汉王使者的意思，九江王召见使者。随何一番话说动了英布，英布同意支持汉王，可是楚王使者还在六县，英布向随何表示“希望不要泄露机密”。

随何可不能让英布有时间犹豫，他打听到楚王使者的馆舍位置，直入馆舍。楚王使者正在催促九江王出兵，随何自己坐到上座，对楚王使者说："九江王已经归附汉王，你还要他发兵吗?"

英布在现场听见这一番话，当场呆掉，楚王使者闻言翻脸走人。随何对英布说："事已至此，只有杀了使者，不让他回去通报，并且尽快与汉王并力攻楚。"

英布于是杀了楚王使者，起兵攻楚。项羽派项声、龙且攻英布，自己攻刘邦。几个月之后，龙且击败英布，而刘邦得以在荥阳站稳脚，与项羽对峙（达成"牵制项羽几个月"的目标），英布只得逃往荥阳投奔刘邦。

英布到达汉王大帐，刘邦正坐在床上洗脚（这一招在初见郦食其时已用过），召英布入见。英布见状大怒，悔恨不该前来，甚至想要自杀。扭头回到为他准备的营帐，却见帐幔、器用、饮食、侍从官员都与汉王同样规格，遂又大喜过望。

刘邦收服英布的这一套，叫作"用不测之辱，施不测之恩"，之前对郦食其已经用过一次。刘邦对不同性格的人，施加相同的"辱"，却施不同的"恩"（对郦食其用礼遇，对英布用物质享受）。

英布派人回九江接家眷，却发现家眷已经被楚军杀光。这是项羽的作风，项羽因此又添了一个仇人。英布原本还可能对项羽有些歉疚，至此只剩下仇恨。

【原典精华】

随何因说太宰曰：『王之不见何，必以楚为强，以汉为弱，此臣之所以为使。使何得见，言之而是邪，是大王所欲闻也；言之而非邪，使何等二十人伏斧质淮南市，以明王倍[1]汉而与[2]楚也。』

……

楚使者在，方急责英布发兵，舍传舍。随何直入，坐楚使者上坐，曰：『九江王已归汉，楚何以得发兵？』布愕然。楚使者起。何因说布曰：『事已搆[3]，可遂杀楚使者，无使归，而疾走汉并力。』布曰：『如使者教，因起兵而击之耳。』于是杀使者，因起兵而攻楚。

——《史记·黥布列传》

①倍：同“背”，相反阵线。

②与：同一阵线。

③事已搆：事已至此。

【原典精华】

淮南王至，上方踞床洗，召布入见，布大怒，悔来，欲自杀。出就舍，帐御饮食从官如汉王居，布又大喜过望。

——《史记·黥布列传》

㊾ 韩信破魏

虽然有英布背叛项羽，帮刘邦争取到稳住阵脚的时间，但汉方君臣也经过了一番艰苦打拼。趁着项羽攻击英布，刘邦带着残余部队，穿过位于今日湖北、河南之间的山区，除了防备楚军追赶，还得提防有人偷袭。

终于，汉军撤退到了荥阳（今河南省荥阳市），这里有险要的虎牢关，也有囤积中原地区粮食的敖仓，刘邦决定在这里扎营抵抗项羽，而不是退回关中守函谷关。留守关中的萧何将“老弱未傅者”，也就是接近成年和届龄退役而不在服徭役的名单上的男子，送到荥阳前线，让汉军稳住了阵脚。

楚军骑兵一再前来挑战，汉军骑兵统帅灌婴接连打了几场胜仗，使楚军的攻势受挫，无法越过荥阳。

这时候，关中地区却发生大饥荒，一斛米卖到一万钱，一万钱当时约合黄金一斤。那真是一个惨淡经营的时期，就在这个时候，魏王魏豹却落井下石，投向楚阵营。

刘邦派手下第一说客郦食其前往魏国游说魏王豹，可是魏豹拒绝，说：“汉王态度傲慢，常侮辱别人的人格，用粗话辱骂诸侯、群臣，像骂家中奴仆一样。我不愿再看到他那副嘴脸。”

刘邦派韩信挂丞相衔领军征魏，灌婴、曹参为副帅，分别统领骑兵、步兵。

刘邦问郦食其：“魏国的大将是谁？”

“柏直。”

“那小子乳臭未干，不是韩信对手。骑兵将领是谁？”

“冯敬。”

“他是秦将冯无择的儿子，还不错，但却不是灌婴对手。步军将领是谁？”

“项它。”

“他也不是曹参对手。我放心了。”

韩信也向郦食其再三确认：“魏王会不会以周市为大将？”周市是当初陈胜派去经略魏地的宿将，身经百战，而且熟悉魏国地形。

郦食其说：“魏王确定以柏直为大将。”

韩信：“那小子不成材。”

汉军进兵，魏王豹在蒲坂（今山西省永济市）布置重兵，盯住临晋（今陕西省大荔县）的汉军。韩信将计就计，大动作集结船只，摆出要在临晋大举渡过黄河的姿态；暗地却派出奇兵，从八十公里外的夏阳（今陕西省韩城市）搭浮桥渡河，直攻魏国首都安邑（今山西省夏县）。魏王豹在蒲坂接获消息，大惊，回军迎战。兵败，被韩信生擒，解送荥阳。

韩信打赢了这一仗，向刘邦要求增兵三万，乘势向北攻掠燕、赵，再由燕、赵往南攻齐，最终目标是切断楚军（由彭城至荥阳）的粮道。刘邦同意，韩信乃成为汉军东征总司令。

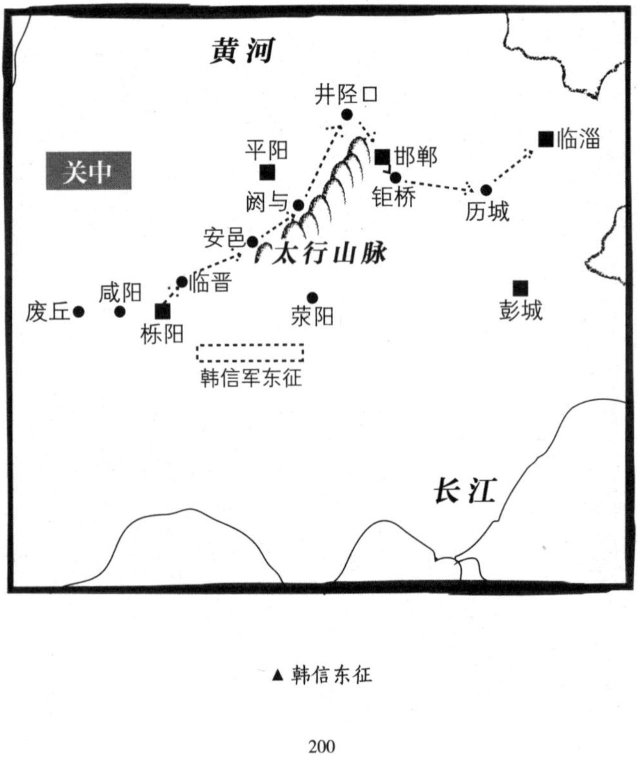

▲ 韩信东征

【原典精华】

汉王问食其：「魏大将谁也？」

对曰：「柏直。」

王曰：「是口尚乳臭，安能当韩信！骑将谁也？」

曰：「冯敬。」

曰：「是秦将冯无择子也，虽贤，不能当灌婴。步卒将谁也？」

曰：「项它。」

曰：「不能当曹参。吾无患矣！」

韩信亦问郦生：「魏得无用[1]周叔[2]为大将乎？」

郦生曰：「柏直也。」

信曰：「竖子耳。」遂进兵。

——《资治通鉴·汉纪一》

①无用：不会用。

②周叔：周市辈分高，时人尊称他为周叔。

㊄㊉ 置之死地而后生

韩信东征，下一个目标是赵国。

之前赵国（陈馀主政）跟汉王刘邦同盟攻楚，可是后来被陈馀发现，张耳并没有死，他被刘邦唬弄了，于是赵国与汉王分道扬镳。所以，韩信攻下魏国之后，箭头指向赵国，而且还带着张耳一同。韩信与张耳带领数万军队东进，预备穿过井陉攻赵。赵王歇与陈馀得到情报，乃聚集兵力在井陉口应战，号称有二十万大军。

陈馀手下将领李左车献策："井陉穿过太行山区，地形狭隘，车马都无法并行的路段长达数百里。请拨给我三万人马，抄他后路，断绝他的补给线。阁下只要深沟高垒不出战，对方进退不得，十天之内，韩信、张耳的脑袋将可以放在我们的军旗之下。"

陈馀是位儒将，经常挂在口上的就是"义兵不用诈谋奇计"。听了李左车的建议，他说："《孙子兵法》上说：十倍军力则包围敌人，两倍军力则对战（原文：十则围之，倍则战）。如今韩信的兵力号称数万，其实不过数千，他千里而来，士卒已经累坏了。如果这种敌人都不正面迎击，将来遇到更大的对手，怎么作战？如果因此而被诸侯认为我们赵国怯战，只怕会招致更多攻击。”拒绝了李左车的献策。

韩信擅长用计，岂会轻易涉险？他知道通过井陉行军的风险，所以派出很多批探子侦察赵军动向。当他确定陈馀不采纳李左车的献策后，即刻下令大军开入井陉，争取在陈馀改变主意前通过。

数百里山隘险道安然通过，未遭埋伏，一直到达距离井陉口三十里处，韩信下令停止。半夜派出两千轻骑兵，不带重装备，每个人随身带一支汉军的红色军旗，绕山中小路，藏在可以望见赵军营垒的山中，交付任务：“我军将诈败，只要看见赵军倾巢而出，你们就迅速驰入赵军营垒，拔掉赵军旗帜，插上汉军的红旗。”

奇兵出发后，韩信下令开饭，说：“拂晓展开攻击，击败赵军后，一同吃早餐。”诸将其实没信心，却不敢表现出来，只能齐声答应“好的”。

军队吃饱饭，先派出一万人，对带头将领说：“赵军已经取得有利地形，建立壁垒，没看见我大将的旗鼓，不会出击，怕我缩回井陉，他不好攻击。所以，你先出去，背水结阵。”前军依计行事，赵军在营壁上望见汉军居然做出这种不合兵法的动作，都大笑（轻敌）。

天亮了，韩信大军出井陉口，高举大将旗帜、部队击鼓前行。赵军也开垒出兵攻击，两军酣战。韩信与张耳依照计划诈败，下令抛弃军旗与战鼓，往背水结阵的汉军桥头堡撤退。水岸阵地开垒让大军进入，然后整顿队伍，回头再战。

壁垒内的赵军果然倾巢而出，争抢汉军丢弃在战场上的旗鼓，(因为夺得敌方旗鼓可以报功，而前方军队忙于追逐敌人，无暇捡拾旗鼓，营内军队乃急着抢功）而汉军背水一战，退无可退，个个拼命，赵军无法取胜。这时候，前晚派出的两千骑兵迅速驰入赵军壁垒，拔掉赵军旗帜，插上汉军红旗。赵军回头看见，大惊，以为营垒已经失陷。

由于赵军家属都在营垒内，军心一乱，阵形跟着大乱，个个只想往回跑。殿后的赵军将领斩杀逃兵，仍然挡不住兵败如山倒。于是汉军前后夹击，大破赵军，陈馀在乱军中战死，赵王歇被俘。

果然当天“破赵会食”，汉军庆功宴会上，诸将问韩信：“兵法布阵的原则是：右方与后方倚靠山陵，左方与前方有水泽。可是将军却背水结阵，还说今天就会大胜，我等当时不服气，但事实却正如将军所言。请问，这是什么战术？”

韩信说：“兵法里其实都有，只是诸君没想到而已。《孙子兵法》说‘陷之死地而后生，置之亡地而后存。’我带领诸君远征，将领之间没有长期合作的默契，军队也非素有训练，只能置之死地，让人人为自己的生存拼命。以敌我的实力差距，如果放在‘生地’（有逃跑的空间），早就逃光了，还能打胜仗吗？”

诸将这才服气说：“太神奇了，不是我辈所能及。”

【原典精华】

诸将效首虏[1]，毕贺，因问信曰：『兵法右倍[2]山陵，前左水泽，今者将军令臣等反背水陈[3]，曰破赵会食，臣等不服。然竟以胜，此何术也？』

信曰：『此在兵法，顾诸君不察耳。兵法不曰「陷之死地而后生，置之亡地而后存」？且信非得素拊循[4]士大夫也，此所谓「驱市人而战之」，其势[5]非置之死地，使人人自为战（不可）；今予之生地，皆走，宁尚可得而用之乎！』

诸将皆服曰：『善。非臣所及也。』

——《史记·淮阴侯列传》

①效：呈现。首虏：清点斩首与俘虏数目。

②倍：同“背”。

③陈：同“阵”。

④拊：同“抚”。循：训练。素拊循：长官爱护士卒，军队训练有素。

⑤其势：营造气势。

㊄㊀ 大将风范

韩信为什么能百战百胜？因为他的思考里永远有“失败”的空间。

在背水一战得胜、诸将佩服得五体投地之余，他没有忘记那个差点让他进不了井陉的李左车（如果陈馀采纳李左车的献策，韩信肯定不走井陉）。于是他下令全军：谁能找到活着的李左车，赏千金。很快的，有人送来了绑着的李左车。大将军韩信亲自为李左车解开绳子，请李左车坐在西席，以对待老师之礼待之。

韩信向李左车请教：“我的目标是北攻燕、东伐齐，向您请教如何才能成功。”

李左车说：“败军之将不可言勇，亡国之大夫不可以图存。我只是一个战败的俘虏，没资格参与讨论军国大事。”

韩信说：“从前，百里奚在虞国担任大夫，虞国灭亡了；可是他去秦国当大夫，秦国却成为春秋五霸之一。并不是百里奚在虞国时很愚笨，在秦国时很聪明，而完全在于主君是否采纳他的献策、是否听信他的建言。如果陈馀之前采用阁下提出的战术，此刻应该换我韩信是俘虏吧。都是因为他不用阁下之计，我才有机会向您请教啊，所以，请不要推辞了。”

李左车仍然低调谦虚：“人家说‘智者千虑，必有一失；愚者千虑，必有一得’，恐怕我的计策未必管用，但是我仍然愿意向你效忠，提出我的浅见。”

李左车分析说：“成安君陈馀有百战百胜的计谋，可是一旦败战，身死名灭。将军先前渡过西河，俘虏魏王豹，如今一个早上就击败赵国二十万大军，威震天下。可是师老兵疲，其实很难继续。将军想要以疲弊之兵，攻燕国的坚城，只怕久攻不下，气势衰竭，反而让齐国增强抵抗的信心。若燕、齐攻不下来，楚汉在荥阳的对峙僵局也就难以打开。我的建议是，将军不要再依恃武力，而要善用政治作战。”

韩信：“具体该怎么做呢?”

李左车说：“最好的做法，是按甲休兵，让官兵得以休息，也让赵国百姓得到安抚。你将会发现，百里之内的老百姓都会送来肉食与美酒劳军。然后大军北向，派出能言善道的使节，向燕国君臣晓以大义，燕国一定屈服。燕国顺服之后，再将大军东移，指向齐国，同时派出使节劝降齐国，齐国也必定不敢抵抗。然后，天下就在你的掌握之中了。这就是所谓的‘先声后实’。”

韩信依计行事，果然燕国望风披靡。韩信目标转向齐国，报请汉王封张耳为赵王，刘邦同意。

汉军在北方战场顺利，可是在荥阳的汉王刘邦却正陷入苦战。

【原典精华】

于是信问广武君[1]曰：『仆欲北攻燕，东伐齐，何若而有功？』

广武君辞谢曰：『臣闻败军之将，不可以言勇，亡国之大夫，不可以图存。今臣败亡之虏，何足以权[2]大事乎！』

信曰：『仆闻之，百里奚居虞而虞亡，在秦而秦霸，非愚于虞而智于秦也，用与不用，听与不听也。诚令成安君[3]听足下计，若信者亦已为禽[4]矣。以不用足下，故信得侍[5]耳。』因固问曰：『仆委心归计，愿足下勿辞。』

广武君曰：『臣闻智者千虑，必有一失；愚者千虑，必有一得。……顾恐臣计未必足用，愿效愚忠。』

——《史记·淮阴侯列传》

①广武君：李左车后来封广武君，故司马迁以此称呼。

②权：权衡，商量。

③成安君：赵王封陈馀成安君。

④禽：同“擒”，借用字。

⑤得侍：得以侍候。韩信的谦词。

㊄㊁ 借箸代筹

刘邦在荥阳与项羽对峙，楚军不断破坏汉军粮道，刘邦感受到军粮不继的压力，与郦食其研究如何削弱楚国势力。郦食其最擅长的就是《战国策》那一套纵横术，当初还是沛公的刘邦就很欣赏郦食其那一套。郦食其此时又端出来，说："大王如果能恢复故六国，颁印信给他们的后人，那么，六国君臣都会感戴你的恩德，听你的指挥。大王德被天下之后，南面称霸，连楚国都会来朝拜你。"

这一套其实已经过时，可是刘邦听得很顺耳，说："好极了，赶快派人刻印，由先生带去分封六国后人。"

印玺还没刻好，张良恰好出差回来。刘邦正在用餐，对他说："子房，来，有人为我策划了削弱楚国势力的妙计。"

刘邦才将"妙计"说完，张良立刻发言："这是谁出的馊主意？陛下的大事这下可完了！"

刘邦："怎么讲？"

张良："请容我借箸代筹为陛下讲解。"

箸，就是竹筷子。筹，是古代一种竹片工具，常用于计算。如筹码、筹划都是用“筹”作为计算工具。借箸代筹就是用餐桌上的筷子权充计划室里的竹筹。

张良：“从前商汤伐夏桀，然后把夏的后人封在杞，是因为他有能力置夏桀于死地。现在大王有能力置项籍于死地吗？”

刘邦：“没有。”

张良放下第一根筷子。说：“这是（分封六国后人）不可行的理由之一。同理，周武王伐商纣，封商的后代于宋，是因为他能拿下纣王的脑袋。请问大王现在能取项籍的头吗？”

刘邦：“还不能。”张良放下第二根筷子。

接下去，张良细数刘邦目前做不到的事情：向圣、贤、智者示恩；将仓库中的粮食、财货都分给贫穷百姓（当时汉军军队都不够吃用了）；放下兵器，昭告天下太平；将战马野放以示战争结束；将牵车的牛野放，以示不再需要运输粮草。刘邦当然都无法办到，而张良也随着问题一一又放下五根筷子。

然后，张良手上拿起第八根筷子，说：“立了六国的后人，各方谋士说客都各自回去事奉各自的君王，与家人亲戚团聚，谁还来帮大王取天下呢？”

刘邦已经讲不出话来。

张良放下第八根筷子，说：“除非楚国不强，否则新建立的六国还不是又去附从他，陛下又如何让他们臣服呢？所以我说，采用那家伙的计谋，陛下的大事就完了！”

刘邦听了这番话，将口中没咽下去的食物吐了出来，腾出嘴巴开骂："这小子，差一点败了老子的大事。"立即下令销毁印玺。

郦食其的献策被张良否决，产生决定性作用的计策是由陈平提出的。

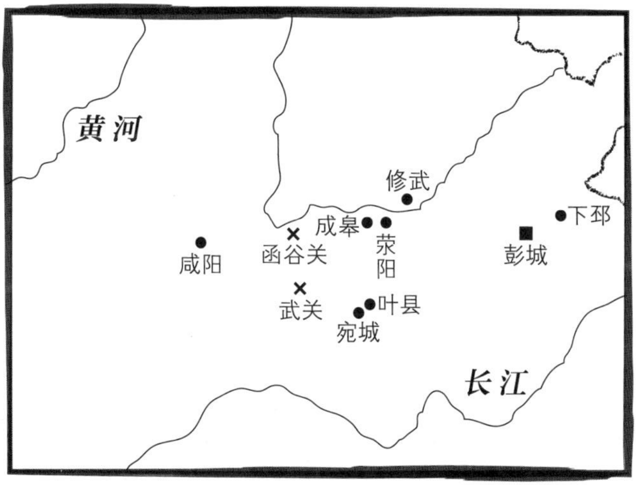

▲ 项羽刘邦对峙荥阳成皋间

【原典精华】

良曰：『谁为陛下划此计者？陛下事去矣。』

汉王曰：『何哉？』

张良对曰：『臣请藉[1]前箸为大王筹之。』

曰：『昔者汤伐桀而封其后于杞者，度能制桀之死命也。今陛下能制项籍之死命乎？』

曰：『未能也。』

『其不可一也。武王伐纣封其后于宋者，度能得纣之头也。今陛下能得项籍之头乎？』

曰：『未能也。』

『其不可二也。武王入殷，表商容之闾，释箕子之拘，封比干之墓。今陛下能封圣人之墓，表贤者之闾，式智者之门乎？』

曰：『未能也。』

『其不可三也。发钜桥之粟，散鹿台之钱，以赐贫穷。今陛下能散府库以赐贫穷乎？』

曰：『未能也。』

『其不可四矣。殷事已毕，偃革为轩，倒置干戈，覆以虎皮，以示天下不复用兵。今陛下能偃武行文，不复用兵乎？』

曰：『未能也。』

『其不可五矣。休马华山之阳，示以无所为。今陛下能休马无所用乎？』

曰：『未能也。』

『其不可六矣。放牛桃林之阴，以示不复输积。今陛下能放牛不复输积乎？』

曰：『未能也。』

『其不可七矣。且天下游士离其亲戚，弃坟墓，去故旧，从陛下游者，徒欲日夜望咫尺之地[2]。今复六国，立韩、魏、燕、赵、齐、楚之后，天下游士各归事其主，从其亲戚，反其故旧坟墓，陛下与谁取天下乎？其不可八矣。且夫楚唯无强，六国立者复桡[3]而从之，陛下焉得而臣之？诚用客之谋，陛下事去矣。』

汉王辍食吐哺[4]，骂曰：『竖儒，几败而[5]公事！』令趣销印。

——《史记·留侯世家》

①藉：同“借”。

②咫尺之地：指封王封侯。

③桡：音“ráo”，屈木。桡而从之：屈服附从。

④吐哺：吐出口中食物。

⑤而：同“尔”。而公：你老子。

㊄㊂ 陈平毒计

项羽切断了汉军的粮道，刘邦被困在荥阳城内，没招了，派人去跟项羽谈条件，表示愿意“割荥阳以西”求和。也就是甘愿退守成皋、叶县一线，以此作为停战条件，但项羽不接受。

刘邦问陈平：“天下纷乱，何时才能平定呢？”

陈平说：“项王身边的骨鲠之臣，只不过亚父范增，顶多再算上钟离眛、龙且、周殷这几个而已。项王为人好猜忌，而且容易听信谗言，大王如果能够拿出数万金，让我用来进行反间之计，离间他们君臣，使他们彼此疑心，制造他们的内部矛盾，就可以击败楚军了。”

刘邦依计给了陈平大量黄金，陈平暗中收买楚人散布谣言，说钟离眛等楚将因不得封王而不满，想要与汉军联合，分项氏之地以称王。项羽的性格被陈平摸透，果然起了疑心，于是派使者去荥阳，一探真假。

听说楚国有使者来，汉王以太牢（古时候的最高饮食规格）供餐，然后佯装惊奇地说：“唉，还以为是亚父的使者哩，原来是项王的使者!”当场吩咐撤下太牢，改以粗陋食品（及餐具）给使者进用。这是非常戏剧化的一幕，使者想必深受冲击，回去将情况翔实报告项王。项羽因此开始对范增起了疑心。

范增主张急攻荥阳城，不让汉军有时间调动关中军队来支援。可是项羽已经对他起了疑心，而且荥阳事实上久攻不下，采用绝粮道战术至少收到一些效果，已迫使刘邦提条件议和，所以不采纳范增的建议。

范增自七十岁出山，从辅佐项梁到辅佐项羽，主子一向对他言听计从，并被尊为“亚父”（管仲被齐桓公尊为“仲父”，都是仅次于父亲的尊称），如今项羽居然怀疑他！老人家生气了，对项王说：“天下事已经大定，君王可以自己完成统一大业，不需要我这个老朽了，请准许我这把老骨头回家安享天年。”

范增不干了，打道回老家，没走到彭城，就因背上的恶疮发作而死。

史书上有好几个“疽发背而死”的记载，都是郁郁不得志的人，可以解释成“心情郁卒导致疮毒发作”。然而，不得志有很多类型，“疽发背而死”的又都是跟主子意见不合而回家或流放的人，不免令人怀疑那个溃烂的“疮”是刀伤造成——被还在生气的主子派人追上去，在背上捅一刀，又不想被人说是诛杀功臣、忠臣，只好以“疽发背而死”予以合理化。

言归正传。陈平献计成功，亚父死了，钟离眛被怀疑，他又献一奇计：夜里开荥阳东门（楚军在东），放出二千名女子，楚军纷纷出动“抢俘虏”。同时由外貌与刘邦相似的将军纪信坐着汉王的辇车（上有黄绫盖），车上插着御旗，跟着驶出东城，派人高喊：“汉王投降！”围城楚军听了，高呼“万岁”，纷纷往东城集中，观看这“历史性的一刻”。刘邦于是得以从西门出奔，未受追击。回到关中整顿军队，再图东进。

项羽见到假扮汉王的纪信，问：“汉王何在？”纪信说：“走远了。”项羽无法承受这种被愚弄的感觉，下令杀了纪信——这次不用“烹”，用“烧烤”。

【原典精华】

陈平既多以金纵反间于楚军，宣言诸将钟离眜等为项王将，功多矣，然而终不得裂地而王，欲与汉为一，以灭项氏而分王其地。项羽果意不信钟离眜等。

项王既疑之，使使至汉。汉王为太牢具[1]，举进。见楚使，即详[2]惊曰：『吾以为亚父使，乃项王使！』复持去，更以恶草[3]具进楚使。楚使归，具以报项王。项王果大疑亚父。

亚父欲急攻下荥阳城，项王不信，不肯听。亚父闻项王疑之，乃怒曰：『天下事大定矣，君王自为之！愿请骸骨归！』归未至彭城，疽发背而死。

——《史记·陈丞相世家》

①具：盛装食物。

②详：同“佯”。

③恶草：粗食。太牢是牛羊猪三牲，改为蔬菜，故称“恶草”。

㊄㊃ 刘邦一夺韩信兵权

刘邦逃出荥阳，先到成皋，再回关中补充军队，后又打算重返荥阳。策士辕生献策：“楚汉在荥阳僵持，我方始终居于劣势。建议大王引兵往南出武关，项王必定南下，希望捕捉到汉军主力。然而大王必须坚持固守营垒不出战，这样可以牵制项羽主力，而让荥阳、成皋前线获得休息，也给韩信更充分的时间。等到韩信整合燕、齐，威胁项羽侧背，大王再前往荥阳。如此，则楚军必须三面设防，备多力分，而汉军得到休息，然后发动反攻，必能胜利。”

这个战略构想原本就在刘邦脑海之中，当初是希望英布能承担南面任务，孰料英布败了。如今辕生再提出，刘邦当即采纳，兵出武关，抵达宛城、叶县之间，同时也带着英布一道走，让他在故楚国境内招兵买马。

而项羽果然如辕生所料，一听说刘邦在南边，立即引兵南下，可是刘邦坚守营垒，拒不出战。项羽本人一往南，彭越的游击兵团立即渡过睢水，与楚军大将项声、薛公在下邳会战，大破楚军，斩薛公。

这里交代一下彭越：之前刘邦与魏王豹结盟时，任命彭越为魏国相国，事实上彭越仍然带领他的私人部队打游击。魏王豹背汉投楚，彭越继续维持独立。韩信灭魏后，彭越相当于汉王刘邦的“加盟店”，基本立场是共同对抗西楚霸王项羽。

项羽获报薛公阵亡，留将军终公守成皋，亲自率军向东攻彭越。刘邦这时发动攻势，离开宛城北进，攻陷成皋。项羽三面受敌，可是他确实勇霸一世，先击溃彭越，再回军攻陷荥阳、包围成皋。

刘邦不再犯同样的错误（被包围），放弃成皋，与夏侯婴同车溜出北门，渡过黄河，前往韩信、张耳的驻地小修武（今河南省修武县东城）。到了以后，闷声不吭，投宿一家民宿。翌日凌晨，自称是汉王使节，马车直驰进入赵王军营。总司令韩信与赵王张耳都还没起床，刘邦直入卧室，夺取军队印信，然后用印信召集将领，调动职务。韩信、张耳起床，才知道来的是汉王本人，当场吓到。

刘邦夺了韩信军队后，命张耳到赵国四境巡行、安抚人民；擢升韩信为汉相国，带领赵军向东攻击齐国。

记得张良说过“沛公是天纵英明”吗？现在证明他真的是：荥阳二度陷落，从成皋逃出，不回关中，而北渡黄河，收取韩信、张耳的赵军，就不是常人能为。试想刘邦若败回关中，声势大衰，韩信、张耳肯定不再受他节制。只有在韩信尚未得到消息之前，迅速夺取军队指挥权才行。

收了印信，还放心任使张耳、韩信，而韩信、张耳也仍然对他死心塌地，这就不只是军事天才而已，还有统御之术。

【原典精华】

汉王出成皋，东渡河，独与滕公俱，从张耳军修武。至，宿传舍[1]。晨自称汉使，驰入赵壁[2]。张耳、韩信未起，即其卧内上夺其印符，以麾召诸将，易置之。信、耳起，乃知汉王来，大惊。汉王夺两人军，即令张耳备守赵地。拜韩信为相国，收赵兵未发者击齐。

——《史记·淮阴侯列传》

①传舍：驿站。

②壁：军营四周栅栏。

㊄㊄ 民以食为天

汉王刘邦接手了当初拨给韩信的关中军队，再赴荥阳战场，汉军恢复声势。

郎中郑忠建议“正面高垒深堑，侧面加强骚扰”，刘邦采纳。派出嫡系军队，由堂兄刘贾率领，协助彭越针对楚军侧翼进行游击战；自己扛正面，只要楚军攻来，立即坚壁不战，其他友军则攻击楚军供输路线。这个战术奏效，彭越夺下了十七座故魏国的城池。项羽命令大司马曹咎坚守成皋，任凭汉军挑战，一律不准出击；自己领军攻彭越，彭越败走，项羽再回成皋前线。

刘邦实在打不过项羽，打算放弃攻取成皋，转进到巩县、洛阳一带，与项羽保持距离。

郦食其进言：“能够体认天上有天的人，就能王天下。王者以人民为天，人民以食物为天。敖仓作为天下粮食转运枢纽已经很久，我听说它地下存粮的数量仍然庞大。楚军攻下荥阳，却不懂得坚守敖仓，反而向东去打彭越，这是老天赐给汉国的大好机会。如今，楚军已陷于将要败北的境地，大王却想要撤退，放弃有利的局面，我认为是大错。而且，两雄不并立，楚汉对峙已经太久，天下为此不安。农夫放下耕犁，妇女放下织机（人民不事生产），就因为不晓得什么时候才得安定。建议大王赶快继续攻击，夺回荥阳，一来取得敖仓的粮食，一来扼守成皋险要之地，然后堵塞太行道、防卫飞狐口，在白马津屯驻重兵，以示天下诸侯：汉王已经站在优势地位。这样，天下英雄才知道该归附哪一边。”

刘邦采纳，拟订计划夺取荥阳，据守敖仓。

【原典精华】

郦生因曰：『臣闻知天之天者，王事可成；不知天之天者，王事不可成。王者以民人为天，而民人以食为天。夫敖仓，天下转输[1]久矣，臣闻其下乃有藏粟甚多。楚人拔荥阳，不坚守敖仓，乃引而东，令适卒[2]分守成皋，此乃天所以资汉也。方今楚易取而汉反却，自夺其便，臣窃以为过矣。且两雄不俱立，楚汉久相持不决，百姓骚动，海内摇荡，农夫释耒[3]，工女下机[4]，天下之心未有所定也。愿足下急复进兵，收取荥阳，据敖仓之粟，塞成皋之险，杜大行[5]之道，距蜚狐[6]之口，守白马之津，以示诸侯效实形制[7]之势，则天下知所归矣。』……乃从其划，复守敖仓。

——《史记·郦生陆贾列传》

①转输：各地粮食运来敖仓，再转往需要的地方。

②适：同“谪”。适卒：罪犯组成的军队。

③耒：农具。

④机：织机。

⑤大：同“太”。

⑥蜚：同“飞”。太行道、飞狐口都是太行八陉之一。

⑦形制：控制住形势。

㊄㊅ 三寸舌胜百万师

郦食其再向刘邦进言："如今赵、燕已经平定，东方只剩齐国。田姓王族在齐地势力极大，又有泰山、黄河等天险，南边又与楚国接壤，变量很大。虽然已经派韩信前往经略，却非短时间可以征服。请你授权我前往游说齐王，劝他归顺，成为汉国的东方屏藩。"刘邦欣然同意。

郦食其毕生钻研战国纵横家那一套，常恨生不逢时。在此之前，只有游说陈留县令投降成功，算是牛刀小试，这下子可有了大展"舌功"的机会。

郦食其去到临淄，问齐王田广："大王知不知道天下将由谁统一？"

田广："不知道。"

郦食其："大王如果知道将由谁统一，则齐国可以保住国祚；若不知道，齐国将难保矣！"

田广："那你说，天下将归于哪一方？"

郦食其："归于汉。"

田广："为什么？"

郦食其："当初义帝与诸将约定，先入关中者为王。汉王先进咸阳，可是项王不但毁约，还放逐义帝，最后更谋杀义帝。汉王兴复仇之师，收复三秦（谎言一，刘邦先攻三秦，之后项羽才杀义帝），集合天下兵力讨伐项王，立六国后裔为王（谎言二，那只是郦食其个人的馊主意，已被张良否决，但却可见郦食其始终在思考游说诸侯的筹码），守将凡投降者皆封侯，贡献粮秣者分给他土地，所以天下豪杰之士都愿意为他出力。项王恰恰相反，有背约恶名，将领攻陷城池却不给赏，将领有功不记得，有过却忘不了，除了项氏同宗与亲戚，都得不到信任授权，没有人甘心效忠。所以，最后胜利必将属于汉王。更重要的是，汉军最近一连串胜利：攻下魏国、赵国，并取得敖仓粮食，扼守成皋险要，形势已经对汉有利（谎言三，后面一半只是他的理想）……大王如果先归顺汉王，齐国社稷可保；晚了，危亡随时临头。"

田广听了，认为有道理，就接受了郦食其的意见，派出使节向汉王表达归顺之意；同时放松了原先布置在历下（今山东省历城区）的防卫，每天与郦食其喝酒享乐。

郦食其凭三寸不烂之舌，胜过了韩信大军。汉王刘邦因郦食其的口才，兵不血刃得到齐国。可是彼时韩信大军正开往齐国，而刘邦并没有通知韩信撤军！

【原典精华】

郦生说齐王曰：『王知天下之所归乎？』

王曰：『不知也。』

曰：『王知天下之所归，则齐国可得而有也；若不知天下之所归，即齐国未可得保也。』

齐王曰：『天下何所归？』

曰：『归汉。』

曰：『先生何以言之？』

曰：『汉王与项王戮力西面击秦，约先入咸阳者王之。汉王先入咸阳，项王负约不与而王之汉中。项王迁杀义帝，汉王闻之，起蜀汉之兵击三秦，出关而责义帝之处，收天下之兵，立诸侯之后。……夫汉王发蜀汉，定三秦；涉西河之外，援上党之兵；下井陉，诛成安君；破北魏，举三十二城，此蚩尤之兵[1]也，非人之力也，天之福也。……王疾[2]先下[3]汉王，齐国社稷可得而保也；不下汉王，危亡可立而待也。』田广以为然，乃听郦生，罢历下兵守战备，与郦生日纵酒。

——《史记·郦生陆贾列传》

①蚩尤之兵：楚人以蚩尤为战神，“蚩尤之兵”是吹牛汉军为上天眷顾的军队。

②疾：赶快。

③下：降服。

㊄㊆ 烹杀郦食其

韩信大军东进，来到黄河渡口平原津，听到郦食其已经说降齐王的消息，乃有意停止进军。

一位辩士蒯彻（之前说服范阳县令投降武臣那一位）对韩信说："将军是得到汉王诏书受命而攻齐，如今汉王虽然另外派出使节说降齐王，可是有下诏命令将军停止行军吗？你凭什么不前进呢！话说回来，姓郦的一介书生，乘一辆车子，耍一张嘴皮子，就降服了齐国七十余城。而将军统兵数万，打了一年多才攻下赵国五十余城，难道大将拼命数年，还不如一个光杆书生吗？"

韩信听了这话，下令全军渡河，而蒯彻也自此成为韩信的重要策士。

原本驻守历下的齐军，因为齐王田广向汉王刘邦输诚而松懈了防卫，被韩信大军袭击，溃败，汉军直逼齐都临淄。齐王田广听说汉军已经兵临城下，以为是郦食其出卖他，就对郦食其说："你能叫汉军停止，我就放你活命；否则，就将你烹杀。"

郦食其是个聪明人，晓得发生了什么事，也明白自己不可能叫韩信退兵。心想，自己的家小还在汉国，弟弟郦商更担任将军，如果就此死了，老弟与儿子至少会得到汉王照顾。于是抬头挺胸说：“办大事不能顾及细节，行大德不辞小让（这两句是大话，毫无意义）。你老子我不会为你去说退汉军。”

于是齐王烹杀郦食其，领军向东撤退到高密（今山东省高密市），派出使节向楚国求救，项羽派龙且为大将，率领二十万大军救齐。

龙且大军尚未开到，且看成皋战场的变化。

【原典精华】

韩信引兵东，未度平原[1]，闻郦食其已说下齐，欲止。辩士蒯彻说信曰：『将军受诏击齐，而汉独发间使[2]下齐，宁有诏止将军乎，何以得毋行也？且郦生，一士，伏轼[3]掉三寸之舌[4]，下齐七十余城；将军以数万众，岁余乃下赵五十余城。为将数岁，反不如一竖儒之功乎！』于是信然之，遂渡河。

——《资治通鉴·汉纪二》

①平原：故赵国平原君的封地，在赵、齐边境。

②间使：定位郦食其为“间谍作用”的使节。

③伏轼：靠在车前横木上。以此对比韩信“骑在马背上”的辛苦。

④掉：弄。掉三寸之舌：再次对比韩信必须“挥舞沉重兵器”的辛苦。

【原典精华】

齐王田广闻汉兵至，以为郦生卖己，乃曰：『汝能止汉军，我活汝；不然，我将亨[1]汝！』郦生曰：『举大事不细谨，盛德不辞让。而公不为若更言！』齐王遂亨郦生，引兵东走。

——《史记·郦生陆贾列传》

①亨：烹，借用字。

㊄㊇ 分我一杯羹

先前项羽命曹咎镇守成皋，命令他“坚守不准出战”，自己领兵去攻彭越。汉军则趁此机会拿下敖仓。当时汉军采用了“骂阵”战术，轮流派人在城外骂山门。曹咎终于忍不住了，下令开城出战，兵渡汜水（汜水流经虎牢东门）。

楚军渡河一半，汉军发动攻击，大破楚军。成皋乃落入汉王手中，项羽储积在成皋的金银财宝也都落入刘邦手中，曹咎自刎。

刘邦将重兵进屯广武（今河南省广武镇），广武在敖仓西面山上，有两座城，中间夹一条涧，扼住了敖仓出入要冲，而汉军得以安心取得敖仓粮食。

项羽击败彭越，收复故魏国地界十余城，听说成皋失陷，即刻回师救荥阳。当时汉军正把楚将钟离昧包围在荥阳东郊，听说项羽回师，没人敢应战，纷纷退守附近险要。可是虽然项羽收复了荥阳，却过不了广武天险，楚汉再陷入对峙。

几个月过去，汉军有敖仓粮食可吃，楚军粮道却一再被彭越袭击，楚军开始感受到粮食不继的压力。

项羽想出一招：制作一个超大砧板（俎），把刘邦的老爹刘太公（刘执嘉）放到俎上，派人通知刘邦：“如果不赶快投降，我就烹杀你爹。”

刘邦回答使者：“我曾经跟项羽同时接受楚怀王的命令，两人结为兄弟。既然是兄弟，我爹就是他爹，如果一定要烹食他爹，别忘了分我一杯羹。”

项羽对这种死皮赖脸的言行至为愤怒，下令行刑。这时项伯劝阻他：“天下事还没分出胜负，咱们又不是居于下风（其实形势已经转为对楚军不利），何必做这种动作？刘邦是一个有野心争天下的人，绝不会顾惜家人生命。杀了他爹，于事无补，只会激怒对方，增加仇恨。”项羽这才罢手。

项羽再派使者去对刘邦说：“天下因战乱纷扰已经好几年，壮丁忙着打仗，老弱苦于运输，只为了我们两个人而已。这样吧，我跟你两人来一次单挑，决一雌雄，别再拖累全天下的父老兄弟了。”

刘邦笑着回绝：“我宁可斗智，不愿斗力。”

曹咎不能忍，身死兵败；刘邦能忍，卒成大业。但是刘邦的忍功着实令人不寒而栗，居然可以无视老爹生死，甚至讲得出冷笑话来！

【原典精华】

当此时，彭越数反梁地，绝楚粮食，项王患之。为高俎[1]，置太公其上，告汉王曰：『今不急下，吾烹太公。』

汉王曰：『吾与项羽俱北面受命怀王，曰「约为兄弟」，吾翁即若翁，必欲烹而翁，则幸分我一杯羹。』

项王怒，欲杀之。项伯曰：『天下事未可知，且为天下者不顾家，虽杀之无益，只益祸耳。』项王从之。

楚汉久相持未决，丁壮苦军旅，老弱罢[2]转漕。项王谓汉王曰：『天下匈匈[3]数岁者，徒以吾两人耳，愿与汉王挑战决雌雄，毋徒苦天下之民父子为也。』

汉王笑谢曰：『吾宁斗智，不能斗力。』

——《史记·项羽本纪》

①俎：砧板。

②罢：同“疲”。

③匈匈：同“汹汹”，动乱不安。

㊄㊈ 刘邦中箭

刘邦表明“宁斗智，不斗力”，项羽仍不放弃，先后派出三员战将出阵挑战，被汉军阵中的一名楼烦族（部落在后来雁门关附近）神射手，来一个射杀一个。

项羽暴怒，亲自披甲执戟出阵挑战，那楼烦射手搭箭欲射，项羽怒目如电、喝声如雷，神箭手当场吓得“目不敢视，手不敢发”，逃回汉营，不敢复出。

汉王派人探听对方那位勇士是何人，知道是项王，大为震骇。原本汉军因楼烦射手而士气高昂，然而经过这一回合，一下子消长互见。于是刘邦提出见面条件：两人隔广武涧见面，项羽也同意。

刘邦、项羽王见王，项羽再次提议“单挑”，刘邦拒绝，并当众数落项羽十大罪状：一、违背当初约定，让我到蜀汉为王；二、矫楚怀王诏杀卿子冠军；三、援救赵国（钜鹿）后却不回彭城复命，径自带领诸侯军队入关；四、放火焚烧秦国宫殿，挖掘秦始皇陵，私吞秦王财物；五、杀秦国降王子婴；六、耍诈坑杀秦军降卒二十万人；七、将好地方封给随你（项羽）入关的诸将，却将原来的诸侯王贬到偏远地方；八、放逐义帝，自居彭城为都，又夺取韩、魏、楚之地；九、派人暗杀义帝；十、施政不公、法令无信，为天下所不容、大逆无道。然后说：“我带领正义之师，与天下诸侯一同讨伐残忍贼子，自有罪犯囚徒攻击你，我何苦跟你单挑！”

项羽大怒，下令暗中埋伏的弓箭手射杀刘邦，刘邦胸口中箭受伤，仍有急智，说：“啊呀！贼子射中了我的脚趾。”

汉王伤重卧床，军心不稳。张良要刘邦勉强起身巡视部队，以安定军心，不让楚军有可乘之机。刘邦勉强起身巡视营区，伤势因此愈加严重，乃由广武回到成皋城中疗养。

这是楚汉相争期间，刘邦最低潮的时刻。而项羽很快就由高峰急转直下，原因是东战场出现了决定性的转变。

【原典精华】

于是项王乃即[1]汉王，相与临广武间而语。羽欲与汉王独身挑战。汉王数羽曰：『……（数落项羽十大罪状）吾以义兵从诸侯诛残贼，使刑余罪人[2]击公，何苦乃与公挑战！』

羽大怒，伏弩射中汉王。汉王伤胸，乃扪[3]足曰：『虏中吾指。』

汉王病创卧，张良强请汉王起行劳军，以安士卒，毋令楚乘胜。汉王出行军，疾甚，因驰入成皋。

——《资治通鉴·汉纪二》

①即：迁就。

②刑余罪人：抗秦起义军很多都是秦时犯罪之人。

③扪：摸。

㊅㊉ 假齐王

之前，项羽派大将龙且领兵救齐，号称二十万大军。有人向龙且献策：“汉军远道而来，个个拼命，锐不可当。齐楚联军由于离家太近，士卒一旦吃败仗，就容易当逃兵。所以我们不如深沟高垒，要齐王派出亲信，到各个沦陷的城去号召齐人起义。齐人听说国君还在，楚国又有大军来援，就有信心，就会自动起义反汉。对远征两千里的客军而言，这意味着粮草不继，我们可以不战而胜。”

龙且说：“我素知韩信为人，这个人好对付。况且，如果韩信不战而降，我又有什么功劳？如今只要战胜韩信，就可以得到半个齐国，为何要休兵？”

有可能龙且听说过韩信甘受胯下之辱的故事，因而以为他“好对付”。但是，真正蒙蔽了龙且心智的，还是他所谓的“半个齐国”。战国时，乐毅率燕军攻下齐国七十余城，齐湣王逃到莒城，向楚国求援。楚国援兵将领淖齿想要取代齐王，乃绞杀了齐湣王。可是齐国大夫王孙贾号召齐人起义，杀了淖齿。

同样是齐王快败光了，同样是楚军来援。龙且想的是：绝对不可以犯与淖齿当年相同的错误，只要打败韩信，莫说“半个齐国”，要整个齐国又有何难？所以，“由齐王号召人民起义”，那岂不是“田单复国”翻版？当然不可以。

于是在这种轻敌又急于求战的心态之下，龙且很容易就蹈入韩信布下的陷阱。

两军隔潍水列阵，韩信下令制作一万多个囊袋，盛满砂子，趁夜将潍水上游以沙袋堵住水流，形成一个人工堰塞湖。天亮后，韩信引兵渡河攻击龙且，然后假装战败，汉军败退渡河。龙且一见果然“好对付”，喜形于色：“我早说韩信胆怯，没错吧！”下令楚军大举渡河追击。

韩信待汉军全数上岸后，即刻下令上游伏兵将塞住河流的沙袋掘开，大水排山而至。龙且大军大部分没渡河，小部分淹死在河中，渡过河的军队遭到韩信猛烈攻击，龙且阵亡。齐王广逃走，韩信俘虏了大部分楚军。

韩信平定齐国后，派使者向汉王请求：“齐人狡诈多变，反反复复，南边又与楚国接壤。如果只以占领军名义，恐怕难以搞定，希望能封我一个‘假王’，我去镇压齐人才有正当性。”

汉王刘邦在荥阳城中养箭伤，看到韩信来书，大怒，开骂：“老子困处此地，日夜期盼你来帮我，你小子却只想自己封王！”

话说一半，张良和陈平各踹了一下刘邦的脚跟，附耳进言:“我们正处于不利情况，哪有力量阻止韩信称王？不如顺势立他为齐王，更厚待他，至少让他中立，守住齐地就好。否则的话，他可以自立为齐王，甚至可能跟项羽联合，那可后果严重喔!”

刘邦是个聪明人，一点就透，立即改口，仍以开骂口气说:“没出息，大丈夫平定诸侯之地，当然就是真王，还当什么‘假王’!”

于是派张良为使节，带着印信，到临淄去封韩信为齐王，并征召韩信出兵，由东方攻击楚国。

韩信这一场胜仗，扭转了整个局势。原本楚、汉在荥阳对峙，赵、燕、齐在东方算是“第三势力”。如今韩信横扫东方，原本楚强汉弱的局面，变成“三角形两边之和大于第三边”。

张良衡诸大局，研判项羽只有一招：策反韩信，或至少让他中立。所以赶紧说服刘邦，封韩信为齐王。

【原典精华】

（韩信）使人言汉王曰：『齐伪诈多变，反覆之国也，南边[1]楚，不为假王以镇之，其势不定。愿为假王便。』当是时，楚方急围汉王于荥阳，韩信使者至，发书，汉王大怒，骂曰：『吾困于此，旦暮望若来佐我，乃欲自立为王！』

张良、陈平蹑汉王足，因附耳语曰：『汉方不利，宁能禁信之王乎？不如因而立，善遇之，使自为守。不然，变生。』汉王亦悟，因[2]复骂曰：『大丈夫定诸侯，即为真王耳，何以假为！』乃遣张良往立信为齐王，征其兵击楚。

——《史记·淮阴侯列传》

①边：紧邻。

②因：顺势。也就是顺应原来语气。

㊅㊀ 蒯彻

西楚霸王项羽自钜鹿之战以后，战无不胜、攻无不克，自以为天下无敌，所以四处征战、乐而不疲。直到龙且阵亡，他才陡然发觉，他已经没有可以托付重任的方面大将与可以讨论天下大势的幕僚。这时，更显出两位当世智囊的重要性：一位是范增，如果范增尚在，肯定不会让项王如没头苍蝇般到处灭火，而会教他抓住重点，掌握全局；另一位是张良，张良对刘邦最大的帮助，其实不在历次贡献奇计"促成"了什么，而在阻止刘邦做错事：封韩信为"真齐王"就是一桩。

果然，项羽已经派了一位说客武涉去游说齐王韩信："……汉王不是可以长久效忠的对象，事实上他落在项王手中已经好几次（鸿门宴一次，彭城败逃一次，荥阳脱逃又一次），都是因为项王可怜他，才放他一条活路。可是他每次侥幸活命，总是背约反叛，又攻击项王，是如此的不可信任。阁下如今虽然自以为与汉王交情深厚，为他卖命征战，但是终必遭他毒手。阁下还能活到今天，其实是因为项王还在呀！当前楚汉争霸，能够左右大局的就是阁下，阁下靠右则汉王胜，靠左则项王胜，可是一旦项王灭亡，汉王明天就会收拾阁下。阁下与项王有老交情，何不反汉，与楚联合，三分天下，自己称王？错过眼前的机会，顽固支持汉王，难道是智者所当为？”

韩信说：“我当年事奉项王，官职不过郎中，工作不过执戟（宿卫），建言、献策都不采用，所以投奔汉国。汉王授我上将军印，交付数万军队给我，我吃的、穿的都跟他一样（刘邦对付英布也是同一套），听我的建言、用我的献策，我才有今天的地位。人家待我如此亲近、如此信任，我若背叛他，是不祥的。我即使死了，也不会动摇立场，请为我向项王致谢！”——如果刘邦之前动气而拒绝给韩信封王，或者只是被动封他个“假王”，韩信还会如此死忠吗？这就是张良的价值了。

言归正传。武涉不得要领而去，那位曾经劝韩信进兵、取得齐地的策士蒯彻却认为机不可失，于是想要以相人术说服韩信。

蒯彻对韩信说：“我曾经跟一位高人学过相人之术。”

韩信：“先生的相人之术如何？”

蒯彻说：“相人之贵贱在于头骨的构造，相人的眼前运势在于面容神色，相人的事业成败在于决断力。以此三者做判断，一万个不会错一个。”

韩信：“好。先生看寡人之相如何？”

蒯彻：“请屏退左右。”

韩信吩咐左右退出。蒯彻说："我相大王的面，不过封个侯爵（韩信此时位居齐王，蒯彻暗示将来他还会被贬），而且处境危险，并不安定。可是我相大王的背，却贵不可言！"

"背"暗示"反"。屏退左右，然后说"贵不可言"，意思很明显吧？

蒯彻继续引申："当今两强的命运操在阁下手中，我冒死提出建议：最高利益是与楚汉等距外交，让他们维持均势，则齐国可以与之三分天下，鼎足而居。以阁下用兵之神，不难割取大边、补助小边，然后扶助邻近小诸侯，诸侯感怀齐王的德泽，相率而朝，齐国就能号令天下了。"

蒯彻"鼎足三分"的战略可能是对的，但是后面那一套"霸之道"却是过时的春秋战国游戏规则，韩信对这一套肯定听不进去。于是又以"汉王衣我以其衣，食我以其食"作为推辞，谢绝了蒯彻的进言。

蒯彻暗示韩信"阁下的背贵不可言"，提这种建议可是拎着脑袋才能干的事情。虽然韩信一番推辞，蒯彻岂能就此打退堂鼓，于是再接再厉，提出更尖锐的说法：

"阁下自以为与汉王交情深厚，认为可以保住齐王万世之业，我认为那是大错特错。近一点的例子，当初张耳、陈馀两人都是平民时，结为刎颈之交。可是一旦翻脸，张耳将陈馀斩首，陈馀成为天下笑柄。这两位交情够深了吧，为什么后来相杀不共戴天？就因为祸患总是起于欲望无穷、人心难测啊！请问，阁下如今与汉王的交情，能超过张耳、陈馀当年吗？再举远一点的例子，文种辅佐勾践复国、称霸，功成名就却不得善终，这是因为野兽捕尽后，猎狗就被烹杀了。阁下与汉王的交情，以朋友而言，不如张耳、陈馀；以君臣而言，不如文种之于勾践。用这两个例子比较，足够明白了吧？希望阁下深思熟虑之后，再做决定。”

“还有，臣子英勇韬略威胁国君者，必然被国君戒备，身处危险境地；而功劳大到盖天下（天下等于是你打下来的）者，国君无法赏赐。我替阁下计算了一下功劳，你现在功高震主，君王没有什么可以再加赏你。你若归顺楚国，项羽不放心你；归顺汉国，刘邦怕你。你又能向谁归心呢？我实在为阁下担忧啊！”

韩信仍然说：“先生别再说了，我知道了。”

过了几天，蒯彻再进言：“猛虎如果犹豫不决，还不如蜜蜂勇于螫刺；骏马踯躅不前，还不如驽马慢跑；孟贲（古代勇士）一旦狐疑，还不如下决心行动的普通人；一个人虽有大舜大禹那样的智慧，如果话都只在喉间咿唔、不说出来，那还不如哑巴、聋子用手比划。重点在能行动。功业要成功很难，要败掉很容易。时机难得而易失。机会一闪即逝，不会再来，请阁下明察。”

蒯彻讲得够明白了，言语能够形成的压力也可说达到极致了。可是韩信仍然犹豫，不忍心背叛汉王，而且自以为功劳大，汉王总不会夺走他的齐王之位。

韩信不听蒯彻的建言，蒯彻晓得自己已经种下大祸，而且算准韩信的下场悲惨，只好假装发疯，去当乩童。

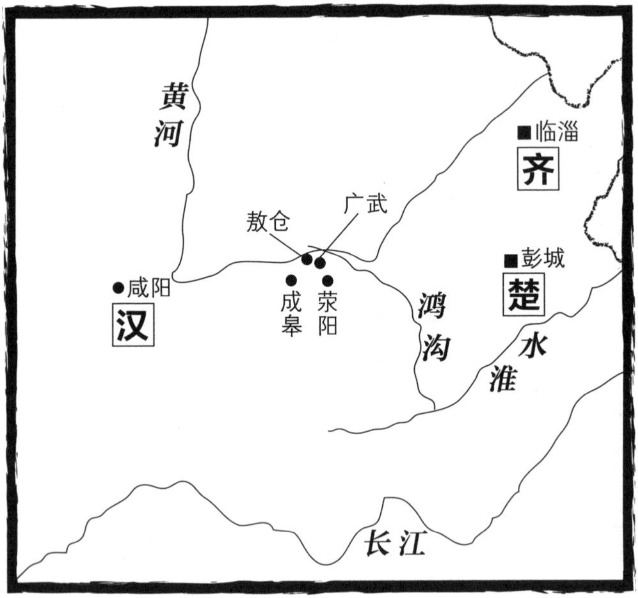

▲ 楚、汉、齐三边形势

【原典精华】

楚已亡龙且，项王恐，使盱眙人武涉往说齐王信曰：『……且汉王不可必[1]，身居项王掌握中数矣，项王怜而活之，然得脱，辄倍约[2]，复击项王，其不可亲信如此。今足下虽自以与汉王为厚交，为之尽力用兵，终为之所禽[3]矣。足下所以得须臾至今者，以项王尚存也。当今二王之事，权在足下[4]。足下右投则汉王胜，左投则项王胜。项王今日亡，则次取足下。足下与项王有故，何不反汉与楚连和，参分天下王之？今释此时，而自必于汉以击楚，且为智者固若此乎！』

韩信谢曰：『臣事项王，官不过郎中，位不过执戟，言不听，划不用，故倍楚而归汉。汉王授我上将军印，予我数万众，解衣衣我，推食食我[5]，言听计用，故吾得以至于此。夫人深亲信我，我倍之不祥，虽死不易。幸为信谢项王！』

……

（蒯通[6]）以相人说韩信曰：『仆

尝受相人之术。』

韩信曰：『先生相人何如？』

对曰：『贵贱在于骨法，忧喜在于容色，成败在于决断，以此参之，万不失一。』

韩信曰：『善。先生相寡人何如？』

对曰：『愿少间[7]。』

信曰：『左右去矣。』

通曰：『相君之面，不过封侯，又危不安。相君之背，贵乃不可言。』

——《史记·淮阴侯列传》

①必：标准，引申为一贯原则。不可必：没有原则。

②辄倍约：每次都违背约定。

③禽：同“擒”。为之所擒：被他（刘邦）收拾。

④权：衡。权在足下：阁下地位举足轻重。

⑤解衣推食：穿的、吃的都一样，备极礼遇。

⑥蒯通：司马迁为避汉武帝刘彻名讳，称蒯彻为蒯通。

⑦少间：屏退左右。

【原典精华】

蒯生曰：『足下自以为善汉王，欲建万世之业，臣窃以为误矣。始常山王、成安君[1]为布衣时，相与为刎颈之交，后争张黡、陈泽之事，二人相怨。常山王背项王，奉项婴头而窜逃，归于汉王。汉王借兵而东下，杀成安君泜水之南，头足异处，卒为天下笑。此二人相与，天下至欢也。然而卒相禽者，何也？患生于多欲而人心难测也。……大夫种、范蠡存亡越，霸勾践，立功成名而身死亡。野兽已尽而猎狗亨[2]。夫以交友言之，则不如张耳之与成安君者也；以忠信言之，则不过大夫种、范蠡之于勾践也。此二人者，足以观矣。愿足下深虑之。……今足下戴[3]震主之威，挟不赏之功，归楚，楚人不信；归汉，汉人[4]震恐；足下欲持是安归乎？夫势在人臣之位而有震主之威，名高天下，窃为足下危之。』韩信谢曰：『先生且休矣，吾将念之。』

后数日，蒯通复说曰：『……故

曰「猛虎之犹豫，不若蜂虿之致螫；骐骥之跼躅[5]，不如驽马之安步；孟贲之狐疑，不如庸夫之必至也；虽有舜禹之智，吟而不言，不如瘖[6]聋之指麾[7]也」。此言贵能行之。夫功者难成而易败，时者难得而易失也。时乎时，不再来。愿足下详察之。』

——《史记·淮阴侯列传》

①项羽大封诸侯，张耳为常山王，陈馀为成安君。

②亨：同“烹”。

③戴：顶在头上。挟：夹在腋下。都是“拥有”的夸张形容。

④楚人指项羽，汉人指刘邦。

⑤跼：音“jú”。躅：音“zhú”。跼躅：要走不走的样子。

⑥瘖：哑。

⑦麾：通“挥”。指麾：挥动手指表达意思。

㊅㊁ 鸿沟

韩信拒绝项王拉拢，摆明支持汉王。而在荥阳、成皋战场对峙中的楚汉两军，汉兵士气高、粮食足，楚兵疲倦且快要断粮，形势对楚军大不利。

刘邦此时派出陆贾为使节游说项王，请求放回太公（刘邦老爹刘执嘉），项羽不接受。刘邦再派侯公为使节前往游说，项羽这次答应与汉军签订和约，两方以鸿沟（就是前面提到的广武涧）为界，以西归汉，以东归楚。项王送回汉王的父母妻子，当他们进入汉军营垒，汉军营中响起一片高呼万岁。

这一声“万岁”不是为刘太公而呼，也不是为刘邦而呼，甚至不是为楚军认输而呼，而是为和平而呼。事实上，鸿沟以西包括了广武、敖仓、荥阳、成皋等地，当初汉王提出“两国以荥阳为界，以西归汉，以东归楚”，项羽不答应，如今反而更后退了——项羽退让，这是以前从未发生过的事情。

依约楚军必须后撤，所以项羽领兵向东，撤军回家。

刘邦也准备领兵西归，回去关中。

可是张良、陈平却建议他背信毁约，说："汉军已经拥有天下的大半，而诸侯也归附于汉。楚军则兵疲粮尽，这是老天要灭亡楚国，不如把握机会，追击楚军。如果这一次放过机会不攻击他，就是所谓'养虎遗患'啊！"汉王采纳了这个建议，追击撤退回家的楚军。

我们常说"难以跨越的鸿沟"，就是出自这个典故。可是，真实的故事却告诉我们：只要脸皮够厚、心够黑，就没有跨不过的鸿沟。

同时，这也是典型的张良与陈平的计谋：为求胜利，不择手段。先要诈让对手松懈斗志，然后背信攻击。但是以求胜的角度看，这的确是稍纵即逝的机会，如果让项羽回去休息个半年，非但汉军不是对手，诸侯也将趋炎附势，形势再度逆转。

但即使是追击一心思归的楚军，刘邦难道就是项羽的对手了吗？

【原典精华】

是时，汉兵盛食多，项王兵罢食绝[1]。汉遣陆贾说项王，请太公，项王弗听。汉王复使侯公往说项王，项王乃与汉约，中分天下，割鸿沟以西者为汉，鸿沟而东者为楚。项王许之，即归汉王父母妻子。军皆呼万岁。……项王已约[2]，乃引兵解[3]而东归。

汉欲西归，张良、陈平说曰：『汉有天下太半[4]，而诸侯皆附之。楚兵罢食尽，此天亡楚之时也，不如因其机而遂取之。今释弗击，此所谓「养虎自遗患」也。』汉王听之。

——《史记·项羽本纪》

①盛：士气旺盛。罢：同“疲”。“兵盛食多”相对于“兵疲食绝”。

②已约：已经签订和约。

③解：解甲。

④太半：大半。

㊅㊂ 四面楚歌

汉军由荥阳追击楚军，追到固陵（今河南省淮阳区），项羽对刘邦这种小人行径非常光火，回师攻击，汉军大败。刘邦征召齐王韩信与魏相国彭越前来会师，那两位却都没有来，只好坚壁自守，不敢出战。

刘邦问张良："韩、彭不来，怎么办？"

张良说："楚国灭亡在即，而他俩都还没分到土地，不来并不意外。只要大王肯真心与他们共享天下，他俩马上就会来。要晓得，齐王韩信称王不是你的本意，韩信心里原本就不踏实；而彭越原本已经掠得魏国土地，大王却要他担任宰相辅佐魏王豹。如今魏豹已死，彭越当然也想封王，你却一直不决定。如果将睢阳（今河南省商丘市）以北到谷城（今山东省东阿县）都封给彭越并封他为魏王，自陈县以东到大海，都封给韩信并让他当齐王，让他们为自己的封地而战，楚军就败定了。"刘邦正一筹莫展，当然同意，果然韩信、彭越领封后都带兵前来会合。

另一路人马由刘邦堂弟刘贾与英布率领，由长江以南包抄上来。楚国大司马周殷被诱降，背叛项羽，迎接英布，向北会合刘贾。

项羽率军且战且走，目标彭城。可是走到垓下（今安徽省灵璧县东南，是一处高冈绝壁），军队已经逃散大部分，粮秣也不继。几次发动反扑，都被韩信击退。以前百战百胜的项羽，只能困守营垒，外面是层层包围的汉军与诸侯联军。

韩信使出一计狠招：命军中的楚人在包围圈四面唱起楚歌。项羽大惊，说："难道汉军已经攻下楚地（江东）了吗？为什么有那么多楚人？"其实，刘邦、韩信、英布都是楚人，他们的军队中更多的是楚人。而四面楚歌的真正厉害之处，就是唱垮了楚军的战斗意志——家乡已近在咫尺，算了，甭打了，回家吧！

项羽夜半无眠，起身在帐中饮酒。面对长年陪侍的虞姬与坐骑"骓"（毛色苍黑相杂曰骓），项羽慷慨悲歌："力拔山兮气盖世，时不利兮骓不逝。骓不逝兮可奈何，虞兮虞兮奈若何！"

虞姬也为他唱和："汉兵已略地，四面楚歌声；大王意气尽，贱妾何聊生！"唱完引剑自刎。

项羽感伤，流下热泪数行，帐中左右都陪着一起哭泣，没有一个抬得起头来。

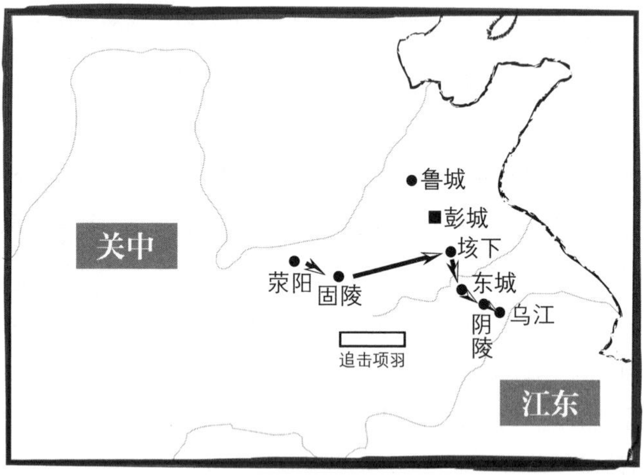

▲ 刘邦追击项羽

【原典精华】

汉王复坚壁自守，谓张良曰：『诸侯不从，奈何？』

对曰：『楚兵且破，二人未有分地，其不至固宜；君王能与共天下，可立致[1]也。齐王信之立，非君王意，信亦不自坚；彭越本定梁地，始，君王以魏豹故拜越为相国；今豹死，越亦望王，而君王不早定。今能取睢阳以北至穀城皆以王彭越，从陈以东傅[2]海与韩王信。信家在楚，其意欲复得故邑。能出捐[3]此地以许两人，使各自为战，则楚易破也。』汉王从之。于是韩信、彭越皆引兵来。

——《资治通鉴·汉纪三》

①致：同“至”。

②傅：同“附着”之附。傅海：临海。

③出：释出。捐：弃。出捐：出让。

【原典精华】

项王军壁垓下，兵少食尽，汉军及诸侯兵围之数重。夜闻汉军四面皆楚歌，项王乃大惊曰：『汉皆已得楚乎？是何楚人之多也！』项王则夜起，饮帐中。有美人名虞，常幸从；骏马名骓，常骑之。于是项王乃悲歌慷慨，自为诗曰：『力拔山兮气盖世，时不利兮骓不逝。骓不逝兮可奈何，虞兮虞兮奈若何！』歌数阕，美人和之。项王泣数行下，左右皆泣，莫能仰视。

——《史记·项羽本纪》

㊅㊃ 乌江自刎

四面楚歌、军无战志、虞姬自杀。项羽终于觉悟，大势已经无可挽回，他决定突围（抛弃大军），骑上坐骑“骓”，一马当先杀出，跟随他的有八百多人。项羽一行趁着夜色昏暗，冲出重围，突破汉军包围圈的薄弱处南面——彭城在垓下的东方，南方是老家江东，汉军将重兵布置在东面，研判项羽应该不会逃回家。（记得“锦衣夜行”的故事吗？项羽认为在家乡父老面前的面子比什么都重要）

所以，汉军认为趁夜突围的可能是求援部队，直到黎明时分才发觉，夜里突围而去的是项王本人，汉王刘邦派骑兵司令灌婴带五千骑兵追赶。

项羽渡过了淮水，由于“骓”的速度太快，原本追随的八百骑，只剩百余骑还跟得上。一行人到了阴陵（今安徽省定远县靠山乡），迷路了，向一位耕田的老者问路，老者故意指错方向：“向左。”左边通往一片大沼泽，项羽一行陷入沼泽难行，耽误了不少时间，于是被汉兵追上。

项羽领着随从向东继续奔逃，到了东城（位于今安徽省定远县），随从只剩二十八骑，而后面的追兵却有数千骑！

项羽自度无法脱身了，对二十八骑说："我起兵已经八年，身经七十余场战役，与我正面对抗的敌人一概被我击破，受我攻击者无有不服，我未尝吃过败仗，于是霸有天下。今天却受困于此，这是老天要亡我，不是我打不过人家。今天固然是非死不可，我要为诸君再发动一次突击：我将连胜汉军三场，替诸君打开包围，斩将、砍倒军旗，让诸君明白，是天要亡我，不是我战技不如人！"

当时，汉军将项王层层包围。项羽将二十八骑分为四队，分朝四个方向，说："我为诸君取汉军一将。"然后，四队各自冲出，约定前方山坡的东面三处为集结点。

项羽自己放声大呼，飞驰而下，斩一名汉将，当者披靡。另一名汉军骑兵将领杨喜追赶项羽，项羽回头，怒目叱喝之，杨喜人马俱惊，差点坠地。

突围部队冲杀数里之后，分别集结在原先约定的三处。汉军不知项王在哪一群，因此分为三个包围圈。项羽再次冲锋，斩一名都尉，杀数十人，三群再会合，只损失了二骑。

项羽问二十六骑："怎么样？"

骑士都佩服得五体投地，说："果然如大王所言（非战之罪）。"

项羽带着二十六骑，直奔乌江渡口，乌江亭长已经准备好船只等待，对项王说："江东虽然小，却也有千里土地，人口数十万，足为一方之王。请大王赶快上船渡江，这里只有我这一艘船，汉军追到江边也无船可渡。”

项羽笑笑说：“既然天要亡我，渡过江去又有何用！当初我项籍带领江东子弟八千人渡江西进，如今没有带一个人回来，纵使江东父老兄弟看我可怜，仍然拥我为王，我又有什么面目见他们？即使他们对我没有怨言，我又岂能无愧于心？”

于是对亭长说：“我晓得您是善意待我，这匹马（骓）我骑了五年，所向无敌，曾经一天驰骋千里。我不忍心它跟我一起阵亡，也不忍心杀它，就送给您了！”

二十六位骑士一同下马，随项王持短兵器与汉军交战。汉兵追到，双方接战，项羽一人独杀汉兵数百人，自己也身受创伤十余处。

战斗之间，项羽一回头，看见汉军将领吕马童，说：“你不是我的老朋友吗？”

吕马童转过头去（不忍或不敢直视项羽），手指项羽，对汉将王翳说：“他就是项王。”

项羽说：“我听说汉王悬赏买我的头，赏千金、封万户。我就把脑袋送给你吧！”说完，挥剑自刎。

王翳割下项王头颅，其他人一拥而上，为争项羽遗体而互相践踏，数十人相杀。最后，杨喜、吕马童、吕胜、杨武各抢得“一体”（含四肢之大体块），加上王翳，五人皆封侯，各得一份封邑。

西楚王国最后投降的一个城市是鲁城（今山东省曲阜市，

也就是孔子故乡），刘邦乃以鲁公名义为项羽下葬，下令保护项羽亲属，封项伯等四人为侯爵，并赐姓刘。（项伯有恩于刘邦，刘邦曾约为亲家，既然赐姓刘，结亲之事自然免议了）

“楚汉争霸”至此落幕。

【原典精华】

项王自度不得脱。谓其骑曰：『吾起兵至今八岁矣，身七十余战，所当[1]者破，所击者服，未尝败北，遂霸有天下。然今卒困于此，此天之亡我，非战之罪也。今日固决死[2]，愿为诸君快战[3]，必三胜之，为诸君溃围，斩将，刈旗[4]，令诸君知天亡我，非战之罪也。』

乃分其骑以为四队，四向。汉军围之数重。项王谓其骑曰：『吾为公取彼一将。』令四面骑驰下，期山东[5]为三处。于是项王大呼驰下，汉军皆披靡，遂斩汉一将。是时，赤泉侯[6]为骑将，追项王，项王瞋目而叱之，赤泉侯人马俱惊，辟易[7]数里。与其骑会为三处。汉军不知项王所在，乃分军为三，复围之。项王乃驰，复斩汉一都尉，杀数十百人，复聚其骑，亡其两骑耳。乃谓其骑曰：『何如？』骑皆伏曰：『如大王言。』

于是项王乃欲东渡乌江。乌江亭长檥[8]船待，谓项王曰：『江东虽小，地方千里，众数十万人，亦足王也。愿大王急渡。今独臣有船，汉军至，无以渡。』

项王笑曰：『天之亡我，我何渡为！且籍与江东子弟八千人渡江而西，今无一人还，纵江东父兄怜而王我，我何面目见之？纵彼不言，籍独不愧于心乎？』

乃谓亭长曰：『吾知公长者。吾骑此马五岁，所当无敌，尝一日行千里，不忍杀之，以赐公。』乃令骑皆下马步行，持短兵接战。

——《史记·项羽本纪》

①当：正面对敌。

②决死：死定了。

③快战：突击。

④刈：音“yì”，砍断。

⑤期：约。山东：山坡东面。

⑥赤泉侯：杨喜杀项羽后封赤泉侯。

⑦辟易：惊吓退却。

⑧檥：同“舣”，将船靠到岸边。

帝国永续

居马上得之，宁可以马上治之乎？且汤武逆取而以顺守之，文武并用，长久之术也。

——陆贾劝刘邦

㊅㊄ 刘邦二夺韩信兵权

项羽死了，楚国灭了，刘邦在赢得决定性大胜之后，采取的第一个行动，不是清剿余孽，而是剥夺韩信兵权！

汉军凯旋，汉王经过定陶，突然闯进韩信大营，夺取印信，掌握韩信的部队。这是刘邦第二次夺取韩信兵符与军权了，韩信居然都甘愿接受。只能说，刘邦真的是“吃定”了韩信。

韩信是楚人，所以刘邦改封韩信为楚王。楚王韩信就任，回到故乡淮阴，召来当年济助他吃饭的漂母，赏她千金；又召当年任他寄居吃白食的南昌亭长来，赏赐百钱，说“阁下是个小人物，为德不卒（任由老婆欺负朋友）”；再召来当年要他从胯下爬过去的恶少，任命他担任楚国的中尉（相当首都卫戍司令），并对诸将说：“他算是一位壮士。当初他羞辱我时，我不是不能杀他。可是，杀一个无名小卒，称不得英雄好汉，所以我忍了下来，也才有今天。”

诸侯一齐上书，恭请汉王当皇帝。刘邦原本执意（假意）谦让，可是大臣们说：“大王若不即帝位，诸侯王对自己的地位就不敢放心。”于是在“三推三就”之后，刘邦接受了皇帝尊号，定都洛阳。

汉帝刘邦在洛阳南宫设宴款待群臣，说：“各位请直言无隐，说说我为什么可以得到天下，而项羽为什么失去天下？”

高起、王陵说：“陛下待人态度轻慢，项羽待人态度亲和。可是，陛下派人攻城略地，成功后就将那个地方封给功臣，这是与天下英雄共同享有天下的态度；而项羽恰恰相反，有功劳的人被陷害，有能力的人受猜忌，打胜仗不记功劳，得土地不封将领，所以失了天下。”

刘邦说：“你们说的固然是重要原因，可是两位只知其一，不知其二。事实上，在帐中拟订谋略，让千里外的军队取胜，这方面我不如张良；镇守后方、安抚百姓，供应前线军粮始终不缺，这方面我不如萧何；联合诸侯百万大军（杂牌军），战必胜、攻必取，这方面我不如韩信。这三位都是人中豪杰，而我能够用他们，这才是我得天下的最重要原因。而项羽呢？只有一位足智多谋的范增，却还不能用，此所以他成了我的手下败将。”

张良的运筹帷幄功力得到最显著体现的，是他在彭城溃败之后为刘邦画策，推荐三位能够独当一面的大将：韩信、彭越、英布，三位果然最终成为垓下之围的三路主力。刘邦称帝后，韩信封楚王、彭越封梁王、英布封淮南王。

一度与楚汉都不结盟的齐王田横，却因此陷入恐慌。

【原典精华】

信至国，召所从食漂母，赐千金。及下乡南昌亭长，赐百钱，曰：『公，小人也，为德不卒。』召辱己之少年令出胯下者以为楚中尉。告诸将相曰：『此壮士也。方辱我时，我宁不能杀之邪？杀之无名，故忍而就于此[1]。』

——《史记·淮阴侯列传》

①就于此：有今天的成就。

【原典精华】

高祖置酒雒阳[1]南宫。高祖曰：『列侯诸将无敢隐朕，皆言其情。吾所以有天下者何？项氏之所以失天下者何？』

高起、王陵对曰：『陛下慢而侮人，项羽仁而爱人。然陛下使人攻城略地，所降下[2]者因以予之，与天下同利也。项羽妒贤嫉能，有功者害之，贤者疑之，战胜而不予人功，得地而不予人利，此所以失天下也。』

高祖曰：『公知其一，未知其二。夫运筹策帷帐之中，决胜于千里之外，吾不如子房。镇国家，抚百姓，给馈饟，不绝粮道，吾不如萧何。连百万之军，战必胜，攻必取，吾不如韩信。此三者，皆人杰也，吾能用之，此吾所以取天下也。项羽有一范增而不能用，此其所以为我擒也。』

——《史记·高祖本纪》

①雒阳：即“洛阳”。

②降下：使投降或攻下。

㊅㊅ 田横与五百烈士

之前韩信击溃已经松懈心防的齐国，齐王田广被俘，田横自立为齐王，号召齐人继续抵抗，后被灌婴击败，逃往梁国依附与田氏兄弟有老交情的彭越。及至彭越受汉帝刘邦封为梁王，田横发现原本一向独立的彭越已经归附汉帝国，他不愿意投降刘邦，就带了五百徒众，逃到东方海岛上。

汉帝刘邦听说此事，认为田氏兄弟（田儋、田荣、田横）长期据有齐地，当地的英雄豪杰都心向田氏兄弟，如今田横虽避居海岛，将来却可能作乱，就派出使者到海岛上，宣布赦免田横一切罪状，召他到洛阳。

田横推辞，说："我曾经烹杀陛下的使者郦食其，他的弟弟郦商现在汉帝国位居将军，担任卫尉（宫廷警卫司令）。我怕他报复，不敢奉诏前往洛阳。愿为平民老百姓，长居海中。"

使者回报，刘邦下令郦商："齐王田横将要到来，不许动他一根汗毛，违令者夷全族！"

再派使者去，说明已经告诫郦商，并说："田横只要来，不是封王就是封侯；不来的话，发兵诛灭。"

田横见时势比人强，只好带了两名随从前往洛阳。一行走到距洛阳三十里的驿站，田横对使者说：“我们晋见天子，不能一副邋遢相，应该沐浴净身再去。”于是在驿站停了下来。

田横对两名随从说：“我当初跟汉王同样南面（帝王坐北方面朝南方）称孤，如今他当上天子，而我却成了逃亡的俘虏，不得不向他称臣，对我来说，这是难以忍受的耻辱。况且，之前杀了郦商的哥哥，如今跟他比肩为臣，即使他畏于天子之诏而不敢动我，我难道能无愧于心吗？再说，汉帝想要见我，不过想看看我长什么模样而已。如今咱们距离洛阳才三十里路，砍下我的脑袋，快马送到洛阳，尚不至于腐败，面貌还可以辨识。”于是自杀，教随从捧着他的头颅，跟着使者驰入洛阳，向刘邦奏报。

刘邦见到田横的头颅，为之流泪，说：“唉，世间居然有这样的人吗？他们三兄弟自平民中崛起，三兄弟轮流为王，岂不是天下英雄吗！”封两位随从为都尉，动员士卒两千人，以诸侯国君的礼仪规格为田横下葬。

葬礼结束，两位随从在田横墓旁各挖一洞，在里头自刎，追随他到地下。刘邦闻报大惊，心想田横的部下都是死士，不可轻视，再派人去海岛宣召他们前来洛阳。使者去到岛上，五百人听说田横死讯，也一齐自杀。

田横的门人在他死后，为他作了一首哀歌《薤露》，意思是人命如韭菜上的露水，日出而灭。这首哀歌后来由汉代音乐家李延年谱成二曲，即《薤露》和《蒿里》，是挽歌的嚆矢。

【原典精华】

田横因谢曰：『臣亨[1]陛下之使郦生[2]，今闻其弟郦商为汉将而贤，臣恐惧，不敢奉诏，请为庶人，守海岛中。』使还报，高皇帝乃诏卫尉郦商曰：『齐王田横即至，人马从者敢动摇者致族夷！』

……

（田横）谓其客曰：『横始与汉王俱南面称孤，今汉王为天子，而横乃为亡虏而北面事之，其耻固已甚矣。且吾亨人之兄，与其弟并肩而事其主，纵彼畏天子之诏，不敢动我，我独不愧于心乎？且陛下所以欲见我者，不过欲一见吾面貌耳。今陛下在洛阳，今斩吾头，驰三十里间，形容尚未能败，犹可观也。』遂自到，令客奉其头，从使者驰奏之高帝。

……

既葬，二客穿其冢旁孔，皆自到，下从之。高帝闻之，乃大惊，以田横之客皆贤。『吾闻其余尚五百人在海中』，使使召之。至则闻田横死，亦皆自杀。

——《史记·田儋列传》

①亨：同“烹”，借用字。

②郦生：指郦食其。

㊅㊆ 季布

田横担心被报复而不敢投降，他有可能是错了。因为，有一位得罪刘邦本人的楚将，不但没事，还加官晋爵。这个人名叫季布，在楚汉荥阳对峙期间，数度到前线骂阵。且看《敦煌变文》中的描述：

> 季布既蒙王许骂，意似狞龙拟吐云。
>
> ……
>
> 遥望汉王招手骂，发言可以动乾坤。
>
> 高声直噉[①]呼刘季：公是徐州丰县人。
>
> 母解缉麻[②]居村墅，父能牧放住乡村。
>
> 公曾泗水为亭长，久于阛阓[③]受饥贫。
>
> 因接秦家离乱后，自号为王假乱真。

---

①噉：同“啖”，咬。

②解：会。缉麻：搓麻绳。

③阛：音“huán”，市场的围墙。阓：音“huì”，市场的大门。“久于阛阓”意指刘邦为市井小民。

鵩鸟如何披凤翼？鼋龟争[1]取挂龙鳞！

百战百输天不佑，士卒三分折二分。

何不草绳而[2]自缚，归降我王乞宽恩。

更若执迷夸斗战，活捉生擒放没因。

……

——《敦煌变文·捉季布传文》

简单来说，刘邦坚壁不出，项羽派季布骂阵。季布把刘邦的父母亲都“问候”了，还讥笑刘邦“百战百输”，不如“草绳自缚”乞降算了。变文是说书人的文学描述，实际骂阵想必更加口不择言，可以想见刘邦肯定恨死了季布。

项羽自杀，楚国灭亡。汉高祖刘邦悬赏千金要买季布人头，下令若有藏匿季布者，罪及三族。季布年轻时任侠仗义，有不少生死之交，其中一位是濮阳周氏。季布趁夜翻墙进入周氏庭院，在堂下花影中发声：“我是阁下旧识，趁夜来致送千金。”

周氏说：“送我千金？我有何恩于你？不必兜圈子了，你究竟是谁？夜静无人，但说无妨。”

季布说：“切莫惊动四邻，也不必说姓名，在下就是去年骂阵那个人。”

---

①争：怎。

②而：通“尔”。

周氏当即知道来人是季布，下阶迎接季布上堂。从此，季布藏在周氏家中。然而，外头风声甚紧，周氏乃与季布商量，定下计划，找当时的鲁中大侠朱家帮忙。季布剃去头发、戴上颈箍，穿上粗布衣服，被安置在丧车中。周氏将之连同周氏家中数十僮仆，一齐卖给朱家。

周氏私下让朱家知道那人是季布，朱家买下后安排他到田里工作，同时告诫儿子："田间的事，任凭这奴仆想做不做，吃饭时一定要与你一同。"

然后，朱家轻车简从到了洛阳，通过关系见到汝阴侯夏侯婴，在侯爷府上盘桓数日。然后拣了一个轻松场合，问夏侯婴："季布犯了什么大罪，皇帝如此紧急要缉拿他？"

夏侯婴说："季布好几次为项羽骂阵，皇帝恨死他了，所以非捉拿到他才甘心。"

朱家问："阁下认为季布是个怎样的角色？"

夏侯婴："称得上是个人才。"

朱家说："臣子都是各为其主。季布为项籍所用，干什么都是执行命令而已。项氏的臣子难道要杀光吗？皇帝才刚刚得到天下，就因为自己的私怨大举缉拿一个匹夫，岂不是让天下人看见他器量不够宽宏吗？况且，以季布的才能，受到如此紧急通缉，他不是往北投靠胡人，就是往南投靠越人。将一个英雄人物逼去敌国，伍子胥将楚平王鞭尸就是前车之鉴啊！阁下何不选个时机，跟皇帝沟通一下？"

夏侯婴知道朱家是民间大侠，推测就是他将季布藏匿起来了。可是他讲得的确有道理，因此答应了朱家。过了一段时间，夏侯婴拣了个时机，将朱家这一番道理，说给刘邦听。刘邦不愧为开国皇帝，闻言即下诏赦免季布。季布到洛阳谢恩，刘邦召见他，封他做郎中之官，后来担任河东太守。

季布为人豪爽，答应的事情一定做到。楚人有谚语：得黄金百斤，不如得季布一诺。且由于季布的脑袋曾经价值千金，后世乃有“一诺千金”的成语。

季布有个舅舅丁公，曾经也是项羽帐下将领。彭城之役汉军大败，汉王刘邦被丁公追逐，情势危急，回头对丁公说：“咱俩都是英雄好汉，何必苦苦逼迫?”丁公乃不再追赶。

等到项羽灭亡，丁公谒见刘邦，以为可以得到封赏。刘邦却将他绑起来，在军营中巡回示众，说：“这家伙不忠于项王，是害项王失去天下的罪人。”

然后下令斩首，说：“让将来做人臣子的，不敢再效法丁公！

【原典精华】

朱家曰：『臣各为其主用，季布为项籍用，职耳。项氏臣可尽诛邪？今上始得天下，独以己之私怨求一人，何示天下之不广也！且以季布之贤而汉求之急如此，此不北走胡即南走越耳。夫忌壮士以资敌国，此伍子胥所以鞭荆平王[1]之墓也。君何不从容为上言邪？』

——《史记·季布栾布列传》

①荆平王：楚国又称荆国，荆平王就是楚平王。春秋时，楚平王杀伍子胥的父亲和哥哥，伍子胥逃往吴国，辅佐吴王阖闾攻进楚国郢都，鞭楚平王尸。

【原典精华】

布母弟丁公，亦为项羽将，逐窘帝彭城西。短兵接，帝急，顾谓丁公曰：『两贤岂相戹[1]哉！』丁公引兵而还。及项王灭，丁公谒见。帝以丁公徇[2]军中，曰：『丁公为项王臣不忠，使项王失天下者也。』遂斩之，曰：『使后为人臣无效丁公也！』

——《资治通鉴·汉纪三》

①戹：同“厄”。

②徇：同“巡”。

㊅㊇ 娄敬

齐国人娄敬，一个平民，被征兵前往陇西，路过洛阳，看见同乡虞将军，挣脱身上拉车的绳索，穿着羊裘，上前相认，说有高明策略要献给皇上。虞将军答应为他引见，要帮他换上体面一点的衣服。娄敬说："我若穿得起绸缎，就穿绸缎见皇帝；我只穿得起羊裘，就穿羊裘见皇帝。不必换衣服。"

虞将军引他见皇帝。娄敬开门见山，说："陛下建都洛阳，此地是周王旧都，莫非想跟周王朝比，看能不能立国更久，国势更昌隆吗？"

刘邦说："当然！"

娄敬说："陛下取得天下，与周王朝不同。周王历代祖先，自后稷到周文王、周武王，历经十余代经营，诸侯才归附，乃能推翻商王朝，当上天子。之后成王即位、周公当宰相，才兴建洛阳城。当时洛阳是天下的地理中心，诸侯来朝距离差不多。所以，当周王室强大的时候，四夷宾服，不生问题；等到周王室衰微，诸侯都不来朝，王室也无力控制。这不仅是统治者失德，也是形势使然。"

“如今，陛下崛起丰、沛，席卷蜀、汉，平定三秦，与项羽在荥阳、成皋之间缠战多年，生灵涂炭，父兄的骨骸暴露荒野者不计其数。老百姓哭泣之声未停，受伤的士卒尚未能起床，大环境跟‘成康之治’比，大不相同。而故秦国土地有山河之险、关隘之固，沃野千里，正是所谓‘天府之国’，我郑重建议陛下建都关中。即使山东（太行山以东）大乱，关中仍可保全，且有能力在短时间内征召百万大军。”

“重点在于，跟人搏斗，若不能扼住对方咽喉，不能控制他的后背，就不能得到完全的胜利。陛下如果进入关中，在那里建都，据守故秦国土地，才正是扼住天下咽喉，且拿住天下的后背啊！”

汉帝刘邦将娄敬的建议交付朝臣讨论，大臣多半是山东（太行山以东）人，当然不愿意去关中，大多表示：“周王朝历时数百年，秦帝国只传了两代就灭亡，对比之下，洛阳的风水好多了。就地缘政治而言，洛阳东有成皋（虎牢关），西有崤山、渑池，北有黄河，南有伊水、洛水，其地势也便于固守。”

刘邦再问张良，张良说：“洛阳虽然有这些优点，可是腹地太小，只有几百平方里，田地贫瘠（农产少），且四面受敌，国防上不是很理想。关中则不然，左（帝王南面为正，左在东边）有崤山、函谷关，右有陇山、蜀山，沃野千里，腹地广、物产丰。南有巴蜀的农产，北有胡地的畜产。北方、西方、南方三面都没有威胁，只要面向东方控制天下诸侯即可。如果诸侯安定，就利用黄河、渭水将天下物资输送京师；万一诸侯有变，朝廷军队东向征剿，粮秣可以顺流东下，没有运输问题。这正是所谓‘金城千里，天府之国’，娄敬所言是国家可长可久之计。”

刘邦听完，当天就下令移驾关中，建都咸阳，改名长安——希望国家长治久安。

【原典精华】

娄敬脱挽辂[1]，衣其羊裘，见齐人虞将军曰：『臣愿见上言便事[2]。』虞将军欲与之鲜衣[3]，娄敬曰：『臣衣帛，衣帛见；衣褐，衣褐见：终不敢易衣。』[4]

……

娄敬曰：『……夫与人斗，不搤其亢[5]，拊[6]其背，未能全其胜也。今陛下入关而都，案秦之故地，此亦搤天下之亢而拊其背也。』

——《史记·刘敬叔孙通列传》

①挽：牵。辂：车前的横木。
②便事：利国之事。
③鲜衣：漂亮的衣服。
④帛：绸缎。褐：粗布。
⑤搤：同“扼”。亢：喉咙。
⑥拊：拍、打，引申为“攻击”。

【原典精华】

左右大臣皆山东人，多劝上都雒阳：『雒阳东有成皋，西有殽黾，倍河，向伊雒，其固亦足恃。』留侯曰：『雒阳虽有此固，其中小，不过数百里，田地薄，四面受敌，此非用武之国也。夫关中左殽函，右陇蜀，沃野千里，南有巴蜀之饶，北有胡苑之利，阻三面而守，独以一面东制诸侯。诸侯安定，河渭漕挽天下，西给京师；诸侯有变，顺流而下，足以委输。此所谓金城千里，天府之国也，刘敬[1]说是也。』于是高帝即日驾，西都关中。

——《史记·留侯世家》

①刘敬：刘邦赐姓娄敬“刘”，故《史记》称他刘敬。

㊅㊈ 张良辟谷

刘邦迁都咸阳，并将首都更名为长安，表现出他想要帝国永续的经营心态。老大的心态一旦由打天下转变为保天下，自老二以下就得小心了。大多数当初跟老大一块儿起义的革命老弟兄都很难理解个中危险，但张良绝对理解。

张良随刘邦入关定都长安之后，就开始学打坐、练气，不食五谷，深居简出且不见客。他说：“我们张家世代担任韩国宰相，韩国灭亡之后，我变卖家产超过万金，暗杀秦始皇，造成天下震动。如今以三寸之舌的功劳，成为帝王的老师，受封万户侯，这是一个平民百姓所能成就的极致了，我已经十分满足。因此我不再追求人间功业，要追随赤松子求道去了。”

赤松子是道家传说中的上古神仙，在神农氏时代担任雨师，也就是向上天祈雨的巫师，故传说他能“入火不烧”。相传黄帝曾向赤松子请教养生之术，而赤松子可以隔数百年出现人间，面貌仍不老。

张良所谓“从赤松子游”，字面意思是追求长生之术，实则是宣布“不再过问人间俗事”，这是他明哲保身的招数，让他免入“诛杀功臣”之列。“明哲保身”是司马光给张良的评语。司马光说：以张良的智慧，肯定明白，神仙之事皆属虚构。但是他仍然宣称要追随赤松子，可见他有先见之明。

【原典精华】

张良素多病，从上入关，即道引[1]，不食谷，杜门[2]不出，曰：『家世相韩；及韩灭，不爱万金之资，为韩报仇强秦，天下振动。今以三寸舌为帝者师，封万户侯[3]，此布衣之极，于良足矣。愿弃人间事，欲从赤松子游[4]耳。』

——《资治通鉴·汉纪三》

①道引：打坐运气。

②杜：堵。杜门：关起门来。

③张良封留侯。

④游：学。

㊆㊉ 兔死狗烹

有人向皇帝告密："楚王韩信谋反。"史书上没有记载告密的是什么人，很可能是一项匿名检举。在此之前，楚将钟离眛逃回老家，刚好韩信改封楚王，而钟离眛跟韩信是旧识，于是投奔韩信。刘邦听说钟离眛逃亡在楚，正式下诏，要楚国逮捕钟离眛。楚王韩信没有认真执行这项命令，且由于两度被刘邦剥夺兵权，到楚国就任以后，出宫总是戒备森严。

基于这些原因，刘邦选择相信匿名检举，并征询诸将意见"如何因应"。诸将一个个慷慨激昂发言："立即出兵诛杀那小子。"

刘邦对这些夸夸大言毫无信心，沉默不语。转头问陈平看法如何。

陈平先不表示意见，问："诸将怎么说？"

刘邦："诸将都说要发兵攻打。"

陈平："有人告发韩信谋反，韩信知不知道？"

刘邦："他不知道。"

陈平："陛下能掌握的精兵，比楚国军队如何？"

刘邦："恐怕不如。"

陈平："陛下的将领们，在指挥大军作战的能力方面，有没有人超过韩信？"

刘邦："恐怕没有。"

陈平："军队不如楚兵精锐，将领不如韩信善战，若出动大军，岂不是逼他兴兵对抗？"

刘邦："那该怎么办才好？"

陈平："古代天子经常到各地巡察，并借此机会与诸侯国君会晤。建议陛下宣称前往云梦大泽（今湖北省古时多沼泽）巡狩，并在陈县（当初陈胜的都城）接见诸侯。陈县在楚国境内，韩信会放松戒心，以为天子只是例行出外巡游，又在自己势力范围内，不会防备。到时候他来进谒，派几个武士，就可以逮捕他。"这又是陈平的妙计，不须动员大军，也不必发动战争。

刘邦采用陈平的计谋，宣称天子到云梦巡狩，约诸侯到陈县会合。韩信原本已经心里有鬼，刘邦这个动作乃对他构成极大压力。一个念头是举兵造反，可是又自认无罪，没有造反必要。另一个念头是去云梦见刘邦，却又担心被扣押。

有谋士建议："将钟离眜斩了，皇帝一高兴，大王就安稳了。"

韩信于是请钟离眜来商量，"借阁下项上人头一用"。

钟离眜搞清楚韩信的意思后，说："汉帝之所以不敢攻楚，就是因为我在。如今你为了谄媚汉帝而杀我，今天我死了，阁下也将随之灭亡。”加骂一句：“你不是个君子。”然后就自杀了。

韩信带着钟离眛的头颅当伴手礼去见刘邦。刘邦下令将韩信逮捕，绑起来押回长安。

韩信说：“果然应了俗话说的‘狡兔死，走狗烹；高鸟尽，良弓藏；敌国破，谋臣亡’。天下已经平定，我活该被烹！”

韩信被押回长安，改封淮阴侯，并未治罪。有一次，刘邦与韩信讨论诸将的能力，韩信一一分析。

刘邦突然问：“那我能指挥多少军队？”

韩信说：“陛下直接指挥军队作战，不过十万人，再多就不行了。”

刘邦问：“那你呢？”

韩信说：“我的话，多多益善。”

刘邦笑着说：“你那么会带兵，为何却被我所擒？”

韩信：“陛下不适合直接指挥军队，可是陛下很会指挥将领，所以我被你所擒。而且陛下这方面的能力，是上天授予的（张良说过这话），不是人力可以及的。”

这次对话之后，韩信才发现，他“获罪”的原因其实不是谋反，而是刘邦对他的军事才能深为忌惮。于是他称病不朝，以为这样就可以免去杀身之祸。

【原典精华】

平曰：『古者天子巡狩，会诸侯。南方有云梦，陛下弟出伪游云梦，会诸侯于陈。陈，楚之西界，信闻天子以好[1]出游，其势必无事而郊迎谒。谒，而陛下因禽[2]之，此特一力士之事耳。』

——《史记·陈丞相世家》

①好：喜好，此处作“休闲”解。

②禽：同“擒”。

【原典精华】

信曰：「果若人言，「狡兔死，良狗亨；高鸟尽，良弓藏；敌国破，谋臣亡。」天下已定，我固当亨！」

……

上问曰：「如我能将[1]几何？」

信曰：「陛下不过能将十万。」

上曰：「于君何如？」

曰：「臣多多而益善耳。」

上笑曰：「多多益善，何为为我禽[2]？」

信曰：「陛下不能将兵，而善将将[3]，此乃信之所以为陛下禽也。且陛下所谓天授，非人力也。」

——《史记·淮阴侯列传》

①将：指挥。将几何：担任将领可以指挥多少人。

②禽：同“擒”。

③前一“将”字为动词，意为指挥；后一“将”字为名词，意为将领。

㊆㊀ 走狗论

汉帝刘邦“没收”楚国是一石二鸟：拔掉了心头隐忧韩信的兵权，同时增加了一大片土地，可以拿来封赏诸将。

刘邦当上了皇帝，韩信、英布、彭越等封了王，可是汉军其他有功将领却迟迟未有封赏。一个原因是，有功将领数目很多，没那么多土地可以分；另一个原因是，处理功臣可比处理敌人难多了（处理敌人只需“杀与赦”二选一）。处理功臣难在哪里？难在个个都是陪你出生入死的兄弟，每个人都打过一些战役，你说哪一场战役最重要？哪一个人在战役中的角色最重要？这些都是有功将领们争功时的话题焦点。

可是大老板的思考不一样，大老板想的是：天下拼死打来了，但帝国得向前走——大老板没空回头看，他得向前看。所以，谁封最多、最大、最高，伙计考量的是之前谁出力较多、功劳较大，老板考量的却是往后发展“谁比较有用”。

刘邦在诸将争功一年多没有定论之后，基于老板视角，终于批示了第一名：萧何封酂侯，食邑最多。这一方面是考虑往后行政需要，另一方面，以文官排名第一，解决了武将

“谁功劳最大”的争执，但却又引起了武将对文官的不满。

一堆有功将领开始七嘴八舌：“我们这些兄弟个个身经百战，少的也参与数十战，攻城略地各有功劳。而萧何不曾有一丁点儿汗马功劳，只做了一些文书工作。一个没有战功的人，反而封赏比我们多，是何理由？”

刘邦问诸将：“各位懂得打猎吧？”

诸将答：“懂啊。”

“知道什么是猎狗吧？”

“知道。”

刘邦训话了：“打猎的时候，追杀野兽、兔子的是猎狗，可是发现兽踪、指示方位的是人。各位都曾猎得走兽，但不过是有功的猎狗罢了；但萧何却是指示方位的有功之人。而且诸位多半是一个人追随我，最多不过兄弟二三人一同前来；而萧何全家数十人都来追随我，这个功劳不可忘记。”

有功将领一下子被比喻为“狗”，顿时个个哑口无言。

封侯完毕，还要排位次。这一次武将抢先发言：“平阳侯曹参身上有七十二处创伤，功劳最多，应该排第一。”

刘邦心里仍然想要将萧何排第一，可是被诸将抢白，一时无以反驳。这时，关内侯鄂千秋看出皇帝心意，发言表示：“诸位的理论不能成立。曹参虽然战功第一，但每次战役却只是一时之功。我军与楚军拉锯战五年，萧何不断从关中补给兵源、粮秣，从来不需要皇上下诏，总能供应无缺。而即使陛下好几次在山东大败，萧何仍能稳住关中，支援前线，这可是万世之功。汉帝国即使少一百个曹参，仍能保全，却不能缺一个萧何。怎么可以拿一日之功凌驾万世之功呢？我主张：萧何第一、曹参第二。”

刘邦闻言大喜，当场敲定萧何列位第一，并且说：“我听人说，推荐贤才的人应该受到最高奖赏。”于是封鄂千秋为安平侯，比原先封赏再加二千户食邑。

韩信说自己是“狡兔死，走狗烹”。有意思的是，刘邦真的将手下将领比作“走狗”，而诸将也甘于俯首听命。萧何是刘邦喜欢的，所以排第一名。可是刘邦最不喜欢的，也排名在前，那是怎么回事？

【原典精华】

群臣争功，岁余功不决。高祖以萧何功最盛，封为酂侯，所食邑多。

功臣皆曰：『臣等身被[1]坚执锐，多者百余战，少者数十合，攻城略地，大小各有差。今萧何未尝有汗马之劳，徒持文墨议论，不战，[2]顾反居臣等上，何也？』

高帝曰：『诸君知猎乎？』曰：『知之。』『知猎狗乎？』曰：『知之。』

高帝曰：『夫猎，追杀兽兔者狗也，而发踪指示兽处者人也。今诸君徒能得走兽耳，功狗也。至如萧何，发踪指示，功人也。且诸君独以身随我，多者两三人。今萧何举宗[3]数十人皆随我，功不可忘也。』

群臣皆莫敢言。

……

关内侯鄂君[4]进曰：『群臣议皆误。夫曹参虽有野战略地之功，此特一时之事。夫上与楚相距五岁，常失军亡众，逃身遁者数矣。然萧何常从关中遣军补其处，非上所诏令召，而数万众会上之乏绝者数矣。夫汉与楚相守荥阳数年，军无见粮[5]，萧何转漕关中，给食不乏。陛下虽数亡山东，萧何常全[6]关中以待陛下，此万世之功也。今虽亡曹参等百数，何缺于汉？汉得之不必待以全。奈何欲以一旦之功而加万世之功哉！萧何第一，曹参次之。」

——《史记·萧相国世家》

①被：同“披”，借用字。

②顾：竟然。

③举：全。宗：族人。

④关内侯：没有封邑，只有爵禄的侯爵。鄂千秋后来加封安平侯，乃有了封邑。

⑤见：现。见粮：现成粮草，如“现钞”用法。

⑥全：保全、稳定。

㊆㊁ 雍齿

汉帝刘邦大封功臣，第一梯次封了二十余人。其他有功将领，日夜争论各自的功劳大小，使得封赏的进度迟滞。刘邦在洛阳南宫的高架道上，望见诸将三五成群，经常在洛水沙滩上相聚谈话。

刘邦问张良："他们都在谈些什么？"

张良说："陛下不知道吗？他们在谋反哪！"

刘邦："天下已经安定，还反什么？"

张良："陛下由一介布衣起家，靠这些人打天下。如今陛下贵为天子，封赏的都是萧何、曹参等老干部和最亲信的将领，诛杀的都是你的仇人。而军中办公人员统计诸将功劳，发现把全天下土地都封出去也不够。所以诸将担心得不到陛下的封赏，更害怕哪一天陛下会记起他们过去犯的错误而诛杀他们。因此经常相聚谋反。"

刘邦闻言担忧，问："那该怎么办？"

张良："诸将之中，皇上生平最憎恨、厌恶，且为大家所知道的，是哪一位？"

刘邦："雍齿。他是沛县老伙计，却多次让我下不了台。我一直想杀他，可是他建立的功劳还真不少，所以又不忍心杀他。"

算一下雍齿与刘邦的老账：沛县初起兵时，秦国泗川郡监带兵攻击沛公，刘邦在丰邑将他击败，自己领兵追击，留雍齿驻守丰邑。同一时间，张楚王陈胜派周市攻掠故魏国土地，周市自封魏王，到丰、沛一带招兵，雍齿连城带兵投靠周市。刘邦火了，回军攻打雍齿，却不能取胜。刘邦与张良加入项梁军，项梁拨五千军队给沛公指挥，沛公再攻丰邑，城陷，雍齿逃奔魏王（魏咎）。楚汉争霸时期，魏王（魏豹）加入汉军，雍齿又回到刘邦麾下，成为汉军将领，立下不少功劳。刘邦痛恨这位小同乡、老革命，却又不忍杀他。

刘邦提到雍齿，张良立刻建议："那就赶快先封雍齿，诸将看见雍齿得封，人心就安定了。"

于是皇帝摆下宴席，请诸将喝酒，即席封雍齿为什方侯。同时下诏催促丞相、御史加速封赏作业。宴饮散场，诸将个个放心，欢喜地说："连雍齿都封了侯，我们还担心什么？"

为了帝国可长可久，有功诸将必须封侯，军心乃能安定。可是封了侯却不能保证他们不再恃功而骄，那怎么办？

【原典精华】

上已封大功臣二十余人，其余日夜争功不决，未得行封。上在雒阳[1]南宫，从复道望见诸将往往相与坐沙中语。

上曰：『此何语？』

留侯曰：『陛下不知乎？此谋反耳。』

上曰：『天下属安定，何故反乎？』

留侯曰：『陛下起布衣，以此属[2]取天下，今陛下为天子，而所封皆萧、曹故人所亲爱，而所诛者皆生平所仇怨。今军吏计功，以天下不足遍封，此属畏陛下不能尽封，恐又见疑平生过失及诛，故即相聚谋反耳。』

上乃忧曰：『为之奈何？』

留侯曰：『上平生所憎，群臣所共知，谁最甚者？』

上曰：『雍齿与我故，数尝窘辱我。我欲杀之，为其功多，故不忍。』

留侯曰：『今急先封雍齿以示群

臣，群臣见雍齿封，则人人自坚矣。」

于是上乃置酒，封雍齿为什方侯，而急趣[3]丞相、御史定功行封。群臣罢酒，皆喜曰：「雍齿尚为侯，我属[4]无患矣。」

——《史记·留侯世家》

①雒阳：即“洛阳”。

②属：同类。此属：此辈，这些人。

③趣：同“促”。

④我属：我等。

㊆㊂ 陆贾

最先提醒刘邦“马背上打江山”那一套已经不能再用的那个人，名叫陆贾。陆贾是刘邦手下一位辩士，他最大的功绩是游说南越王归顺汉帝国。

秦失其鹿时，南海郡（今广东省，郡治番禺〔今广州市〕）郡尉（尉：郡县的治安首长）任嚣病重，将“大事”托付龙川（今广东省龙川县）县令赵佗。任嚣死后，赵佗诛杀秦政府官员，出兵占领桂林郡（今广西）、象郡（今越南北部，郡治在今河内），然后派兵阻塞五岭要隘，自称南越武王。

刘邦打败项羽之后，派陆贾带着印信去封赵佗为南越王——对刘邦而言，只要南越象征性接受封赏即可；但对赵佗而言，汉帝封他为国王是多此一举。所以，当陆贾到达时，赵佗的态度极为傲慢，箕距（两脚伸开，如畚箕般坐姿）在床上接见陆贾。

陆贾晓以大义，说：“天子授你王印与符节，你应该恭敬接受，若你面朝北致礼称臣，那就一切如常。如果你倔强到底，汉帝国只好派出大军，到时候兵连祸结，你的部下要杀你投降，可易如反掌。”

赵佗顿时醒悟，从床上跳起来，规规矩矩坐好，为方才的不雅坐姿向陆贾致歉：“我在蛮夷地待久了，忘了中国礼仪。”

然后赵佗问陆贾：“我跟萧何、曹参、韩信比较，谁更优秀。”

陆贾的任务是敦睦邦交，因此说：“大王可能比他们优秀。”

赵佗又问：“那我跟皇帝比较呢？”

赵佗不识相，可是陆贾却不能没底线，说：“皇帝自丰、沛起义，消灭暴虐的秦国，击败强盛的楚国，为天下兴利除暴，这可是比肩五帝三王的伟大功业。中国的人口以亿计，土地有万里见方，而且占有天下最富饶的地方。而大王的军队了不起数十万，领土不是崎岖山地，就是海滨水涯，人民多半是未开化的蛮夷，实力不过汉帝国的一个郡而已，怎么能够相比？”

赵佗大笑说：“可惜我不是在中国崛起，所以才在这里称王。如果我能在中国参与逐鹿大赛，怎知道我不如汉帝？”

无论如何，陆贾让赵佗接受了汉帝国的封王，向汉贡献万金重礼。刘邦大为高兴，擢升陆贾为太中大夫。

陆贾时常在皇帝面前谈论《诗经》《书经》，刘邦对此大不耐烦，开骂：“你老子在马上打来的天下，《诗》《书》有个屁用！”

陆贾说：“马上得来的天下，难道可以骑在马上治理吗？商汤与周武王都是以武力革命成功，但他们皆以仁义施政，才得国祚绵延数百年。文武并用才是长治久安之道。从前夫差和智伯因为只偏重武力而亡，秦朝因高压统治而亡。假如当年秦始皇得天下之后，施行仁义，效法先圣（指三皇五帝），陛下又哪有机会呢？”

刘邦听了，脸色很不好，可是心里知道陆贾讲的道理是对的，就对陆贾说：“你将秦帝国何以失去天下，我又何以成功，以及古时候国家兴亡的故事，写来给我看。”

陆贾写成了十二篇，呈阅并讲解，集成一部《新语》。但是这本书如今传世的版本，极有可能是后人的伪作。他那句“马上得之，不能以马上治之”流传至今，成为至理名言。

【原典精华】

于是尉他[1]乃蹶然[2]起坐，谢陆生曰：『居蛮夷中久，殊失礼义。』因问陆生曰：『我孰与萧何、曹参、韩信贤？』

陆生曰：『王似贤。』

复曰：『我孰与皇帝贤？』

陆生曰：『皇帝起丰沛，讨暴秦，诛强楚，为天下兴利除害，继五帝三王之业，统理中国。中国之人以亿计，地方万里，居天下之膏腴[3]，人众车轝[4]，万物殷富，政由一家，自天地剖泮未始有也。今王众不过数十万，皆蛮夷，崎岖山海间，譬若汉一郡，王何乃比于汉！』

尉他大笑曰：『吾不起中国，故王此。使我居中国，何渠[5]不若汉？』

……

陆生时时前说称《诗》《书》。高帝骂之曰：『乃公[6]居马上而得之，安事《诗》《书》！』

陆生曰：『居马上得之，宁可以马上治之乎？且汤武逆取而以顺守之，文武并用，长久之术也。昔者吴王夫差、智伯极武而亡[7]；秦任刑法不变，卒灭赵氏。乡使秦已并天下，行仁义，法先圣，陛下安得而有之？』

高帝不怿[8]而有惭色，乃谓陆生曰：『试为我著秦所以失天下，吾所以得之者何，及古成败之国。』

——《史记·郦生陆贾列传》

①他：司马迁为避讳而称赵佗为赵他。尉他：以汉帝国立场，仍称赵佗为郡尉。

②蹶然：受惊的样子。

③膏腴：肥美。

④轝：同“舆”，众多。

⑤渠：知。

⑥乃公：你老子。

⑦春秋时吴王夫差穷兵争霸，灭于越国；晋国大夫智伯以武力欺压韩赵魏，被三家联合消灭。

⑧不怿：不高兴。

㊆㊃ 叔孙通

刘邦明白了“马上得天下，不能以马上治之”，也深以骄兵悍将没规矩为虑，为他解决这个问题的人是叔孙通。

叔孙通是秦、汉之间最“灵活”的一位儒家学者,《史记》上记载他曾服事过七个主子：秦始皇、秦二世、陈胜、项梁、楚怀王、项羽、刘邦，堪称“跳槽状元”。

秦始皇时，叔孙通因学问好而被征召为待诏博士（博士次一级），秦二世时，陈胜揭竿起义，消息传到咸阳，二世召集博士们征询意见，叔孙通发言迎合秦二世而免祸，那一段已经在第十一章述及。

简单来说，叔孙通不是马屁精，也不是死脑筋。眼看秦帝国败相已现，他逃出咸阳，投奔陈胜；陈胜亡，追随项梁；项梁败死，他留在彭城为楚怀王服务；项羽将义帝流放到长沙，叔孙通留在彭城服事西楚霸王；汉王刘邦攻入彭城，他又转投汉王，并追随汉王（败）回关中。

叔孙通降汉，有一百多位儒生、弟子追随他，可是他从来不向刘邦推荐这些人，反而偶尔会推荐一些武勇之士，甚至推荐过盗贼。弟子对此非常不满，向他提出抱怨。他对弟子说：“汉王正冒矢石争天下，你们这些书生此时能贡献什么？且耐心等待。”

汉王得天下之后，诸将争功，有些场面还真不像样：喝酒醉，大呼乱叫，在金銮宝殿上拔剑砍柱子……汉帝刘邦愈来愈无法忍受。这正是叔孙通“耐心等候”已久的机会，他对刘邦说：“儒者对打天下或许无用，可是对守成却很有用。我愿去鲁国征召那边的学者，与我的弟子一同制订朝仪。”

刘邦本人是无产阶级出身，很不喜欢繁文缛节，问：“不会很困难吧？”

叔孙通努力说服了皇帝。刘邦最终同意：“那你就试试看，制定礼仪规范时要考虑我能否做得到。”

于是叔孙通去到故鲁国地方，征得懂儒家礼仪的学者三十多人。有两人不愿同行，批评叔孙通：“你曾经服事十个主子，都是靠当面说好话博取高位。如今天下刚刚安定，死者未安葬，伤者未起身，你又想要搞礼乐典章。要知道，礼乐之兴，得有百年积德才行，我不愿意与你同流。你的作为不合传统，我不去。你走吧，别玷污我！”

叔孙通笑着说：“你们可真是顽固啊！不晓得顺应时势。”

叔孙通带着三十位儒者西行入关，加上皇帝左右侍臣与自己的弟子，在城外搭帐篷演练。一个多月后，叔孙通恭请皇帝试观，刘邦也试着配合这些礼仪动作，然后说：“可以，这些我可以做到。”

于是刘邦下令群臣学习礼仪规范。等到长乐宫落成，诸侯、百官都学会了，翌年元旦清晨，诸王侯来朝，文武百官列队上朝，各自站定之后，才传胪“皇上驾到”，然后依序进行仪式。仪式过程中，没有一个人敢大声喧哗，更不敢举止粗鲁，有行为不合规定者，立即逐出金殿。

于是刘邦大乐，说:“到今天我才晓得当皇帝如此过瘾!”当年在咸阳，刘邦只看到秦始皇仪仗威风，今天才领略真正滋味。

【原典精华】

群臣饮酒争功，醉或妄呼，拔剑击柱，高帝患之。叔孙通知上益[1]厌之也，说上曰：『夫儒者难与进取[2]，可与守成[3]。臣愿征鲁诸生，与臣弟子共起朝仪。』

……

鲁有两生不肯行，曰：『公所事者且十主，皆面谀以得亲贵。今天下初定，死者未葬，伤者未起，又欲起礼乐。礼乐所由起，积德百年而后可兴也。吾不忍为公所为。公所为不合古，吾不行。公往矣，无污我！』叔孙通笑曰：『若真鄙儒也，不知时变。』

……

于是高帝曰：『吾乃今日知为皇帝之贵也。』

——《史记·刘敬叔孙通列传》

①益：愈发。

②进取：此处指攻城略地。

③守成：指巩固政权。

㊆㊄ 栾提冒顿

功臣都封赏了，朝仪也制订了，那么，天下就此太平了吗？南方的南越王国靠陆贾鼓动三寸舌搞定，可是北方的匈奴帝国正崛起，成为汉帝国的威胁。

秦始皇派蒙恬北伐匈奴，由于秦帝国武力强大，匈奴向北迁移十余年。秦帝国灭亡，匈奴再南下，势力进入河套地区，乃与新建立的汉帝国产生了冲突。

匈奴汗国当时出了一位英雄人物栾提冒顿。他是头曼单于的长子，起初立为太子，后来因为头曼宠爱的阏氏生下幼子，就把冒顿送去月氏当人质，两国联盟对付东胡。可是，头曼后来却向月氏发动攻击，摆明了要牺牲冒顿。幸而栾提冒顿机警过人，偷了一匹良马，奔逃脱险。回到匈奴汗国以后，冒顿不提，头曼也佯装不知，拨一万余骑兵交给冒顿带领，但从此冒顿心中深深痛恨后母与父亲。

冒顿自己设计了一种响箭，并加紧训练手下部众，下令："我的响箭射向何方，所有人都向那个地方射箭，不跟着做的，斩首。"出猎时，只要有人不随着响箭而射，一律诛杀。

有一天，冒顿以响箭射向自己的爱马，左右有人不敢射，一律斩首。过不久，冒顿以响箭射向其爱妾，左右有人惶恐不敢射，又一律斩首。建立了响箭的威信后，冒顿进行“模拟考”：出猎时，以响箭射向父亲头曼单于的一匹良马，左右齐射，毫不犹豫——冒顿于是知道，训练已经成功。

有一天，冒顿随父亲出猎。觑着一个机会，以响箭射向父亲，他的随从骑士如响斯应，头曼单于遂死于乱箭之下。然后，冒顿诛杀后母、弟弟以及大臣不服从者，自立为单于。

东胡汗国听说冒顿弑父篡位，欺他年轻，派出使节表示：“我们大汗想要得到头曼单于那匹千里马。”

冒顿征询群臣意见，群臣说：“那是我们匈奴的宝马，不能给他。”

冒顿说：“为了敦亲睦邻，一匹马有何舍不得？”就把千里马送给了东胡。

过一阵子，东胡使节又来，说：“我们大汗希望得到单于的一位阏氏。”

冒顿再征询群臣意见，群臣羞怒交加，大呼：“这是不能忍受的羞辱，应该出兵攻击。”

冒顿说：“既然跟人家是邻国，怎么可以因为舍不得一名女子而破坏邻里关系？”将自己喜爱的一名阏氏送给东胡，东胡汗王为之益发骄傲。

东胡与匈奴之间有一块无人地带，南北走向，形状狭长，两国各自在无人地带两边筑土室，以为前哨。

东胡使节又来，说：“这一带土地是没有用的，我国想要拥有。”

冒顿又征询群臣意见，有人说：“那片土地确实是无用之地，给他们也可以，不给也可以。”

冒顿陡然变脸，大为光火，说：“土地是国家的根本，怎么可以给他们？”

冒顿将主张割地者全数斩首，随即上马，下令：“最后出击的，斩首。”向东胡发动闪电攻击。

东胡因为之前一再得逞，所以不设防，冒顿一战消灭东胡汗国。冒顿单于继续向西攻击月氏汗国，月氏不敌，向西逃亡，逃到中亚草原的称大月氏，留在原地（今甘肃西部）的称小月氏。冒顿单于再向南，吞并楼烦、白羊等部族，并攻击燕、代（河北北部、内蒙古、辽宁），完全恢复蒙恬北伐之前的匈奴领土，与中国接壤。

那时候，正是楚、汉陷入苦战之时，完全无法顾及北方。匈奴乘机崛起，武装部队号称三十万人，北方草原部族无不慑服。

汉与匈奴两个新兴帝国同时崛起，冲突很难避免。

【原典精华】

冒顿乃作为鸣镝[1]，习勒[2]其骑射，令曰：『鸣镝所射而不悉射者，斩之。』行猎鸟兽，有不射鸣镝所射者，辄斩之。

已而冒顿以鸣镝自射其善马，左右或不敢射者，冒顿立斩不射善马者。

居顷之，复以鸣镝自射其爱妻，左右或颇恐，不敢射，冒顿又复斩之。

居顷之，冒顿出猎，以鸣镝射单于善马，左右皆射之。于是冒顿知其左右皆可用。

从其父单于头曼猎，以鸣镝射头曼，其左右亦皆随鸣镝而射杀单于头曼，遂尽诛其后母与弟及大臣不听从者。冒顿自立为单于。

冒顿既立，是时东胡强盛，闻冒顿杀父自立，乃使使谓冒顿，欲得头曼时有千里马。冒顿问群臣，群臣皆曰：『千里马，匈奴宝马也，勿与。』冒顿曰：『奈何与人邻国而爱一马乎？』遂与之千里马。

居顷之，东胡以为冒顿畏之，乃使使谓冒顿，欲得单于一阏氏。冒顿复问左右，左右皆怒曰：『东胡无道，乃求阏氏！请击之。』冒顿曰：『奈何与人邻国爱一女子乎？』遂取所爱阏氏予东胡。

……东胡使使谓冒顿曰：『匈奴所与我界瓯脱[3]外弃地，匈奴非能至也，吾欲有之。』冒顿问群臣，群臣或曰：『此弃地，予之亦可，勿予亦可。』于是冒顿大怒曰：『地者，国之本也，奈何予之！』诸言予之者，皆斩之。冒顿上马，令国中有后者斩，遂东袭击东胡。

——《史记·匈奴列传》

①镝：箭镞。鸣镝：响箭。习：训练战技。勒：统率、命令、指挥。

②瓯脱：草原游牧民族无确定国界，在两部落之间保留一个缓冲区，各自派出斥候、筑土室为前哨。

㊆㊅ 白登山

刘邦麾下有两位韩信。一位是大家熟悉的，用兵如神却被刘邦两次剥夺军权、一次削夺楚王位贬为淮阴侯的大将韩信；另一位韩信是故韩国的庶出公子。张良光复故韩国旧地时，公子韩信投奔张良为将，之后随沛公入关，又随汉王入蜀，再随汉王攻掠三秦。当时汉王刘邦派韩信攻掠故地，答应将来封他为韩王。

项羽杀了韩王成，另外封了一位韩王郑昌。韩信与郑昌对战二年，郑昌不敌，投降，汉王刘邦乃立韩信为韩王，史书上称之为韩王信。

汉王刘邦从荥阳逃脱时（陈平奇计那一次），留韩王信守荥阳，结果荥阳陷落，韩信降楚。可是他找到机会脱逃，又回到汉阵营，刘邦仍立他为韩王，直到项羽兵败自杀，天下大定。

由于匈奴崛起于北方，刘邦下令韩王信将韩国都城迁到晋阳（今山西太原市），负责戒备、抵御匈奴。韩王信上书："晋阳离长城太远，请准许迁都马邑（今山西朔州市）。"

匈奴冒顿单于大军包围马邑，韩王信一边向长安求援，一边派出使节向匈奴求和。汉高祖刘邦发兵救韩，但是对韩王信向匈奴求和的动作不满，认为他有二心，派使者去责备韩王信。韩王信心生恐惧，于是叛变，投降匈奴，倒戈攻汉。冒顿大军于是乘胜南下，前锋直抵晋阳。

汉高祖刘邦亲率大军北上，先在铜鞮（今山西沁县）击溃韩王信，再两次打败匈奴援兵与叛军联合部队。汉军不想让敌人再度集结，穷追猛打，加速向北方挺进。

可是，当时正是隆冬季节，天寒加上雨雪，士卒手指被冻掉者，十之二三。而刘邦住在晋阳宫，不知前线情况，只得到情报“冒顿驻在代谷”。距离不远，刘邦计划发动大规模攻势，于是派出探子，窥探匈奴虚实。

冒顿刻意藏匿起代谷的壮士与大马，汉军的使节都只看到老弱残兵与衰弱的牲畜，因此，连续十个探子都说“可以攻击匈奴”。

刘邦仍不放心，再派娄敬为探子，作最后的观察。

娄敬尚未回报，这边大军已经开拔，三十二万人的盛大兵团向北推进。先锋部队刚越过句注山，娄敬回来了，向刘邦提出警告：“两国处在交战状态，常理是夸张己方强大，以向对方示威。可是我却完全只看到匈奴的老弱残兵，显然对方刻意向我示弱，有违常理。我研判匈奴必定埋伏有奇兵，等着我们进入围套，千万不可草率进攻。”

这时，大军已有二十万人出发，势不可止。刘邦没有选择，更不容士气动摇，怒骂娄敬：“你这齐国罪犯，之前靠耍嘴皮子当上了高官，现在却胡说八道打击我军士气！”将他上了脚镣手铐，关在监牢里。

刘邦率先抵达平城，大军尚未集结。匈奴单于冒顿倾全国精锐四十万骑兵，趁汉帝登上白登山，将白登山团团围住，围了七天，汉军在外围完全无法相救。情势危急，又是陈平使出“秘计”，刘邦才得脱出重围。

陈平的“秘计”是什么？陈平派人送贵重礼物给单于的大阏氏，使者同时展示一张美女画像，说：“汉帝已经派人紧急去接这名美女，要将这位美女献给单于。如果阏氏现在劝单于解围，汉帝得脱，汉国美女也就不会来了。”

大阏氏担心失宠，于是对冒顿单于说：“两国君王不应相互围困，我们（草原民族）得到汉国土地，也无法长期占有。”

单于下令解除包围圈的一角，正好天起大雾，陈平建议所有强弩部队都按上两支箭，护住刘邦从那一角悄悄脱出。脱出包围圈后，刘邦要疾驰回阵地，可是夏侯婴坚持徐行，让队伍保持镇定和警戒。等到一行终于安全回到平城，汉军大部队也集结完成，匈奴骑兵于是撤退。

刘邦回到广武，下令赦免娄敬，说：“我不听先生的话，因此才被围困在平城。我已经下令将前面十个瞎了眼的探子处斩。”又封娄敬二千户食邑，封号建信侯。

两个帝国的第一场战争，暂时以“匈奴未胜，汉惨和”收场，可是接下去如何是好？

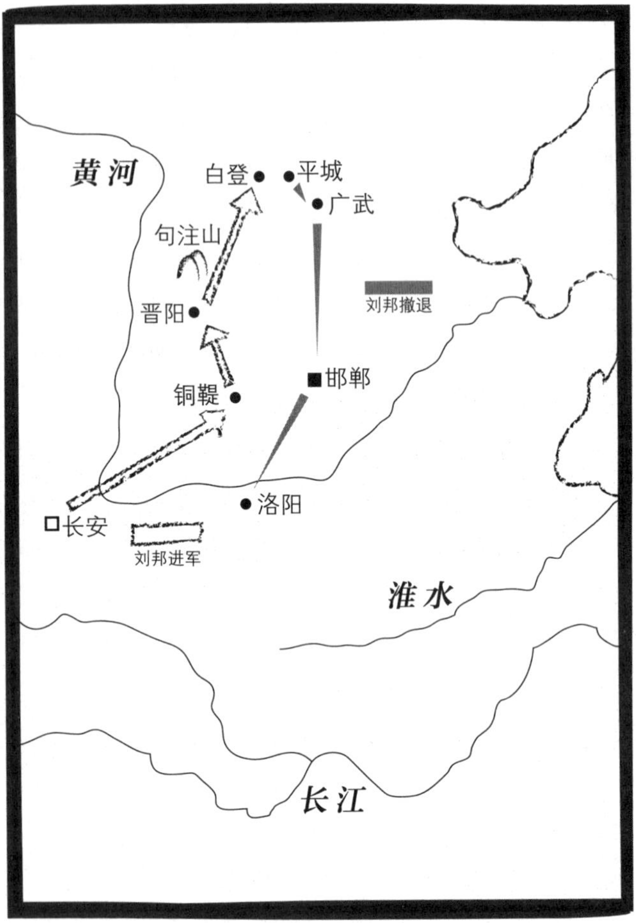
黄河
白登
平城
广武
句注山
晋阳
刘邦撤退
邯郸
铜鞮
洛阳
长安
刘邦进军
淮水
长江

▲ 白登之围

【原典精华】

高帝……使人使匈奴。匈奴匿其壮士肥牛马，但见老弱及羸畜[1]。使者十辈来，皆言匈奴可击。

上使刘敬复往使匈奴，还报曰：『两国相击，此宜夸矜见所长。今臣往，徒见羸瘠老弱，此必欲见短，伏奇兵以争利。愚以为匈奴不可击也。』

是时汉兵已踰句注[2]，二十余万兵已业行。上怒，骂刘敬曰：『齐虏！以口舌得官，今乃亡言沮吾军。』械系敬广武。遂往，至平城，匈奴果出奇兵围高帝白登，七日然后得解。

高帝至广武，赦敬，曰：『吾不用公言，以困平城。吾皆已斩前使十辈言可击者矣。』乃封敬二千户，为关内侯，号为建信侯。

——《史记·刘敬叔孙通列传》

①羸：病弱。羸畜：此处专指病弱的马匹。

②句：多音字读“gōu”。句注山在今山西北部。

㊆㊆ 和亲

对付匈奴不宜再用武力，刘邦征询娄敬的意见，娄敬说：“天下刚刚安定，人民和战士都已筋疲力尽，不宜再用军事方式解决；冒顿弑父篡位，将庶母当作妻子，这种人也不能以仁义说服。降服匈奴的方法是有，不过眼光得放长远，目标是冒顿的子孙向中国臣服。但只怕陛下办不到。”

刘邦说：“你讲来听听看。”

娄敬说：“陛下如果能将嫡长公主许配给单于，同时配合丰厚陪嫁，对方知道公主是我方皇后的亲生女儿，必定心生敬慕，立公主为大阏氏，将来生了儿子，就是太子。陛下每年过节时，挑一些中国用不了、而匈奴很缺乏的东西，派使节致送并问候，顺便再派能言善道的学养之士，向单于明示暗讽一些女婿对丈人的礼节。如此，单于在世时为女婿，单于过世则外孙为单于，有听过外孙敢跟外祖父相抗的吗？这样就可以不必动员军队，而让匈奴渐渐臣服。”

刘邦与皇后吕雉只有一个女儿，也就是彭城大败时，三度被推下车子的那个女儿，被封为鲁元公主，并嫁给赵王张敖（张耳的儿子）。

刘邦同意娄敬的和亲政策，要将鲁元公主嫁到匈奴。吕后心里不同意，日夜哭泣，说：“我只有这一儿一女，你居然要将女儿丢到蛮荒地方，嫁给蛮夷！”

刘邦最终拗不过吕后，只得在皇族中找了一名女子，坚称她就是“长公主”，嫁给冒顿单于，并且派娄敬担任和亲特使。

娄敬达成使命回来，再提建议：“匈奴汗国的白羊、楼烦部族，常居河套以南，距离长安最近的才七百里，轻骑兵一日一夜就可到达。而关中在战乱之后，人口稀少但土地肥沃，恐怕难以抵挡匈奴入侵，应该要充实关中人口。故六国的王族，如齐国的田氏，楚国的屈、景、昭氏，家族势力根深柢固。我建议将这些强宗豪族，外加全国名流、豪杰，都迁移到关中。一来可以抵御北方异族，二来可以遥制天下。这是‘强本弱末’的策略。”

刘邦对这项建议大为激赏，下令齐、楚等地五大家族与各国豪杰之士移居关中，发给他们良田美宅。这样一举迁移了十余万人。

【原典精华】

刘敬对曰：『陛下诚能以适[1]长公主妻之，厚奉遗[2]之，彼知汉适女送厚，蛮夷必慕以为阏氏，生子必为太子。代单于。何者？贪汉重币。陛下以岁时汉所余彼所鲜数问遗，因使辩士风谕[3]以礼节。冒顿在，固为子婿；死，则外孙为单于。岂尝闻外孙敢与大父[4]抗礼者哉？兵可无战以渐臣也。若陛下不能遣长公主，而令宗室及后宫诈称公主，彼亦知，不肯贵近，无益也。』高帝曰：『善。』欲遣长公主。吕后日夜泣，曰：『妾唯太子、一女，奈何弃之匈奴！』上竟不能遣长公主，而取家人子名为长公主，妻单于。使刘敬往结和亲约。

——《史记·刘敬叔孙通列传》

①适：嫡，借用字。

②遗：音“wèi”，送礼。

③风谕：讽谕。委婉劝告。

④大父：外祖父。

㊆㊇ 贯高

鲁元公主最终没有嫁给冒顿，可是她的丈夫却卷进一场超级阴谋。

刘邦侥幸自平城脱险返回长安途中，经过赵国邯郸，赵王正是他的女婿张敖，接待皇帝丈人至为恭顺：挽起袖子亲自侍奉饮食。可是刘邦却摊开两腿、微屈两膝坐在那里，动辄斥骂，那是非常轻蔑的态度。

赵国宰相贯高、赵午是张耳的老臣，都已六十多岁，见状非常生气，私下议论："咱们的王真是懦弱啊！"

两位老宰相向赵王张敖请命："天下豪杰并起，有能力的人先称王（不必低声下气求人）。如今大王事奉皇帝如此恭顺，可是皇帝却无礼傲慢，请允许我们杀了他。"

张敖咬破手指出血（以示忠诚之意），对二人说："你俩说的是什么话！先王亡国（指张耳当年被陈馀赶走之事）全赖皇上鸿恩，得以复国，恩泽更及于子孙（张耳逝世后张敖继位），赵国如今能够存在，每一分一毫都是皇上所赐予。请你们不要再持这种言论。"

贯高、赵午等十余人私下商议："是我们错了。大王是个老实人，不忘人家恩德。既然吾等不甘受辱，就自己行动，不必牵累大王。事情成功归大王，失败则我们自己承担责任。"

翌年，刘邦又路过赵国，贯高等人在柏人（今河北省唐山市）的馆舍夹壁中埋伏甲士。刘邦原本想要留宿柏人，可是突然心跳异常，问："这里是什么地方？"左右答："柏人。"刘邦说："柏人，是受迫于人的意思。"不宿而去。

又隔了一年，贯高的仇家得知这件事，向皇帝检举，于是刘邦下令逮捕赵王与贯高等人。参与阴谋的十余人都争相要自刎，以示不屈。只有贯高骂他们："谁教你们这么做的？我们大王事实上没有参与阴谋，大家都自杀，谁去帮大王辩白！"

赵王张敖被关进密闭囚车，解送长安。皇帝下诏：凡是赵国群臣有人胆敢随赵王来者，一律诛杀全族。贯高等十余人都自己剪掉头发、戴上颈钳，装成赵王家奴，一同到了长安。

贯高等人面对司法官，力陈："都是我等自作主张，吾王事实上不知情。"司法官吏用鞭打、烙铁烫，把他们打到体无完肤，都没有人更改供词。

吕后为女婿关说，刘邦怒骂："如果张敖志在夺取天下，哪还会顾念你女儿！"

可是，当廷尉报告贯高的表现，刘邦说："真是刚烈之士啊！有谁跟他熟识，私下去了解一下？”

中大夫泄公与贯高为旧识，刘邦命他去狱中套话。贯高躺在竹床上，仰视，问：“是泄公吗？”泄公与他谈过去事情，然后旁敲侧击：“张敖到底是否知情？”

贯高说：“人哪个不爱自己的父母妻子？如今三族诛灭的罪名加身，我难道会为了国王牺牲亲人？吾王确实不知情。”

泄公回报，刘邦乃释放张敖。同时要泄公去告诉贯高张敖已获释，并赦贯高之罪。

贯高大喜，说：“吾王确实获释了吗？”

泄公：“确实。而且皇上嘉勉你的忠心，也赦你无罪。”

贯高说：“我被拷打得体无完肤，之所以不肯就死，就是硬撑着要为吾王辩白。如今吾王已获释，我的责任已尽，死而无憾。一个做臣子的蒙上篡杀之名，我还有什么面目事奉国君呢？纵使皇上不杀我，我难道自己不惭愧吗？”于是引颈就戮。贯高的行为，一时闻名天下。

张敖逃过一死，但赵王的王位却没了，改封为宣平侯。对刘邦来说，虽然张敖没有涉入谋刺阴谋，可是连女婿的赵国都不稳，其他异姓诸王就更令他担心了。

最令刘邦担心的，当然是那个最会打仗的韩信。

【原典精华】

十余人皆争自刭[1]，贯高独怒骂曰：『谁令公为之？今王实无谋，而并捕王；公等皆死，谁白王不反者！』乃轞车胶致[2]，与王诣长安。治张敖之罪。上乃诏赵群臣宾客有敢从王皆族。贯高与客孟舒等十余人，皆自髡钳[3]，为王家奴，从来。贯高至，对狱，曰：『独吾属为之，王实不知。』吏治榜笞[4]数千，刺剟[5]，身无可击者，终不复言。

……

贯高曰：『所以不死一身，无余者，白[6]张王[7]不反也。今王已出，吾责已塞，死不恨矣。且人臣有篡杀之名，何面目复事上哉！纵上不杀我，我不愧于心乎？』乃仰绝肮[8]，遂死。当此之时，名闻天下。

——《史记·张耳陈馀列传》

①自刭：自刎。

②胶致：（轞车）用胶封住门窗，避免泄密、串供。

③髡钳：音“kūn qián”，一种刑罚，剃去头发，用铁圈束颈。

④榜：音“péng”，捶击，拷打。

⑤剟：音“duó”，刀刺。

⑥白：读音“伯”，陈述。

⑦张王：赵王张敖。

⑧肮：音“háng”，咽喉。绝肮：割断咽喉。

㊆㊈ 杀韩信

韩信被贬为淮阴侯以后，人在长安，却经常称病不上朝，甚至摆明了羞与周勃、灌婴等沛县老革命并列朝堂。

比较例外的是樊哙，他是一员猛将，待人无心机，韩信与他还偶有来往。有一次，韩信去拜访樊哙，樊哙在韩信来去时，都跪拜送迎，口中称臣，说："大王竟然大驾光临臣的寒舍，真是蓬荜生辉。"

韩信反而因此看低了樊哙。出了樊哙的侯府，说："我竟然沦落到与樊哙这种人为伍！"

刘邦任命陈豨镇守赵国北方边界，陈豨临行，向韩信辞别。韩信牵着陈豨的手，摒除左右，与陈豨在庭院中散步谈话，仰天叹气，说："阁下是可以保守秘密的人吗？我有话想对你说呢。"

陈豨："请将军下令。"

韩信说："阁下要去的地方，拥有目前全国最精锐的部队，而阁下是皇帝陛下亲信的将领（否则不会派你去）。若有人告状，说阁下想要叛变，陛下一定不信；然而，若第二次有人告状，陛下就要起疑心了；若有第三次，陛下肯定会发怒，并且亲自领军攻打阁下。一旦发生这类事情，我将为阁下在京师起义，那样，就有机会取天下了。”

陈豨一向钦佩韩信，闻言说：“我恭谨地接受您的教诲。”

隔年，陈豨果然叛变，刘邦也果然御驾亲征，韩信称病未随从，反而私下派人去对陈豨说：“你既然已经举兵，我会在京城助你一臂之力。”

于是韩信订下兵变计划：矫诏赦免罪犯、奴隶，发动这些亡命之徒，趁夜袭击吕后与太子。部署已经完成，只等陈豨回报。可是人算不如天算。韩信侯府中有一个舍人（家臣）得罪了韩信，韩信将他囚禁起来，克日诛杀。这位舍人的弟弟向吕后告发了韩信的兵变阴谋。

吕后想要召韩信入宫，却又怕他起疑不来，反而会促使他提前动手，就跟丞相萧何商量，定下一计：命人假装前线来的使者，说陈豨已经兵败被杀，列侯与群臣都入宫道贺。

若不是萧何当年强力推荐韩信担任大将，韩信恐怕就成了一个逃亡军官，而且当时楚汉双方都不会容他。所以，萧何有大恩于韩信。当萧何去劝韩信：“虽然生病，还是勉强入宫道贺吧。”韩信就进宫了。（成也萧何，败也萧何。）

韩信一进宫，吕后就派武士将他逮捕，绑起来，在长乐宫中悬钟之室斩首。

韩信临死前，说：“我后悔当初没有采纳蒯彻的计谋，如今被一个女子诈骗而死，岂不是天意！”

韩信之死，两千多年来，一直有人质疑，认为是一场冤狱。其实是刘邦处心积虑要诛杀功臣，处心积虑设计自己的“不在场证据”。历史是后人写的，时间愈久，离真相愈远。韩信之死，乃陷入“官方说法vs.合理怀疑”的争议，永无结论。

至于陈豨，虽只是个不起眼的角色，但他却是推动刘邦诛杀功臣行动的第一张骨牌，必须交代。

【原典精华】

信知汉王畏恶其能，常称病不朝从。信由此日夜怨望，居常鞅鞅[1]，羞与绛、灌等列[2]。信尝过樊将军哙，哙跪拜送迎，言称臣，曰：『大王乃肯临臣！』信出门，笑曰：『生乃与哙等为伍！』

……

陈豨拜为钜鹿守，辞于淮阴侯。淮阴侯挈[3]其手，辟[4]左右与之步于庭，仰天叹曰：『子可与言乎？欲与子有言也。』豨曰：『唯将军令之。』淮阴侯曰：『公之所居，天下精兵处也；而公，陛下之信幸臣也。人言公之畔[5]，陛下必不信；再至，陛下乃疑矣；三至，必怒而自将。吾为公从中[6]起，天下可图也。』陈豨素知其能也，信之，曰：『谨奉教！』

——《史记·淮阴侯列传》

①鞅鞅：心中不快的样子。

②绛：周勃封绛侯。灌：灌婴。周勃、灌婴都是沛县起义大功臣。

③挈：牵手。

④辟：摒开。

⑤畔：同“叛”，借用字。

⑥中：首都、中央。

㊇㊉ 陈豨

陈豨着实称不上名将，他很早就追随沛公，一路西进入关至灞上，以后都在汉阵营，却没在任何一场战役中有过突出表现，直到刘邦从平城回来，才封陈豨为侯，派他到赵国北方监军。

如此一位“平凡”的将领，又怎么会反叛呢？真是因为韩信的“挑动”吗？——虽然不是因为听了韩信“里应外合”的挑动，但确实是因为韩信与他牵手密谈那番话“说中了”！

陈豨封了侯爵，手握重兵，有点踌躇满志，养了一屋子食客，自比战国四大公子之一的信陵君魏无忌——陈豨老家是故魏国领土，一向钦佩信陵君。他每次从前线休假回家，经过邯郸时，随从宾客阵容盛大，乘车一千多辆，邯郸官舍全部挤满。

当时的赵王已经换为刘邦最疼爱的儿子刘如意，赵国宰相周昌是沛县老革命，忠心耿耿，他到长安晋见皇帝，对陈豨的盛大阵仗加油添醋，检举他在外专擅兵权，提出警告“恐有变”——韩信说中了，果然“有人”检举陈豨。

而刘邦也不待有其他人检举，当即下令清查陈豨宾客的各种财物馈赠与不法情事，案情多有牵连陈豨。陈豨开始担心，私下派人通知驻在前线的部将王黄、曼丘臣，“做好应变准备”。

翌年，太上皇（刘邦的老爹刘执嘉）逝世，刘邦派使者召陈豨回京。陈豨以病重推辞不去，两个月后，公开反叛，自立为代王。刘邦下令赦免所有赵国、代国的犯罪官吏与平民（这些人都仇视陈豨，这道命令拉拢了很多“盟友”）。然后御驾亲征，到了邯郸，了解状况后，高兴地说：“陈豨不南下据漳水、北守邯郸，我知道他成不了气候了。”

此前提出检举的赵国宰相周昌奏请：“常山地区二十五城，陈豨叛变沦陷二十城，请准将常山地区的行政与司法首长全部斩首。”

刘邦问：“他们也随陈豨造反吗？”

“没有。”

“那是他们力量不足才守不住城，免罪。”

刘邦又问周昌：“赵国有没有英雄好汉？可以任命他们为将领。”

周昌推荐了四位。四人进谒，刘邦劈头开骂：“你们这种货色也能当将军吗？”四人惭愧，伏地不起。但刘邦仍封他们每人千户食邑，任命为将军。

左右亲信问：“打从入蜀、伐楚以来，有功劳的将领尚未全部封赏，如今为何如此爽快地封这四个小子？”

刘邦对左右说："这你们就不懂了。陈豨称兵造反，邯郸以北全部被他攻掠，我发出紧急动员令，诸侯没有一个前来。眼前我只有邯郸城内的军队可以指挥。我岂能舍不得拿四千户来慰勉赵国子弟？"——果然，赵国壮丁见到皇帝大手笔，个个跃跃欲试，一心想望立功得封赏。

刘邦再问："陈豨手下的得力将领有谁？"

周昌答："王黄、曼丘臣，他俩从前都是商人。"

刘邦说："我晓得怎么对付他们了。"

于是悬赏千金，购买王黄、曼丘臣的头颅。在汉军连胜数场战役之后，王黄与曼丘臣都被部下绑来领赏。一年后，樊哙击斩陈豨。

陈豨确实不是块料，所以被刘邦看破。但是陈豨叛变也让刘邦心生警兆：如果那些异姓诸王都不受征召，他只得御驾亲征，或只能靠周勃、樊哙等忠心但才能次等的将领上阵卖命。刘邦自此开始正式计划诛杀异姓诸王，而韩信此时已经被吕后设计杀了。

【原典精华】

上问周昌曰：『赵亦有壮士可令将者乎？』对曰：『有四人。』四人谒，上谩骂曰：『竖子能为将乎？』四人惭伏。上封之各千户，以为将。左右谏曰：『从入蜀、汉，伐楚，功未遍行，今此何功而封？』上曰：『非若所知！陈豨反，邯郸以北皆豨有，吾以羽檄征天下兵，未有至者，今唯独邯郸中兵耳。吾胡爱[1]四千户封四人，不以慰赵子弟！』

——《史记·韩信卢绾列传》

①胡：怎能。爱：惜。

㊇㊀ 捷足先登

刘邦以金钱收买为手段，生擒了陈豨手下大将王黄、曼丘臣，于是认为代地的乱事已经没有问题，就留下樊哙平乱，自己回到长安。到了长安，知道韩信已死，“既喜且怜”，其实是猫哭耗子。

刘邦问：“韩信临死前有说什么话吗？”

吕后说：“他说后悔没采纳蒯彻的计策。”

刘邦：“蒯彻是齐国的辩士。”立即下诏给齐国，将蒯彻捉拿来京。

蒯彻被押到长安，刘邦问：“是你教淮阴侯背叛我吗？”

蒯彻：“是的，我曾经向他提出鼎足之计。那小子不采纳我的大战略，才落得今天的下场。如果那小子当初采纳我的策略，陛下又怎么杀得了他呢？”

刘邦大怒，下令烹杀蒯彻。

蒯彻：“冤枉啊！”

刘邦：“你自己都承认了，是你教韩信造反，有何冤枉？”

蒯彻：“当初，秦帝国已经失去控制，太行山以东全面大乱，群雄并起，个个都是英雄好汉。秦帝国失去了他的鹿，天下英雄一同追逐，身材高大、脚步快的人先得到那‘鹿’，这是游戏规则一；盗跖养的狗对着帝尧吠，并非尧不好，而是狗只护着自己的主人，这是游戏规则二。在那个时候，我只认识韩信，又不认识陛下。况且，当时天下英雄拿起武器想要干一番事业者那么多，只不过他们都力有未逮，不如陛下而已。又怎能通通烹杀呢?”

刘邦赦免了蒯彻，倒不是因为蒯彻说了真话，而是蒯彻对他的帝国没有威胁。他可以包容季布，当然也可以包容蒯彻。季布和蒯彻都是“跖犬吠尧”，刘邦可以包容“犬”，不能包容的是那些“跖”。

【原典精华】

蒯通至，上曰：『若[1]教淮阴侯反乎？』

对曰：『然，臣固教之。竖子不用臣之策，故令自夷[2]于此。如彼竖子用臣之计，陛下安得而夷之乎！』

上怒曰：『亨之。』

通曰：『嗟乎，冤哉亨也！』

上曰：『若教韩信反，何冤？』

对曰：『秦之纲绝而维弛[3]，山东大扰，异姓并起，英俊乌集。秦失其鹿，天下共逐之，于是高材疾足者先得焉。蹠[4]之狗吠尧，尧非不仁，狗固吠非其主。当是时，臣唯独知韩信，非知陛下也。且天下锐精持锋欲为陛下所为者甚众，顾[5]力不能耳。又可尽亨之邪？』

——《史记·淮阴侯列传》

①若：你。

②夷：伤。自夷：指韩信不听建言，自作自受。

③纲、维：都是织网的大绳。纲维引申为“维系政权的法律与制度”，“纲绝维弛”形容政权崩解。

④蹠：通“跖”。盗跖：古代巨盗名。

⑤顾：只不过。

㈧㈡ 杀彭越

当初刘邦在彭城大败，如丧家之犬。张良向他推荐了三位足以独当一面的人物：英布、彭越、韩信。刘邦的确靠这三位英雄人物打败了项羽。可是在项羽灭亡之后，这三位反而成为刘邦的心腹之忧，被认为是帝国的隐患。刘邦要动手为子孙铲除隐患，韩信已经解决，下一个目标是彭越。

彭越得封梁王，对皇帝十分恭敬。刘邦会诸侯于陈（逮捕楚王韩信那一次），彭越听命前往。之后，每年都到长安朝见皇帝。

陈豨造反，刘邦御驾亲征，在邯郸征召诸侯带兵来会合，梁王彭越请病假，派将领率军队前往支援。汉帝刘邦对此不满，派使者去责备梁王。

彭越为此感到惶恐，准备亲自前往邯郸谢罪。梁国将领扈辄说："大王起初不去，现在受到责备后才去，去了刚好被他逮捕（韩信是前车之鉴），不如先下手为强，就此起兵造反。"彭越不采纳这个建议，但却因此不敢前往邯郸，再次告病假。

梁国的太仆得罪了梁王，彭越要斩他。太仆脱逃出梁国，到长安去向皇帝告密，说梁王与扈辄谋反。刘邦派出特遣队，突袭梁王宫，逮捕彭越，将他囚禁在洛阳，然后亲自赴洛阳处理本案。

负责审理的司法官向皇帝报告：“扈辄劝彭越造反，彭越虽不采纳，可是没有诛杀扈辄，‘反形已具’，依法当斩。”这是一种典型的政治判决：法官可以说彭越“无反意”，也可以判他“知情不举”，最重就是“反形已具”——已经具备造反的态势。

事实是彭越并没有造反的意思，而刘邦也心知肚明。刘邦的目的只是撤除异姓王，所以没有杀彭越，只将他废为庶人，流放到蜀郡青衣县（今四川雅安市）。

彭越被押解前往青衣，在郑县（今陕西省华州区）遇到从长安来的吕后。他还以为遇到救星了，对吕后哭诉，称自己无罪，表示希望让他回到故乡昌邑（今山东省金乡县）。吕后答应帮彭越说情，带他回到洛阳。但是彭越后来才晓得，这个救星其实是夺命煞星。

吕后对刘邦说：“彭越是个英雄人物，如今将他流放蜀郡，那里天高皇帝远，岂不是留个后患？不如现在就杀了他。所以我将他带回洛阳。”刘邦默许。

于是吕后找了一个彭越的舍人，“密告”彭越再度谋反。司法官“审理”后，奏请“族诛”，皇帝批准。于是彭越全族被屠灭，刘邦改封自己的儿子刘恢当梁王。

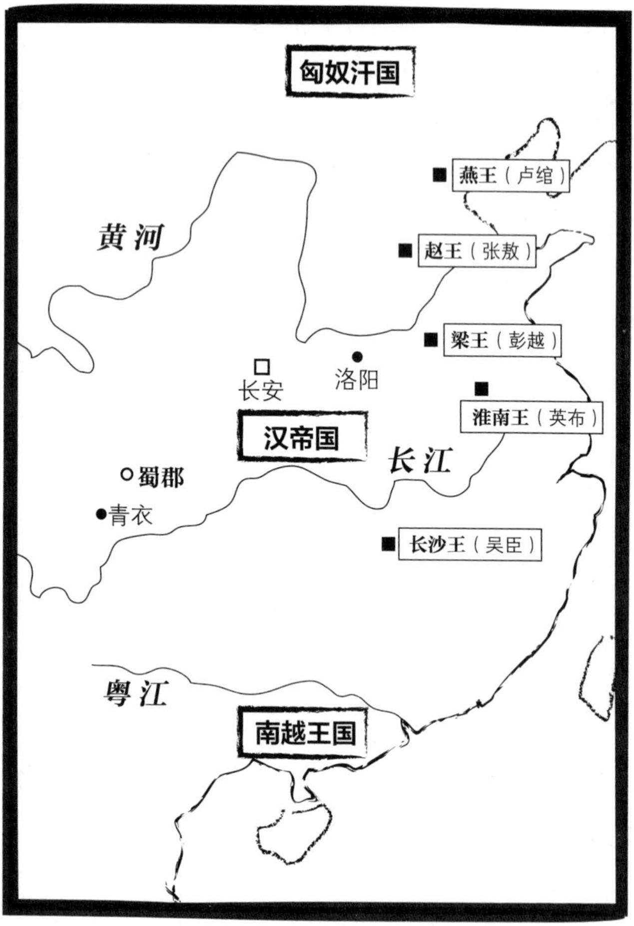

▲ 汉初异姓诸王

【原典精华】

上赦（彭越）以为庶人，传处蜀青衣。西至郑，逢吕后从长安来，欲之雒阳，道见彭王。彭王为吕后泣涕，自言无罪，愿处故昌邑。吕后许诺，与俱东至雒阳。吕后白上曰：『彭王壮士，今徙之蜀，此自遗患，不如遂诛之。妾谨与俱来。』于是吕后乃令其舍人告彭越复谋反。廷尉王恬开奏请族之。上乃可，遂夷越宗族，国除。

——《史记·魏豹彭越列传》

㊇㊂ 栾布

彭越全族在洛阳城外集中处决，彭越的头颅悬挂洛阳城门，尸体暴露地上。汉帝下令：有人胆敢收殓彭越尸首者，一律逮捕治罪。可是就有不怕死的人，那人名叫栾布。

彭越还没起义时，与栾布是朋友。栾布家境贫困，卖身到齐地打工，在酒店当酒保。彭越起义时，栾布被卖到燕地为奴。他当人奴仆也很忠心，敢为家主人报仇，因而得到燕将臧荼赏识，让他担任都尉。臧荼被项羽封为燕王，拜栾布为将军。后来臧荼被汉军击败，栾布被俘虏。梁王彭越听说栾布被俘，就向汉高祖刘邦请求，为栾布赎罪，并任命他为梁国大夫。

栾布为梁王出使齐国，任务尚未完成，梁王彭越已经被控谋反诛杀。栾布从齐国回来，在彭越的头颅下面向他报告出使任务完成，同时祭祀并为彭越哭泣。

官吏逮捕栾布，并向上报告。刘邦将栾布召来骂，说："你是不是参与彭越的谋反啊！我下令不准有人收尸，你不但公开祭祀，还当众哭灵，莫非也参与了谋反？来人哪，立即将他烹了！”

卫士将栾布押出受刑。栾布回头对皇帝说：“让我说出心中话，然后甘愿受死刑。”

刘邦：“你还有什么话说？”

栾布：“当年陛下还困在荥阳、成皋之间时，项王之所以不能全力向西方进攻，正是因为彭王在梁地帮助汉军、牵制楚军。那个时候，彭王举足轻重：帮助楚军，则汉军立即瓦解；帮助汉军，则楚军败。再说垓下会师（汉、齐、梁）破楚，若没有彭王参与，项王就不会灭亡。等到天下已平定，彭王与陛下对剖符节，受封为梁王，他也想要传国万世，所以对陛下效忠，事事听命。如今彭王不过因病不能响应大王号召亲自奔赴前线，陛下就怀疑他想造反。没有反叛的事实证据，而以小人之言就诛灭彭王全族，我只怕开国功臣要人人自危了。好了，我讲完了。彭王已死，我活着也不如死去，甘愿受刑。”

然而，由于这一席话，刘邦赦免了栾布的罪，还任命他担任都尉。刘邦赦免栾布再度证明：他只是想撤销异姓王国（之前原本也不想杀彭越），并不是想诛杀功臣，更无意杀尽所有逐鹿好汉。

历史更证明他的决定是对的：蒯彻与栾布都在后来“诛吕安刘”的政变中发挥了作用，帮助刘氏巩固了政权。

然而，栾布说“功臣人人自危”，事实上也说中了。看见韩信与彭越的遭遇，你说英布会怎么想？

【原典精华】

方提[1]趣汤[2]，布顾曰：『愿一言而死。』

上曰：『何言？』

布曰：『方上之困于彭城，败荥阳、成皋间，项王所以不能逐西，徒以彭王居梁地，与汉合从苦楚也。当是之时，彭王一顾[3]，与楚则汉破，与汉而楚破。且垓下之会，微彭王，项氏不亡。天下已定，彭王剖符[4]受封，亦欲传之万世。今陛下一征兵于梁，彭王病不行，而陛下疑以为反，反形未见，以苛小案诛灭之，臣恐功臣人人自危也。今彭王已死，臣生不如死，请就亨。』

于是上乃释布罪，拜为都尉。

——《史记·季布栾布列传》

①提：押送。

②趣：趋。汤：烫水。趣汤：押去行烹刑。

③一顾：周密思考，以决定偏重哪一边。

④剖符：古时候天子与诸侯剖开竹子作为信物。又，国君与出征大将也以剖符为信。

⑧④ 英布起兵

项羽自杀、刘邦称帝之后，曾经游说英布背叛项羽的随何，却在一次宴席上被刘邦骂成“腐儒”，意思是没用的读书人，打天下用不上读书人。

随何下跪进言：“当陛下引兵攻取彭城时，项羽尚在齐地（亦即尚未发生彭城大败之时），那时陛下仍军容盛大，发步兵五万人、骑兵五千骑，能不能战胜英布？”

刘邦：“不能。”

随何说：“陛下（在彭城大败之后）派我带了二十名随员出使，说服英布反项，成功帮助陛下牵制了楚军。那么，我随何的作用不比五万步兵加五千骑兵更大吗？陛下呼我‘腐儒’，说打天下用不着腐儒，是何道理？”

刘邦说：“别激动嘛，我正在考虑对你的封赏哩。”派了随何一个护军中尉，封英布为淮南王。

贬低随何的功劳，显示刘邦的心态：游说英布成功不算什么，“不过帮我牵制项羽几个月罢了”，更别忘了，英布初次见刘邦受到的蔑视（刘邦坐在床上洗脚）。

因此，英布在自己的淮南王国是始终有着危机感的。而刘邦连续诛杀韩信、彭越，也让英布心慌。更有甚者，刘邦杀彭越之后，不但将人头挂在城门之上，还将他的尸体剁成肉酱，分装赐给各诸侯。人肉酱送到淮南时，英布正在打猎，当场反应恐慌，立即聚集军队部署防务，还派出侦探，随时探察邻近郡县有没有不寻常动静。

就在此时，发生了贲赫事件。英布有个宠姬生病，去医生家就诊。医生对门住着淮南国中大夫贲赫，贲赫送了份厚礼过去，想要搭宠姬的关系，并借医生家饮宴。

宠姬回到淮南王宫，找机会对英布说："贲赫是个人才。"

英布起疑："你怎么知道贲赫有才干?"宠姬将情形报告英布，英布却怀疑宠姬与贲赫有奸情。

贲赫听说情况，因害怕而称病不出，英布愈发认定有奸情，下令拘捕贲赫。贲赫乘着驿车逃出淮南，疾驶长安，淮南追兵没有追上。贲赫到了长安，上书"英布反形已具"（与彭越同一罪名，非常"巧合"）。刘邦拿着这份检举书，问相国萧何的看法。

萧何说："英布应该不会反叛，恐怕是仇家陷害。请先拘捕贲赫，再派人前往淮南调查。"

那一边，英布担心贲赫说出他部署军队的事情，加上朝廷派人来调查，决定先下手为强，杀了贲赫全家，然后起兵造反。

【原典精华】

项籍死，天下定，上置酒。上折[1]随何之功，谓何为腐儒，为天下安用腐儒。

随何跪曰：「夫陛下引兵攻彭城，楚王未去齐也，陛下发步卒五万人，骑五千，能以取淮南[2]乎？」

上曰：「不能。」

随何曰：「陛下使何与二十人使淮南，至，如陛下之意，是何之功贤于步卒五万人骑五千也。然而陛下谓何腐儒，『为天下安用腐儒』，何也？」

上曰：「吾方图子之功。」乃以随何为护军中尉。

——《史记·黥布列传》

①折：贬低。

②淮南：指英布。刘邦封英布淮南王。但随何去时，英布是项羽封的九江王。

㈧㈤ 英布出下策

英布初起兵时，对将领说："皇上年纪大了，不可能亲自前来。诸将中我只忌惮韩信与彭越，这两人都已死，其他人都不够看！"

刘邦要拟订征讨英布的战略，为此向诸将征询意见。诸将异口同声："他有什么能耐？出动大军，坑杀那小子。"可是刘邦心里明白他们都不是英布的对手，为此闷闷不乐。

夏侯婴有一位门客是前楚国令尹，这门客曾对夏侯婴说："去年杀彭越，前年杀韩信。此三人同功一体（背景相同，功劳也相同），（英布）当然会产生疑虑，担心灾祸即将临头，所以造反是当然的。"

夏侯婴乃向刘邦推荐："我的门下有一位薛公，是前楚国令尹，他对英布很了解，可以问问他意见。"

刘邦接见薛公。薛公说："英布造反不足为怪。如果他采取上计，则太行山以东将非汉所有；若出中计，则胜败未可知；若出下计，陛下可以高枕无忧。"

刘邦问："何谓上计？"

薛公说：“英布向东攻吴国，向西攻楚国，再进取齐、鲁。然后向燕、赵发出号召文告，要他们各自固守疆域。那样的话，太行山以东就不再属于大汉帝国了。”

“何谓中计？”

“向东取吴，向西取楚，进军韩、魏（中原），据有敖仓之粟、阻塞成皋之险（也就是回到楚汉相争的情势）。那样的话，胜负未定。”

“何谓下计？”

“向东攻吴，向西取下蔡，将重宝移置越地（大后方），自己则回到长沙。那样的话，陛下就可以高枕无忧了。”

刘邦问：“那你研判英布会采取哪一计？”

“他会采取下计。”

“为什么不用上、中计，而用下计？”

薛公说：“英布出身骊山徒，他的一切作为都是为自己，不是为百姓，也不为后代子孙着想，所以只可能采取下计。”

英布果然采取下策。可是如果派次等将领去，仍然不是英布对手；而刘邦的身体状况也确实不佳。那怎么办？

【原典精华】

薛公对曰：『布反不足怪也[1]。使布出于上计，山东非汉之有也；出于中计，胜败之数未可知也；出于下计，陛下安枕而卧矣。』

上曰：『何谓上计？』

令尹对曰：『东取吴，西取楚，并齐取鲁，传檄燕、赵，固守其所，山东非汉之有也。』

『何谓中计？』

『东取吴，西取楚，并韩取魏，据敖庾之粟，塞成皋之口[2]，胜败之数未可知也。』

『何谓下计？』

『东取吴，西取下蔡，归重[3]于越，身归长沙，陛下安枕而卧，汉无事矣。』

上曰：『是计将安出？』

令尹对曰：『出下计。』

上曰：『何谓废上中计而出下计？』

令尹曰：『布故丽山[4]之徒也，自致万乘之主，此皆为身，不顾后为百姓万世虑者也，故曰出下计。』

——《史记·黥布列传》

①不足怪：不足为奇。

②成皋就是后来的虎牢关，地形险要，“塞其口”是象形说法。

③归：移置。重：宝物。

④丽山：骊山。

㊇㊅ 吕后泪水

刘邦在英布起兵之前，已经卧病在床，下令不准任何人进入寝宫，连周勃、灌婴这些沛县老兄弟都被挡在门外。十数日之后，樊哙忍不住了，推开守卫（跟他在鸿门宴闯进宴会帐一样），直闯榻前，群臣跟在后面进去，但见刘邦枕在一个太监身上睡觉。

樊哙忍不住流下泪来，说："陛下当初跟我们这批人自丰、沛起义打天下，何等英武？如今天下已经一统，却如此萎靡！陛下病重，群臣惶惶不安，陛下不召集我等交代大事，难道要跟一个太监交代遗言吗？你莫非忘了赵高的前车之鉴？"

樊哙的口气，是刘邦不久人世了。刘邦虽然病得很重，但所有的独裁者都不能让手下认为他快死了，因此哈哈一笑，即刻起床。然而，他的病情确实不轻，乃有意让太子刘盈领兵讨伐英布。

太子有四位高级顾问，讨论之后认为："太子领兵出征，只怕危险了。"于是去对吕后的弟弟建成侯吕泽说："太子领兵出征，功劳再大也不能为自己增加什么，但万一失败，灾祸就此临头。再加上，与太子一同出征的都是跟陛下一同打天下的枭将，他们都是看着太子长大的，个个都是长辈嘴脸。让太子带领这批将领出征，那跟绵羊带领群狼有啥两样？一旦指挥不动，肯定无功而返。”四人建议，请吕后用泪水攻势劝刘邦改变决定。

吕泽当天晚上进宫见吕后，吕后依言向刘邦哭诉，将四人的话重复一遍。

刘邦拗不过老婆的泪水攻势，说：“好了，好了！其实我早就知道这小子办不了大事，还是老子自己去吧！”

于是，刘邦抱病出征。朝中大臣齐聚灞上送行，留侯张良有病在身，仍勉强起床送行。

张良对刘邦说：“陛下出征，我理当随行，怎奈病重，不能如愿。楚军（英布）的优点是机动性强，作战剽悍，请陛下尽量避免跟对方正面决战。”同时建议给太子一个将军职衔，可以统御关中军队。

刘邦说：“子房，虽然你有病在身，仍请你躺在家里辅佐我的儿子。”

【原典精华】

先黥布反时，高祖尝病甚，恶见人，卧禁中，诏户者[1]无得入群臣。群臣绛、灌等莫敢入。十余日，哙乃排闼[2]直入，大臣随之。上独枕一宦者卧。哙等见上流涕曰：『始陛下与臣等起丰沛，定天下，何其壮也！今天下已定，又何惫也！且陛下病甚，大臣震恐，不见臣等计事，顾[3]独与一宦者绝[4]乎？且陛下独不见赵高之事乎？』高帝笑而起。

——《史记·樊郦滕灌列传》

①户者：看门官员。

②排：用两手推开。闼：音“tà”，门户。

③顾：难道。

④绝：诀别。

【原典精华】

黥布反，上病，欲使太子将，往击之。四人相谓曰：『凡来者[1]，将以存[2]太子。太子将兵，事危矣。』乃说建成侯曰：『太子将[3]兵，有功则位不益太子；无功还，则从此受祸矣。且太子所与俱诸将，皆尝与上定天下枭将也，今使太子将之，此无异使羊将狼也，皆不肯为尽力，其无功必矣。』

……

上曰：『吾惟竖子固不足遣，而[4]公自行耳。』

——《史记·留侯世家》

①凡来者：我们来此的目的。

②存：保全。

③将：领兵出征。

④而：同“尔”，你。而公：你老子。

㈧㈦ 大风起兮云飞扬

刘邦与英布在蕲县（今安徽省宿州市）西郊对上，他听从张良的建议，固守营寨，不与英布野战。刘邦从营栅上望去，见英布的布阵与项羽相似，心里很不舒服。

英布出阵邀战，两人遥遥相望，刘邦问："你何苦造反？当个淮南王不好吗？"

英布说："可是我现在想当皇帝啊。"

刘邦闻言，破口大骂，下令出兵攻击。两军大战，英布败走。渡过淮水后，两军布阵再战，英布再败，再撤退，布阵，再战，又败。数次之后，英布全军溃败，只带了一百多名亲兵，逃向长江以南，后来遭小舅子长沙王吴臣出卖，在投宿民家时被袭杀。

刘邦征讨英布班师回朝，途中经过沛县老家，以当年起义的县署为行宫，召集当年的老朋友以及地方父老子弟，一齐放纵饮酒。刘邦召集一百二十位年轻人，教他们合唱亲自作词的《大风歌》："大风起兮云飞扬，威加海内兮归故乡，安得猛士兮守四方！"唱完《大风歌》，刘邦宣布沛县为天子的汤沐邑，世世代代免税。

与家乡父老痛饮十数日，刘邦说：“我带来人马太多，父老们供应不起。”于是离去。沛县人民踊跃送皇帝出城，城内为之一空，刘邦又在城外停下来，设帷帐，饮酒三天。

沛县父老叩首请求：“沛县有幸得免赋税，可是丰邑仍未得免，请陛下推恩。”

刘邦说：“丰邑其实是我生长的地方，我最不能忘。之所以没有免其赋税，只是因为雍齿当年曾经据守丰邑，背叛我投靠魏王的缘故。”

禁不住父老一再请求，刘邦终于也比照沛县，永久免丰邑赋税。

【原典精华】

高祖还归，过沛，留。置酒沛宫，悉召故人父老子弟纵酒，发[1]沛中儿[2]得百二十人，教之歌。酒酣，高祖击筑[3]，自为歌诗曰：『大风起兮云飞扬，威加海内兮归故乡，安得猛士兮守四方！』

……

高祖复留止，张饮三日。沛父兄皆顿首曰：『沛幸得复，丰未复，唯陛下哀怜之。』高祖曰：『丰吾所生长，极不忘耳，吾特为其以雍齿故反我为魏。』沛父兄固请，乃并复[4]丰，比沛。

——《史记·高祖本纪》

①发：召集。

②儿：年轻人。

③筑：古乐器，形似琴，用竹片弹弦。

④复：免赋税。

㈧㈧ 商山四皓

讨伐英布归来，刘邦急着想做一件事情：更换太子。

太子刘盈是刘邦与吕雉唯一的儿子，可是性格闇弱。刘邦的宠姬戚夫人也生了个儿子，取名刘如意，封为赵王。刘邦最在意的是帝国绵祚，他觉得刘如意更能主持大局，所以一直想要废掉太子，但是好几次都因大臣力谏而不成。

吕后既恨刘如意“抢”了女婿张敖的赵王王位，又恨戚夫人“夺床”，当然对儿子的“太子保卫战”全力卯上。有人向吕后建议：“留侯张良最足智多谋，而且皇帝最信任他，可以拜托他出出主意。”

吕后于是通过哥哥建成侯吕泽游说张良。张良推辞，说：“过去皇上采用了我的计策，多是因为处于困难或紧急状态。如今天下安定，已经用不着我献计了。他以个人喜好想要更换太子，那是皇家骨肉之间的事情，我们外人，一百个去讲也没用。”

可是吕泽不放过他，一定要张良出个主意，说：“阁下是皇上的第一谋臣，如今皇上要换太子，难道你可以高枕安睡吗？”

吕泽的潜台词是：易太子必将激起一波政潮，群臣都会被卷进去，没有一个是安全的，别想有不表态的空间。

张良不得已，说："这种事情，无法以口舌力争。我知道有四位贤人，皇上始终无法请他们出山做官。这四位年纪都很大了，认为皇上对待士人态度轻慢，所以他们隐居山中，不愿意做汉朝的官，可是皇上对他们评价很高。如果阁下能够舍得金玉财宝，派出行驶安稳的高档马车，以太子名义写一封情意诚恳的信，选一位口才好的使者前往，死缠不放、费尽唇舌将他们请来长安，给予最高礼遇，然后选择时机，让他们伴随太子朝见皇上，皇上看见了，可能会重新考虑易太子一事。一旦让皇上晓得太子有能力请到皇上自己罗致不到的贤人，必定对太子大有助益。"

于是吕后依计而行，卑辞厚礼，将那四人请到长安，就住在建成侯的官邸。

这四位老人，分别是东园公、绮里季、夏黄公、角里先生。四人皆须发尽白，因为他们隐居在商山，人称"商山四皓"，也就是之前力阻太子带兵征讨英布的那四位高级顾问。他们既然答应出山，就是认为"太子比皇帝更礼遇士人，是更合适的国家领导人"，而太子有危机，乃立刻向东道主吕泽反映。如今情况更为紧急，于是张良布置已久的戏码上演。

皇帝在宫中喝酒，召太子相陪，见太子身后站了四位老者，须眉皆白，衣冠形貌都相当不俗。

刘邦问："这四人是谁啊？"

四人向前行礼，各自报出名姓。

刘邦听说是商山四皓，大惊，说：“我邀请诸位先生加入政府已经好几年，诸位始终逃避我。如今怎么会跟随我儿子呢？”

四人都表示：“陛下对士人轻慢，动辄咒骂，我等不愿受辱，所以逃亡躲藏。因为听说太子为人仁爱孝顺，对士人恭敬有礼，天下士人都伸长脖子希望能为太子卖命，所以我们四人也就来了。”

刘邦说：“那就烦劳四位能够永远照护太子了。”

酒席结束，太子与四皓告退。刘邦在内宫，指着往外走的太子一行，对戚夫人说：“我是想要换掉他（太子），可是有这四人辅佐他，好比鸟儿长大，羽翼已经丰满，动不了他了。吕雉必将成为你的主宰。”

戚夫人为之哭泣，刘邦说：“别哭了，来，为我跳楚地的舞蹈，我为你唱楚歌。”

刘盈的太子之位就此保住，可是“导演”张良因为长时间“辟谷”而身体虚弱。吕后感谢张良为她画策保住了太子（也保住了自己的皇后地位），乃强令张良进食，说：“人生在世，时光如骏马驰过一道缝隙那样飞逝，何苦虐待自己到如此地步！”张良这才恢复进食。

【原典精华】

人或谓吕后曰：『留侯善划计筴[1]，上信用之。』吕后乃使建成侯吕泽劫[2]留侯，曰：『君常为上谋臣，今上欲易太子，君安得高枕而卧乎？』留侯曰：『始上数在困急之中，幸用臣筴。今天下安定，以爱欲易太子，骨肉之间，虽臣等百余人何益？』吕泽强要曰：『为我划计。』留侯曰：『此难以口舌争也。顾上有不能致者，天下有四人。……』于是吕后令吕泽使人奉太子书，卑辞厚礼，迎此四人。

——《史记·留侯世家》

①筴：通“策”。

②劫：挟。

【原典精华】

置酒，太子侍。四人从太子，年皆八十有余，须眉皓白，衣冠甚伟。

上怪之，问曰：『彼何为者？』

四人前对，各言名姓，曰东园公，角里先生，绮里季，夏黄公。

上乃大惊，曰：『吾求公数岁，公辟[1]逃我，今公何自从吾儿游乎？』

四人皆曰：『陛下轻士善骂，臣等义不受辱，故恐而亡匿。窃闻太子为人仁孝，恭敬爱士，天下莫不延颈[2]欲为太子死者，故臣等来耳。』

上曰：『烦公幸卒[3]调护太子。』

四人为寿已毕，趋去。上目送之，召戚夫人指示四人者曰：『我欲易之，彼四人辅之，羽翼已成，难动矣。吕后真而[4]主矣。』

戚夫人泣，上曰：『为我楚舞，吾为若楚歌。』歌曰：『鸿鹄高飞，一举千里。羽翮已就，横绝四海。横绝四海，当可奈何！虽有缯缴[5]，尚安所施！』

——《史记·留侯世家》

①辟：避。

②延颈：伸长脖子，形容渴望的姿态。

③卒：终，贯彻始终。

④而：尔。

⑤缯缴：射箭。意谓“太子已经一飞千里，射不下来了”。

【原典精华】

吕后德[1]留侯，乃强食之，曰：『人生一世间，如白驹过隙，何至自苦如此乎！』留侯不得已，强听而食。

——《史记·留侯世家》

①德：感激。

八九 萧何自污

张良以“不食人间烟火”祛除刘邦对他的戒心，另一位功高震主的萧何，又如何自保?

刘邦得天下，可以说萧何厥功至伟。最早在沛县时，萧何是县政府的主吏，常常回护刘邦。刘邦带刑徒去骊山出劳役，县府同仁出钱相助，大家都出三百钱，萧何出五百。陈胜、吴广起义，最初向沛县县令推荐“刘季有群众”的是萧何、曹参；沛县人民杀县令后，拥戴刘邦的也是萧何、曹参。沛公入关，诸将争抢金帛财物，只有萧何进入秦国丞相府，搜集所有律令图籍，成为后来汉王争天下时，了解天下地形、户口、赋税的基础——自此，萧何与曹参乃分出了高下：曹参是武将之一，萧何则成为丞相。

刘邦从平城脱险回到长安，萧何负责兴建的未央宫刚好落成，有东殿（太子宫）与北殿（正殿），还有前殿、武库（兵器库）、太仓（粮食），壮丽豪华。

刘邦见了却对萧何大发脾气，说:“天下纷扰尚未平定，连年苦于战乱，成败仍不可知，你为什么花大把银子兴建如此奢华的宫殿！”

萧何说：“就是因为天下未定，所以必须营建宫殿。天子拥有四海，所居宫殿非壮丽不足以展现威仪。而且一次建到最壮丽，也有不让后世再花费在这方面的用意。”

刘邦听了这番说辞，才平息怒火。

然而，萧何却也在刘邦当上皇帝之后，见识到什么叫作“天威莫测”，从此特别谨慎小心。萧何配合吕后诛杀韩信，刘邦为萧何加官晋爵：官位升为相国，封邑增加五千户，相国府配置五百名守卫。长安群臣、诸将都向萧何道贺，唯独召平向他表示“哀悼”。这位召平是从前秦国的东陵侯，秦国灭亡后，在长安城东种瓜。他种出来的瓜非常甜美，世称“东陵瓜”。

召平对萧何说：“阁下的灾祸自此开始了。皇帝在外打仗，而阁下守卫京师，虽没有战功，却仍加官加封邑加卫士，这是因为韩信谋反事件让皇上对阁下生了疑心。你以为加派卫士是恩宠吗？是防卫你啊！建议你推辞加封的食邑，并且捐出私人财产补充军费，或能消除皇帝猜忌之心。”

萧何采纳了这项建议，果然刘邦大喜。

英布造反，刘邦御驾亲征，虽然戎马倥偬，仍一再派使者回长安，查探“相国在做什么”。萧何一方面捐输自己的俸禄，一方面用心行政，让关中百姓在供应战争的同时，仍得以安居乐业。

相国府的宾客中，有人进言：“阁下恐怕即将遭到灭族的灾祸了。要晓得，你的官位是相国，爵位又排第一，皇上还有什么可以给你的吗？阁下在关中十多年，深得关中人心，皇上一再派使者回来查探，并不是嫌你不努力行政，而是担心你颠覆他的大本营啊！你何不多买一些田地，并向人民借低利贷？你有了污点，皇上才会心安。"

这番话，萧何听进去了，也照着做了。刘邦在前线获报"萧相国贪财买地"，反而龙心大悦。

刘邦征讨英布回到长安，有老百姓拦路上书，陈诉萧相国以贱价强买人民田宅达数千万钱。萧何在宫门恭迎刘邦，刘邦笑着说："身为相国怎么还与民争利呢？"将人民的陈情书交给萧何，说："你自己去向人民道歉！"

刘邦如果不喜欢相国贪污，正好借机将萧何治罪；如果支持萧何贪污，那就将陈情人下狱，以示对萧何恩宠；可皆不是。因此他的态度很清楚：你不得民心了，很好。我已经了解你的良苦用心，不必再做作了，赶快弥补老百姓吧！

可是萧何的头脑没那么复杂，以为皇帝是"不要与人民争土地"的意思，所以顺势为民请命，说："长安人口滋繁，土地不够用。上林苑（皇家狩猎场）有很多空地闲置，希望能准许人民进去耕作，粟米归人民，禾秆供养苑内禽兽。"

这下子引致刘邦大怒，说："相国自己收受商人财物炒地皮，居然主意打到我的狩猎场来了。"下令将萧何发交廷尉，关入监牢。

过了几天，有一个姓王的侍卫军官向皇帝进言："为人民请命是宰相职责，陛下怎么会怀疑相国收受商人贿赂呢？陛下与楚国对抗，征讨陈豨、英布时，相国如果造反，关中早就不是陛下所有了。相国当时不贪图大位，如今难道会贪图小利吗？”

刘邦听了，满脸不高兴，但还是当天就正式派使者持节（皇帝信物）去监牢赦免相国。萧何年岁已老，仍赤着脚入宫谢恩。

刘邦说：“相国免礼！你为人民请命，我不准，我于是成为桀纣一样的君主，而你却是人民心目中的贤相。我是故意将你下狱，让老百姓看清楚我的罪过。”

萧何必须自污以求保命，没办法，伴君如伴虎啊！

【原典精华】

萧丞相营作未央宫，立东阙、北阙、前殿、武库、太仓。

高祖还，见宫阙壮甚，怒，谓萧何曰：「天下匈匈[1]苦战数岁，成败未可知，是何治宫室过度也？」

萧何曰：「天下方未定，故可因遂就宫室。且夫天子以四海为家，非壮丽无以重威，且无令后世有以加也。」

高祖乃说[2]。

——《史记·高祖本纪》

①匈匈：汹汹，形容动荡。

②说：同“悦”，借用字。

【原典精华】

召平谓相国曰：『祸自此始矣。上暴露[1]于外，而君守于中[2]，非被矢石[3]之事而益君封置卫者，以今者淮阴侯新反于中，疑君心矣。夫置卫卫君，非以宠君也。愿君让[4]封勿受，悉以家财佐军，则上心说[5]。』相国从其计，高帝乃大喜。

——《史记·萧相国世家》

①暴露：在外征战，暴露于日晒雨淋之下。

②中：京城。

③被矢石：冒流箭飞石之险。

④让：推辞。

⑤说：悦，借用字，

【原典精华】

客有说相国曰：『君灭族不久矣。夫君位为相国，功第一，可复加哉？然君初入关中，得百姓心，十余年矣，皆附[1]君，常复孳孳[2]得民和。上所为数问君者，畏君倾动[3]关中。今君胡[4]不多买田地，贱贳[5]贷以自污？上心乃安。』于是相国从其计，上乃大说。

上罢布军归，民道遮[6]行上书，言相国贱强买民田宅数千万。上至，相国谒。上笑曰：『夫相国乃利民[7]！』民所上书皆以与相国，曰：『君自谢[8]民。』

相国因为民请曰：『长安地狭，上林中多空地，弃，愿令民得入田，毋收稿为禽兽食。』

上大怒曰：『相国多受贾人财物，乃为请吾苑！』乃下相国廷尉，械系之。

……

是日，使使持节赦出相国。相国年老，素恭谨，入，徒跣[9]谢。

高帝曰：『相国休矣！相国为民请苑，吾不许，我不过为桀纣主，而相国为贤相。吾故系[10]相国，欲令百姓闻吾过也。』

——《史记·萧相国世家》

①附：亲近。

②孳孳：孜孜，勤勉。

③倾：倒。动：动荡。倾动：颠覆。

④胡不：何不。

⑤贳：音“shì”，暂赊。

⑥道遮行：在路上挡住（皇帝）行列。

⑦利民：此处作“与民争利”解。

⑧谢：谢罪。

⑨徒：徒步。跣：音“xiǎn”，光脚。

⑩系：下狱。

㊈㊉ 帝国后事

刘邦必须“被矢石”亲自平乱，其风险就在矢石不认你皇帝。刘邦在亲征英布时受了箭伤，归途中伤势发作，相当严重。回到长安，吕后找来良医，入寝宫看诊。

刘邦问：“情况如何？”

医生说：“没问题，有把握治好。”

刘邦闻言，突然变脸，大骂：“老子一个老百姓出身，提三尺剑取得天下，这难道不是天命吗？我的命既然系于上天，纵使扁鹊来治病，又岂能改变天意！”乃不许医生治病，赐他五十金，打发走路。

过一会儿，吕后等刘邦气平了，问：“陛下百岁以后（指过世），萧相国如果死了，谁能接替相国重任？”

刘邦说：“曹参可以。”

“曹参之后呢？”

“王陵可以。但王陵稍微憨直了一些，处理事情不够灵活，陈平可以帮他忙。陈平小聪明很多，可是不能独当一面。周勃为人宽厚自重，不做表面功夫，将来稳定咱们刘氏天下的，必定是周勃，可以让他担任太尉（掌军事）。”

吕后再问其次。刘邦说：“再往后，你也管不到了。”

交代完后事不久，汉高祖刘邦就驾崩了。

刘邦与吕雉真是一对相知的配偶。吕雉知道，刘邦放弃医治，必定对身后事已经胸有成竹，所以开门见山问后事，毫不忌讳。而刘邦知道，太子刘盈软弱，必定是吕后柄政，所以交代的都是沛县老干部，陈平是唯一例外。而后来诛除诸吕、安定刘氏政权的，果然是陈平与周勃。

【原典精华】

高祖击布时，为流矢所中，行道病。病甚，吕后迎良医，医入见，高祖问医，医曰：「病可治。」于是高祖嫚骂之曰：「吾以布衣提三尺剑取天下，此非天命乎？命乃在天，虽扁鹊[1]何益！」遂不使治病，赐金五十斤罢之。

已而吕后问：「陛下百岁后，萧相国即死[2]，令谁代之？」

上曰：「曹参可。」

问其次，上曰：「王陵可。然陵少[3]憨，陈平可以助之。陈平智有余，然难以独任。周勃重厚少[4]文[5]，然安刘氏者必勃也，可令为太尉。」

吕后复问其次，上曰：「此后亦非而[6]所知也。」

——《史记·高祖本纪》

①扁鹊：传说中的古代神医，可以生死人、肉白骨。

②即死：一旦死亡。

③少：稍。

④少：不。

⑤文：文饰，表面工夫。

⑥而：尔。

㊈㊀ 卢绾

汉高祖刘邦死了，可是有一个人还在长城边上苦等，希望他能病愈。这个人名叫卢绾，他是刘邦的幼时玩伴，两人关系真不普通：双方父亲是好朋友，而且同一天生下男孩；两个男孩一同长大、一同读书，感情好得没话说。

刘邦年轻时经常闯祸，闯了祸就躲避到山泽之中，卢绾总是跟着一同上山下泽。沛县起义后，卢绾当然一路追随，也一路升官：在汉中时为将军，与项羽对战时为太尉。

官位升级不足以表现卢绾与刘邦的亲近：他更得以自由进出皇帝寝室，收到的饮食赏赐也不是其他人有得比的。萧何、曹参在功臣当中受到最大的礼遇，但是群臣都知道，最亲近大老板的是卢绾——卢绾封爵的名号是“长安侯”！当然不可能将京城作为他的封邑，事实上也没有封邑，但却意味着恩宠非凡。

项羽败亡后，卢绾随刘邦平定燕国，于是被封为燕王，当时非刘姓的异姓诸王，连卢绾一共八位。陈豨造反，刘邦自邯郸出击，卢绾自东北面出兵夹击。陈豨派人向匈奴求援，卢绾也派张胜出使匈奴。

之前被汉军击斩的燕王臧荼有个儿子名为臧衍，正流亡在匈奴，他去见张胜，说：“阁下能受到燕王倚重，是由于熟悉匈奴；而燕王仍能久存，是因为诸侯一个个造反，军事活动从未停歇。如今若燕王急着消灭陈豨，陈豨灭了，下一个就是燕国，而阁下也将不免。阁下何不劝燕王放缓攻势，并且与匈奴和好？局势和缓则可以长久在燕国当王，即使汉帝国对燕国用兵，还可以与陈豨、匈奴联合，而保有燕国。”

张胜认为臧衍的话不无道理，于是暗示匈奴出兵助陈豨。卢绾怀疑张胜靠向匈奴，上书请求将张胜全族诛杀。等到张胜回来，向卢绾说明为什么，卢绾顿时领悟，于是再上书改称是其他人谋反，为张胜全族开脱，让张胜安心从事联络匈奴的工作。同时派使者去陈豨那里，鼓励他继续造反。

等到樊哙击斩陈豨，陈豨的部将投降，供出卢绾与陈豨私通。刘邦不愿相信这位同年同月同日生的老朋友会背叛自己，派出使节召唤卢绾，可是卢绾称病不入朝。刘邦再派辟阳侯审食其、御史大夫赵尧去迎燕王，并且查问燕王左右近臣。

卢绾陷入恐慌，将自己禁闭在宫中，对左右亲信说：“非刘姓的异姓王只剩下我跟长沙王吴芮了。这两年连续杀韩信、彭越（当时英布还没反）都是吕后的计谋。皇帝健康状况不佳，一定是吕后借机揽权，并且诛杀异姓王。”

审食其将情况报告皇帝，刘邦大怒，恰巧匈奴降将也证实张胜出使匈奴。刘邦这才相信:“连卢绾也背叛我了!”

刘邦命令樊哙攻击燕国，卢绾将宫人、家属移到长城下，聚集数千骑兵保护。在长城下干什么？在等待机会：如果刘邦病愈，他将亲自入京请罪；可是刘邦却一病不起，卢绾于是带领部众、家人，出塞投靠匈奴。

【原典精华】

张胜至胡，故燕王臧荼子衍出亡在胡，见张胜曰：『公所以重于燕者，以习胡事也。燕所以久存者，以诸侯数反，兵连不决[1]也。今公为燕欲急灭豨等，豨等已尽，次亦至燕，公等亦且为虏矣。公何不令燕且缓陈豨，而与胡和。事宽，得长王燕；即有汉急，可以安国。』

——《史记·韩信卢绾列传》

①不决：不绝。

㊈㊁ 逐鹿余尘

刘邦箭伤严重时，有人诬陷樊哙，说樊哙是吕后一党，只等刘邦驾崩，就要诛杀赵王刘如意。樊哙是刘邦的老兄弟，情同骨肉，为了刘邦，水里来、火里去。但他同时也是刘邦的连襟——娶了吕雉的妹妹吕媭，既然是吕后的妹夫，将来若吕后要对赵国用兵，樊哙当然是大将的优先人选，这项指控乃有其可信度。

刘邦最宠爱刘如意，虽不能立他为太子，却绝不愿他遭到任何不测，因而为之暴怒，在病榻上找来陈平（紧急时找陈平已是刘邦的唯一选择），问他该怎么办。

陈平献上一策，刘邦依计而行，召来周勃，在病榻前亲自下令："你们两个乘着驿车，火速前往燕代前线，由周勃接替樊哙任总司令，陈平在军中将樊哙就地斩杀。"

陈平和周勃两人在途中商议："樊哙是皇上老兄弟，功劳又大，更是吕后的妹夫，既是亲贵，地位又崇隆。皇上现在气头上要杀他，谁晓得将来会不会反悔？那时又会将怒气发在咱俩头上。不如我们把樊哙押回长安，由皇上自己处理。"

到了前线军营，两人在高台上以皇帝符节召见樊哙。樊哙看见诏书，二话不说，把双手伸到背后，听由捆绑，载进囚车，直送长安，军权则交付周勃。

陈平回程途中接到高祖崩殂的消息，大为恐慌。因为现在长安肯定是吕后当家，若是吕媭向姐姐哭诉，他的脑袋只怕不保。于是他采取了紧急措施，本人日夜兼程，比驿车先到长安。刚好吕后派出使者，诏令陈平与灌婴屯驻荥阳，陈平接诏，但不上任，却驰入宫中，在刘邦灵柩前恸哭。

陈平见到吕后，以悲伤的态度坚持请求在宫中守灵，吕后答应了，任命他为郎中令，负责教导惠帝。

由于人在宫中，吕媭乃没机会针对陈平“打针下药”。而樊哙安全回到长安后，危机当然就解除了。

逐鹿大戏至此落幕，剩下没死的逐鹿英豪都得享天年。大汉帝国萧规曹随，国祚绵延二百年。

【原典精华】

二人既受诏，驰传，未至军，行计之曰：『樊哙，帝之故人也，功多；且又吕后弟吕媭之夫，有亲且贵。帝以忿怒故欲斩之，则恐后悔；宁囚而致上，自诛之。』

——《资治通鉴·汉纪四》

后记

秦始皇对“统一大帝国”的规划，今天看起来还真是“顺天应人”，即完全符合时代需要。可是他建立的帝国只维持了十五年，很重要的一个原因，是他将“天下太平”看得太简单了。

他认为尽收天下兵器，就没有造反工具了；迁六国豪杰至咸阳，就没有人带头造反了；隳坏（六国为国防需要而建的）城郭、夷平险阻，造反的人就无险可守了。

结果呢？没有兵器，人民揭竿而起；没有豪族，骊山徒成为造反主力；甚至郡守县令带头起义，（为统治而建的）城郭反而成为造反者的大本营。

把“天下太平”看得更简单的是项羽。他烧了秦国宫殿，大封诸侯，然后就不管了！他难道以为天下可以就此回到战国时代的旧秩序吗？他后来亲自东征西讨、疲于奔命，用文言文讲是“故所宜也”，用大白话说就是“活该”！

刘邦虽然不是天纵英明，可是他汲取了秦始皇和项羽的教训。自垓下胜利之后，一点时间都没有浪费，全副精神都用在“消灭威胁帝国的不安因子”上头，此所以西汉帝国可以绵祚二百年。

然而，刘邦诛杀功臣仍然招致后人非议，多次“懒驴打滚”也让人瞧不起。多数人认为项羽才够英雄气概，而刘邦是无赖，并以刘项故事倡言“莫以成败论英雄”。

可是，又该如何定义英雄呢？

项羽百战百胜称得上英雄，可是他对消弭战争可以说一点贡献也没有。人们崇拜英雄，然而“一将功成万骨枯”值得推崇吗？

韩信也百战百胜，可是他当初甘受胯下之辱时，是怯还是勇？他两次被刘邦夺兵权，两次被削爵位，最终被骗受诛，是智还是愚？

田横坚持不肯臣服刘邦，宁可自杀，不愿封侯；贯高坚持死忠于张敖，暗杀刘邦不成，自己忍受酷刑以保护张敖。他俩的坚持，是可敬还是可悲？

一个大时代，一个风云变幻的大时代，总是会出现那么多英雄人物，英雄总是会退场。可是，是非成败却不是空，而是成为后人的借鉴。